Gay

Drei Sonnen über Münster

Marion Gay

Drei Sonnen über Münster

Ein Täufer-Roman

Oktober Verlag
Münster in Westfalen

Das Coverbild zeigt einen Käfig aus Martha Roslers Beitrag zu den Skulptur Projekten Münster 2007 – Unsettling the Fragments – vor der münsterschen Stadtbücherei.

Der Oktober Verlag ist eine Unternehmung
des Verlagshauses Monsenstein und Vannerdat OHG, Münster
www.oktoberverlag.de

Satz: Thorsten Hartmann
Umschlag: Tom van Endert unter Verwendung eines
Fotos von Daphne Wurzbacher
Herstellung: Monsenstein und Vannerdat
gedruckt in der EU

ISBN: 978-3-938568-93-4

1

Das Tal

Er lebte damals in einem tief eingeschnittenen Tal, das sich während der Wintermonate die meiste Zeit des Tages in Dunkelheit hüllte. Ein Bach floss entlang der Fachwerkhäuser hin zur Mühle, das Wasser war kalt und trüb, und unaufhörlich strich feiner Nebel um die Häuser.

Im Winter schlief er in der Werkstatt, das war der einzige Ort, den er beheizen konnte, und Holz gab es in den Wäldern genug. Die Buchen und Brombeerbüsche wuchsen bis dicht an die Siedlung und überzogen dunkel die Bergrücken. Wenn er nicht aufpasste, wucherten die Baumwurzeln und Farne und Dornenbüsche bis in den Gemüsegarten und nahmen den Möhren und dem Kohl die Erde und das wenige Licht. Die Gemüsezucht gestaltete sich ohnehin schwierig. Die Erde war dunkel und fest und bedeckte nur dünn die Felsen. Unterirdisch erstreckte sich ein Delta, in den verzweigten Adern strömte das Wasser schnell dahin.

Jeden Morgen, kaum dass der Tag angebrochen war, nahm er den geschlängelten Pfad durch den Wald und untersuchte die Pflanzen, das abgestorbene Holz und die Spuren im Boden, und von seinen Streifzügen brachte er knorrige Äste mit, grobe Stücke Totholz, in das die Würmer Spuren gefressen hatten, und, seltener, Maserknollen.

In den Häusern am Bach lebten alte Leute, und er half ihnen im Spätsommer bei der Ernte, stieg auf die Leiter, um ihnen die Äpfel und Kirschen zu pflücken und zog ihre beladenen Schubkarren. Sie wiederum gaben ihm Marmelade und eingemachtes Obst und andere Kostbarkeiten, von denen sie wussten, dass er sie schätzte. Dinge, die der Bach angeschwemmt hatte wie das Marderskelett, der Unterkiefer eines Hausschweins und die großen, runden Steine, die im Licht silbrig schimmerten.

In einem Holzkasten verwahrte er Insekten, verschiedene Schmetterlinge, Hummeln und Hornissen, eine türkisfarbene Libelle, die sich in einem Spinnennetz verfangen hatte, und einen Grashüpfer, den Ameisen versucht hatten in ihre unterirdischen Behausungen zu schleppen und der mit dem Steiß in einer Bodenspalte festgeklemmt war, als er ihn fand.

In diesem Winter gab es viel Schnee und es lag eine außergewöhnliche Stille über den Häusern am Bach. Von Zeit zu Zeit wanderten Fremde über die Bergkämme, aber selten verirrte sich einer von ihnen ins Tal. Den Bewohnern war das sehr recht, sie waren am liebsten unter sich.

Die wenigen Stunden Tageslicht, die ihm während des Winters blieben, verbrachte er in der Werkstatt. Er hatte jahrelang nichts anderes als Boote gearbeitet. Keine Boote, mit denen man sich fortbewegen konnte, sondern Boote, die er zersägt und durchlöchert hatte, Boote, die kaum mehr als Gerippe waren, die aussahen, als hätte sie der Sturm auseinandergenommen und an Land geschwemmt. Er fertigte selten Skizzen an. Meistens stürzte er sich kopfüber in die Arbeit, er zeichnete die Formen mit Kohlestiften auf das Holz, schlug das Material großflächig ab und machte sich an die Feinarbeiten, die nicht zu fein werden durften. Das Holz musste die Spuren der Verletzungen in sich tragen, das war wichtig, und oft musste er sich bremsen, musste den Meißel vorzeitig aus der Hand legen, um das Material nicht zu sehr zu bearbeiten. Seine Skulpturen sahen aus, als hätten sie viele Unwetter überstanden, viel erlebt.

In der Abgeschiedenheit des Tals störte ihn niemand und so waren im Laufe der letzten Jahre so viele Arbeiten entstanden, dass er sie trotz einiger Verkäufe kaum noch unterzubringen wusste.

An diesem Nachmittag hatte er sich die dicke Birne vorgenommen, die lange hinter dem Schuppen gelegen hatte. In der Astgabel hatte das Holz schon angefangen zu Faulen. Er war sich unsicher, ewig hatte er keine menschlichen Gesichter mehr gemacht. Nicht, dass er das verlernt hätte, das nicht, aber Köpfe, und dann noch aus Holz, da wäre er schnell bei den Schnitzern. Er war überrascht, wie viel Spaß ihm das Aushauen der Gesichtszüge machte, wie schnell es ihm von der Hand ging und er trat zurück und bemerkte erstaunt, dass er das Gesicht seines Vaters gearbeitet hatte, als es an der Tür klopfte. Er legte den Beitel beiseite, rieb sich die Hände an den Hosenbeinen und drehte sich zur Tür. Zögernd öffnete er. Schneeflocken wirbelten durch die Luft, sodass er kaum die weißen Berge sehen konnte. Der Himmel hatte eine schmutzig-schwefelige Farbe. Ein paar Schritte entfernt wartete ein Fremder. Auf seinen Schultern und der Hutkrempe hatte sich der Schnee fingerdick angehäuft.

Per Grün, der Mann, der in der Werkstatt gearbeitet hatte, ließ den Fremden ein. Vor dem Ofen zog er seine Handschuhe aus und atmete in die Innenflächen der Hände.

»Ist gar nicht einfach, zu Ihnen vorzudringen«, sagte er. »Ich musste das Auto schon kurz hinter der Kreuzung stehen lassen, das türmt sich ja, kann man sich gar nicht vorstellen, wenn man aus Münster kommt.«

Per Grün nickte. »Wir haben es immer etwas heftiger hier.«

Der Fremde nahm den Hut vom Kopf, darunter war das Haar spärlich. »Aber jetzt hab ich Sie ja gefunden und ich sehe, Sie sind bei der Arbeit. Da komme ich gerade recht. Es gibt da nämlich demnächst eine Ausstellung, im Landesmuseum, ich glaube, das wäre was für Sie.«

Der Bach gurgelte wie ein Ertrinkender, an seinen Seiten ragten Eisplatten über das weißschäumende Wasser, an manchen Stellen hatte der Wind den Schnee fortgeweht. Das Eis schimmerte wie Glas. Es war schon fast dunkel, als der Fremde die Werkstatt verließ. Vielleicht war es nicht gastlich von ihm, den Fremden einfach so gehen zu lassen, ohne eine Tasse Kaffee und Gebäck oder sonstwas, aber er war unbeholfen im Umgang mit anderen geworden und zum Teufel mit der falschen Höflichkeit, das war er schon lange leid.

Im Feuerschein leuchtete der hölzerne Kopf, die Nasenflügel bebten. Per Grün lächelte. Mitten im Wald gab es einen alten Friedhof. Die zum Halbkreis angeordneten Grabsteine waren moosüberwuchert und trugen keine Inschriften mehr. Dort wollte er begraben werden, war ihm durch den Kopf gegangen, als er die Stelle hinter dem Dickicht entdeckt hatte. Nur dort, sonst nirgendwo. Aber wieso musste er gerade daran denken? Er war noch nicht alt, ein bisschen über vierzig und noch ein paar Jährchen dazu, aber im Spiegel konnte er sehen, wie tief sich die Müdigkeit in sein Gesicht gegraben hatte. Er hatte keine Lust auf Münster, keine Lust auf das, was sie die Szene nannten. Aber das war ein Angebot, das er nicht ausschlagen konnte, auch wenn er die Täufer nicht mochte. Noch bevor er überhaupt eine Ahnung von ihnen hatte, mochte er sie nicht.

Er war zu spät losgefahren. So war das immer mit ihm. Es war, als wollte ihn das Tal nicht loslassen. Im Radio hatte es eine Sturmwarnung gegeben, aber in den letzten Wochen war es oft windig gewesen. Erst der viele Schnee und dann war es auf einmal viel zu mild geworden. Das Wetter spielte verrückt. Sein Magen grummelte, als er den Nissan bepackte, und der Wind pfiff ihm um die Ohren, die Buchen schüttelten sich hinter dem Haus. Es dämmerte schon, als er endlich am Steuer saß.

Die Straße krümmte sich durch den Nadelwald. Fichten. Schnell wachsende, wertlose Fichten. Einmal hatte er sich zu einer Skulptur daraus überreden lassen. Mal wieder das Geld, was sonst. Trotzdem, er erinnerte sich nicht gern daran, Fichte war die Arbeit nicht wert. Die Ausstellung über die Täufer würde das Highlight des Jahres werden, hatte Weinberger gesagt, und wer nicht schon alles zugesagt hätte! Der Pokorny und der Balkenhol und Richter und Ückers ... Aber ich weiß gar nicht ..., hatte Per Grün begonnen. Sie kriegen das schon, und es ist ja auch noch etwas Zeit, und dann hatte Weinberger eine Mappe aus der Tasche gekramt und ein paar Papiere geschwenkt. Die Geschichte ist schnell erzählt, sagte er, können Sie sich heute Abend mal durchlesen. Eine typische Geschichte. So ein Glaubenskonflikt, Sie wissen schon.

Per Grün fuhr gerne Schleichwege. Kam er an eine Abzweigung, entschied er sich für den schmaleren Weg, und nachdem er das ein paar Mal gemacht hatte, war die Dunkelheit hereingebrochen. Zuerst dachte er, es wäre ein Vogel, aber es war nur eine Zeitung, die ihm gegen die Windschutzscheibe flatterte und für einen Moment hängen blieb. Beinah hätte er das Reh zu spät gesehen. Es erstarrte im Scheinwerferlicht und Per Grün musste hupen, um es von der Fahrbahn zu vertreiben. Die Fichten bogen sich im Wind und wenn sich der Wald ein bisschen lichtete, erfassten ihn die Böen und er musste mit beiden Händen gegensteuern. Hatte er die Werkstatttür richtig zugemacht? War der Kamin richtig aus? Er dachte an den Kopf. Sie würden damit nichts anzufangen wissen, die Kunsthistoriker. Zu narrativ, würden sie sagen. Ein verwittertes Holzschild am Straßenrand. »Zum Nobiskrug«, und verdammt, er war müde, das Autofahren strengte ihn an, und wenn er auch noch gar nicht weit gekommen war, dieser Wald wollte kein Ende nehmen. Vielleicht hatte er sich verfahren. Er würde einkehren und was trinken und in Ruhe die Karte studieren.

Das Wirtshaus war bis an die Felsen gebaut. Tatsächlich bestand es aus den grauen buckeligen Felsblöcken, es verschmolz mit der Felswand und nur eine düstere Funzel markierte den Eingang. Das Holzschild über der Tür baumelte an einem einzigen Nagel und schlug gegen die Steine. Die Fensterläden klapperten.

Dafür, dass es so einsam lag und keine Autos auf dem Parkplatz gestanden hatten, waren überraschend viele Leute in der verräucherten Bude.

Er wählte einen Tisch möglichst abseits. Dass es solche Kneipen überhaupt noch gab. Männer lachten und schlugen Karten auf den Tisch, an der Theke stritten zwei Kerle in karierten Hemden miteinander.

Die Kellnerin kam zu ihm und er bestellte, was die anderen hatten. Bratwurst mit Pommes und dazu ein Bier.

»Hab dich noch nie hier gesehen«, sagte die Blonde und beugte sich vertraulich vor. Ihr gelblich verfärbtes Haar fiel ihr über die Schultern.

»Ich bin auf der Durchreise.«

»Ist ja spannend. Und wohin soll die Reise gehen?«

»Erst mal aus dem Wald raus.«

Von der Theke aus rief der Wirt nach dem Mädchen.

»Komm ja schon«, murmelte sie.

Was für ein Schuppen. Kaum war sie weg, hoben am Nachbartisch drei bärtige Männer ihre Gläser. »Auf die Reise!«, sagten sie und grinsten. Per Grün nickte den dreien flüchtig zu und war froh, als sein Essen kam.

»Ich werde die Kammer für dich lüften«, sagte die Blonde.

»Nicht nötig, ich fahr gleich weiter.«

»Der Sturm soll noch schlimmer werden, hab ich gehört.«

»Bringst du mir noch ne Cola?«

Am 22. Januar 1536 hieven sie die drei Eisenkäfige mit den totgequälten Täuferführern am Lambertiturm hoch. Seitdem hängen sie dort und erzählen vom Triumph der alten Kirche über Täufer- und Luthertum. Bis heute ist Münster eine Hochburg des Katholizismus und Bischofssitz.

Dorpius hat in seinem Augenzeugenbericht die Hinrichtung in allen Einzelheiten geschildert und so wissen wir heute, dass sie zuerst Jan van Leiden, dann Knipperdollinck und zuletzt den Kanzler Krechting getötet haben. Allerdings gibt es da ein Problem. Einen Augenzeugen namens Dorpius hat es in Münster gar nicht gegeben.

Per Grün nippte an seiner Cola. Die schlimmste Strafe war für die Täufer nicht Folter und Tod, sondern dass sie ihre Leichen in die Käfige gesteckt haben. Wer seine Knochen nicht zusammenhält, der findet keinen Einlass ins Himmelreich.

Als Kind hatte Per Grün die Abenteuer von Signor Rossi geliebt. Über den Bildschirm flackerten kleine Zeichentrickwikinger, rosa Panther, Holzpuppen, Däumlinge und Alpenmädchen, Frösche und Gänse und Schildkröten, alle ziemlich niedlich, aber Signor Rossi war anders. Nicht mehr jung und vom Leben gebeutelt. Mit einer Wäscheklammer auf der Nase stand er am Fließband der Fischfabrik und nach Feierabend fuhr der Bus an ihm vorbei, aber eine gute Fee hatte Mitleid. Sie brachte ihn auf dem Besenstiel nach Hause und schenkte ihm ein Pfeifchen, mit dem er die Jetztzeit verlassen konnte. Er reiste zu den Römern, den alten Ägyptern, ins Märchenland und in den Weltraum, nur besser war es da auch nicht. So ein Pfeifchen müsste man haben, ab zu den Täufern und nachsehen, wie es wirklich war, und vielleicht würde man sich wundern, vielleicht hatten sie alle gelogen und das war ja auch sehr wahrscheinlich, jeder lügt, die Kreativen nennen es Fantasie, die Freudianer Verdrängung, manche finden es schick, anderen fällt es gar nicht auf.

Die drei Männer vom Nebentisch lachten und einer von ihnen schob seinen Stuhl nach hinten, dass die Stuhlbeine auf dem Steinboden kratzten, und kam an Per Grüns Tisch.

»Wir wollen dich zu einem Spiel einladen.«

»Ist nett, aber ich fahre jetzt weiter.«

»Du willst uns doch nicht beleidigen?«

»Ich hab noch ein gutes Stück vor mir und wie gesagt, ich trinke nur noch mein Glas leer und dann geht's wieder los.«

»Er spielt nie Karten, wetten?«, sagte einer der anderen.

»Nun, wenn du nicht spielst, du kannst dich auch so zu uns setzen.«

Per Grün stürzte die Cola hinunter. Wäre er mal lieber an dieser Bude vorbeigefahren. Er stand auf und ging an die Theke, um zu bezahlen.

Komisch ist die Sache mit Rothmann. Der Wind peitschte die Fichten, in der Dunkelheit konnte er sie kaum sehen, aber dieser Krach, das Knattern an den Scheiben, die

Blätter, die über die Straße flogen, Plastikmüll, Zweige. Ein Heulen wie von Wolfsziegeln. Sie haben den Kerl nie gefunden, obwohl sie jede der fast siebenhundert Leichen noch einmal umdrehten, im Sommer 1535, als der Bischof mit seinen Leuten die belagerte Stadt stürmte. Rothmann war jahrelang der meistgesuchte Mann Europas. Was aus ihm geworden ist, weiß kein Mensch.

Per Grün war das herzlich egal. Aber die Ausstellung schien eine größere Sache zu sein, eine Möglichkeit, mal wieder etwas Aufmerksamkeit zu bekommen. Seit Jahren schlug er sich mit den Leuten von den Jugendämtern herum, veranstaltete Workshops mit Jugendlichen, die kein bisschen Lust am Skulptieren und nur BMW-geile-Karre und Handyklingeltöne im Kopf hatten. Er war es leid.

Per Grün war zuletzt vor zwanzig Jahren in Münster gewesen. Ein Jahr lang hatte er am Albersloher Weg in einer Wohnung über einem Bordell gewohnt. Die Männer fuhren um den Block, parkten im Hinterhof und schlichen durch den Flur, ohne das Licht anzuknipsen, und immer wieder war Per Grün an der Haustür mit Männern zusammengestoßen, die er im Dunklen übersehen hatte. Seine Frau war in Münster schwanger geworden, aber noch bevor sich überhaupt der Bauch wölbte, musste sie ins Krankenhaus und monatelang liegen, und so war er allein in dieser düsteren Bordell- und Mietskaserne. Er arbeitete in einer kleinen Bildhauerwerkstatt, in der sie von morgens bis abends Heiligenfigurrohformen ausschnitzten, damit sie den Handmade-Stempel bekamen, und wenn er abends in die leere Wohnung kam, machte er sich eine Dosensuppe warm. Als es Sommer wurde, hatte die Firma dicht gemacht, er war arbeitslos und das Kind kam auf die Welt. Er holte seine Frau aus dem Krankenhaus, sie zogen aus

Münster fort in ein Münsterlandkaff inmitten von Kuhweiden, wo man ihm eine neue Stelle angeboten hatte und er Marionettenköpfe schnitzte und abends in eine fliegenschwarze Wohnung kam, zu seiner Frau und dem Kind, und noch bevor sie sich aneinander gewöhnt hatten, war das Baby gestorben und seine Frau begann, Gespenster zu sehen, und später ließ sie sich von ihm scheiden und er beschloss, nie wieder ins Münsterland zu fahren.

Das war lange her. Und trotzdem wollte er nicht nach Münster. Er würde nicht lange dort bleiben. Mit dem Kurator sprechen, sich umsehen, das Übliche. Arbeiten würde er in seinem Tal. Er umklammerte das Lenkrad. Der Wind war wirklich noch heftiger geworden, Äste krachten ihm aufs Autodach und die Fichten krümmten sich fast bis auf die Straße. Seit er das Gasthaus verlassen hatte, war ihm niemand mehr entgegen gekommen, er fuhr langsam und rechtzeitig sah er den umgestürzten Baum auf der Straße liegen. Er bremste und hörte das Knacken und wie in Zeitlupe sah er die Bäume umstürzen, einer nach dem anderen kippte vor ihm auf die Straße. Einzelne Zweige schrappten über die Motorhaube. Zurück. Nichts wie weg hier. Schnell wendete er. Mit Bäumen kannte er sich aus. Diese verdammten Fichtenwälder. Die waren alle morsch, die Bäume, morsch und voll mit Käfern. Von außen sah man es ihnen nicht an. Von außen schien das Holz fest und gesund, aber innen, da saßen die Maden. Bohnendick. Babys noch, aber mit ausgeprägten Mundzangen, dass sie ihm in die Finger zwickten. Eichenbockkäfer, die sich nur mit Arbeitsschuhen zertreten ließen.

Per Grün fuhr mit Fernlicht. Äste schwirrten durch die Luft und er war froh, als er wieder auf das Schild traf. Zum Nobiskrug, der Name hatte ihm gleich was gesagt und jetzt fiel es ihm ein, der Sage nach feierten die Seelen der Toten noch einmal im Nobiskrug, bevor sie sich auf Himmel und Hölle verteilten. Überall gab es früher Lokale mit diesem Namen. Er parkte den Wagen so dicht am Haus wie möglich. Zum Glück war die Tür noch offen.

2

Fliegen

Es würde Schnee geben, das wusste ich schon beim Aufwachen. Genauso wie ich jetzt wusste, dass sie meine Briefe abgefangen hatten, keine Ahnung, woher die Gewissheit auf einmal kam. Ich brauchte nicht mehr länger auf Antwort zu warten, das war das Gute daran, und vielleicht fühlte ich mich deswegen so wach an diesem Morgen, und ich sprang aus dem Bett, spritzte mir kaltes Wasser in die Augen und zog mir die Tracht über den Kopf. Draußen war es noch dunkel, schemenhaft hob sich das Dach der Dechanei vor dem nachtblauen Himmel ab. Ich hatte es immer als unüberwindbares Hindernis gesehen, dieses Dach. An diesem Morgen war mir, als bräuchte ich nur das Fenster zu öffnen und könnte hinüberspringen und mich von dort zu den milchigen Schlieren und Sternen aufschwingen.

Ich träume oft vom Fliegen. Dorothea sagt, das ist Unsinn, nur Kinder träumen vom Fliegen, aber ich schiebe meine Arme vor und drücke meine Handflächen gegen die Luft, ich schiebe so fest, dass ich es unter meinen Armen, da wo die Rippen anfangen, merke, und wenn meine Arme gerade nach vorne gestreckt sind, die beiden Handflächen zueinander zeigen und nur einen Fingerbreit zwischen beiden freilassen, verharre ich einen Moment und langsam breite ich die Arme aus und spüre dabei, wie sich mein Körper vorwärtsdrängt, wie er mühelos gleitet, lässt man die Mühe, die es macht, meine Arme gerade zu halten, außer Acht. Komischerweise weiß ich nie, was ich mit den Beinen mache, ob ich sie gerade halte oder die Knie auseinander nehme, nicht mal ob ich mit den Füßen wippe. Nur Arme,

Hände, die Spannung entlang der Rippen, der Lufthauch im Gesicht, wenn ich durch die Schichten gleite, mich aufschwinge wie auf einer Schaukel, bis ich weit genug oben bin, um mit ausgestreckten Armen mit dem Wind zu segeln, mich auf die Seite zu legen, auf die eine, auf die andere, bis ich so tief über dem Boden schwebe, dass ich von vorne anfangen muss, Arme gerade nach vorne schiebe, Handflächen fest gegen die Luft drücke und so weiter. Es ist wie Schwimmen in warmem Wasser, so stelle ich es mir vor, ich bin immer nur in kaltem Wasser geschwommen, in dem Bach, der durch Rorup fließt, und das ist ziemlich lange her. Ich weiß gar nicht, ob ich noch schwimmen kann, aber wenn ich noch fliegen kann, müsste ich doch auch noch schwimmen können, oder? Das ist wichtig für mich, ich möchte nämlich ans Meer. Ich hab es noch nie gesehen, das Meer, allein der Name klingt verlockend, Meer, ich liebe dieses Wort, und ich habe mir immer vorgestellt, ich könnte dem Bach folgen bis zum nächsten Fluss und dem Fluss folgen bis ich irgendwann, ja, dann müsste ich doch am Meer sein. Bisher hat es noch nicht geklappt, aber nun, wo mir das Dach gegenüber zum ersten Mal nicht mehr Gefängnis bedeutet, zum ersten Mal kann ich mir die Welt dahinter vorstellen, und es muss sein wie in meinem Traum, wie beim Fliegen, aber der Reihe nach.

Es roch nach Schnee, als ich das Fenster öffnete und in den Hof schaute. Ein mauerumschlossener Hof. Die ständige Frage, was wohl dahinter. Bis vor wenigen Jahren durften wir das Gelände verlassen, das war ganz normal und ich machte von diesem Recht oder Privileg, wie ich heute weiß, kaum Gebrauch. Was gab es schon in dieser Stadt? Die Stadt war genauso mauerumschlossen, und was mich wirklich interessierte, lag weit dahinter. Der Wald. Das Gebirge. Die Täler. Und das Meer. Vor allem das

Meer. Doch, es gab Trost innerhalb der Mauern. Das waren die Bücher. Die Bibliothek. Das meiste war für Mädchen, die übliche Erbauungsliteratur, die Gleichnisse von den Bergen und dem Aufstieg, wenn man sich selbst genügend vergaß und das alles. Ich vergaß mich, aber nicht im Gebet, wie sie es wollten, sondern bei der Lektüre der anderen Bücher, die ich in Kaplan Martins Bibliothek fand. Homers Odyssee war so ein Buch. Das Buch eines Mannes für Männer. Oder die Novellen Sercambis, die »Dekaden« von Titus Livius, die »Naturgeschichte« von Plinius. Oder die Reisen des Sir John Mandeville. Ja, Männer konnten reisen. Wir hätten nicht mal darüber lesen dürfen, wenn es nach Ida von Merveldt gegangen wäre.

Aber an diesem Morgen, als noch nichts vom Schnee zu sehen war und ich ihn doch schon gewittert hatte, wusste ich, dass die Zeit des Wartens ihrem Ende entgegen ging. Dass sich alles ändern würde.

Ich strich den Stoff über meiner Stirn glatt und tappte auf den Flur. Es war alles still, als ich durch die Gänge lief, ich hatte nicht mal eine Kerze dabei, so eilig hatte ich es, mir wäre sonst der heiße Wachs auf die Hände getropft und außerdem kannte ich die Flure und Gänge und Abzweigungen und Nischen und Treppchen und Mauervorsprünge. Ich kannte sie auswendig mit geschlossenen Augen und rückwärts, das war alles, was ich kannte, deswegen hatten sich die Baumeister um das Labyrinthhafte bemüht, um es uns nicht merken zu lassen, wie wenig Spielraum uns blieb, überhaupt kein Spielraum, wir schritten auf und ab im Netz aus Zickzacklinien und Bögen und wir konnten den ganzen Tag lang gehen, ohne uns über den Weg zu laufen, so verschachtelt waren die Gebäude aneinandergebaut, als wäre der Baumeister Dädalus gewesen und wir die Minotauren, die man vor sich selbst schützen musste.

Ich öffnete die Tür, die so in die Holzvertäfelung eingelassen war, dass man sie nur finden konnte, wenn man wusste, wo man zu suchen hatte. Eine schmale Tür, die sich lautlos öffnete, und im nächsten Moment stand ich auf der Empore und schaute auf die vielen Kerzen hinab, die auf dem Altar und drumherum brannten und das Gesicht der Muttergottes zum Flackern brachten. In diesem Licht sah sie aus wie lebendig. Wie eine von uns, auch wenn ich das nicht denken durfte. Natürlich war sie keine von uns.

An meinem ersten Tag im Kloster musste ich vor der Figur der Muttergottes niederknien und geloben, sie als meine einzige, wahre Mutter anzuerkennen. Das fiel mir nicht schwer, ich meine, dieser anderen Mutter abzuschwören, die mich hergeschickt hatte. Das war noch das Leichteste und das Angenehmste an meinem ersten Tag. Das Haare Abschneiden gefiel mir weniger, das war die Hölle gewesen, so musste sie sein für Mädchen, vor allem für die mit den langen Locken. Seidiges, blondes Haar, das man um die Finger wickeln konnte, Strähnen, auf denen man kauen konnte und die nach Wind und Freiheit schmeckten und die einem um den Kopf wirbelten und flatterten und die sich wie ein Vorhang vor die Augen ziehen ließen, wenn einem danach war, unsichtbar zu sein. Aber so musste die Hölle sein. Der Teufel war einer, der den Mädchen die Locken abschnitt und ins Feuer warf und dazu dreckig lachte und mit den Absätzen klackerte und ums Feuer tanzte und wenn man nicht hinsah, wie sollte man vor lauter Tränen denn auch noch sehen können?, holte er sich die schönsten Strähnen heraus und schleppte sie mit sich fort, versteckte sie, verschloss sie, was weiß ich. Das ist meine Vorstellung von Hölle und das ist, was ich dem Kaplan nicht beichten kann, sonst komme ich vor lauter Rosenkranzbeten zu nichts anderem mehr.

Dieser Morgen hatte etwas überaus Feierliches und so stieg ich die Stufen hinunter ins Kirchenschiff und zündete Kerzen an zu Ehren der Muttergottes, die mich damals so gut aufgenommen hatte, natürlich viel besser, als es meine andere Mutter je gekonnt hätte. Ich hatte die andere inzwischen so gut wie vergessen, manchmal traf ich sie im Traum, das waren die anderen Träume, nicht die guten, in denen ich flog. Die dunklen Träume machten mir Angst, weil ich wusste, dass sie von meiner Bosheit zeugten, einer so abgrundtiefen Bosheit, wie sie nur Frauen haben, und wenn Kaplan Martin davon wüsste, nur von einem einzigen dieser Träume, ich weiß nicht, vielleicht hatte er mich auch längst durchschaut, er, der da in seinem Turmzimmer hockte wie eine alte Eule, seiner Aufgaben enthoben, auch wenn er so tat, als gäbe es die Wassenberger nicht, als wäre immer noch alles beim Alten.

Ich zündete die Kerzen und augenblicklich beruhigte es mich. So saß ich eine Weile auf der Kirchenbank, bis ich vom Kloster her die Glocken hörte. Ich nahm den Weg über die Empore zurück durch die versteckte Tür und auf dem Gang zum Refektorium kam ich an einem Fenster vorbei. Die Sonne war noch nicht aufgegangen, aber das Nachtblau einem eisigen Grau gewichen. Es würde Schnee geben, da war ich mir sicher.

Was soll ich sagen, ich hatte plötzlich so einen Hunger. Das Schälchen mit dem Haferbrei hatte ich so schnell leergelöffelt, dass Ludgera mich schon komisch ansah. Und ich hatte immer noch Hunger. Eine zweite Portion gab es nicht, da bräuchte ich gar nicht zu hoffen. Ich hatte es Ludgera nicht zugetraut, aber sie schob mir ihr Schälchen hin und zog sich meins vor ihren Platz, Ludgera hatte mich noch nie so in Erstaunen versetzt, ich nickte ihr zu und löffelte dankbar und glücklich weiter und ich meine, auch Ludgera hätte ein bisschen weniger verkniffen als sonst ausgesehen, vielleicht weil sie froh war, dem klebrigen Brei für heute entkommen zu sein. Von Ludgera wusste ich, dass sie ihr Essen regelmäßig erbrach. Sie war die einzige von uns, die Erfahrungen mit Visionen hatte und bei jeder Gelegenheit rieb sie uns das unter die Nase. Ich war davon nicht sonderlich beeindruckt, ich behielt mein Essen lieber, zumindest am Mittagessen gab es nichts auszusetzen, im Gegensatz zu den meisten Einwohnern der Stadt bekamen wir immer genügend Fleisch und sogar die neuen Knollen, auf die Ida von Merveldt schwor, obwohl sie in Verdacht standen, dass Frauen davon schwanger wurden. Prompt war es Elisabeth, unserer Chronikschreiberin, so ergangen und als das bekannt wurde, weigerten sich einige von uns, die Knollen zu essen.

Ludgera war eine dieser Oberfrommen, die uns bei der Äbtissin anschwärzte, sobald es nur den leisesten Verdacht gegen uns gab, aber an diesem Morgen verzieh ich ihr alles. Als wüsste ich, dass das alles bald für mich keine Rolle mehr spielen würde. Was soll ich sagen, es lag etwas in der Luft, nicht nur der Schnee, der dann am späten Nachmittag tatsächlich vom Himmel fiel, aus den dichten weißen Wolken auf uns hinabplumpste, und nach der Abendandacht ging ich mit Dorothea in den Garten und wir breiteten die Hände aus und fingen darin die Flocken auf. Dorothea kicherte und ich sah zu, wie ihre dunkle Haube weiße Tüpfelchen bekam und dann weiße Flecken, bis sie schließlich ein großes weißes Plätzchen auf dem Kopf hatte wie eine gepuderte Perücke, und der Schnee ihre Schultern bedeckte und sich sogar auf ihrer Nase anzusiedeln versuchte, Dorothea hat eine große gebogene Nase, im Profil sieht sie aus wie ein Adler oder wie ihr Vater, ein widerlicher Raubritter aus

Drensteinfurt, wegen dem sie hier ist und immer, wenn ich laut darüber nachdenke, was geworden wäre, wenn es keine Frauenklöster gäbe, sagt Dorothea: »Lass mal, zuhause hätten sie mich längst tot geprügelt.« Dabei gerade Dorothea, sie ist von Ida von Merveldt schon oft genug geschlagen worden. Mein Rücken ist genauso mit Narben übersät, wobei mir die Peitsche immer noch lieber ist als die Strafzelle. Aber ich war beim Schnee. Dorothea und ich benahmen uns an dem Abend wie die Kinder, ich griff in den Schnee und formte eine Kugel daraus und klatschte sie Dorothea ins Gesicht. Volltreffer, und es war zum Totlachen, wie langsam ihre Adlernase aus dem Schnee brach. Das forderte natürlich Revanche und im nächsten Moment wischte ich mir den Schnee aus den Augen. Wir klatschten uns den pappigen Schnee ins Gesicht wie zwei Verrückte, wir bedeckten unsere Tracht mit Schnee, bis sie nicht mehr schwarz, sondern weiß und nass war, und wir plumpsten bäuchlings in die Kräuterbeete, die fingerdick unter dem Schnee begraben lagen, erst fingerdick dann armdick, und es schneite weiter. Ich weiß nicht, wie lange wir so herumtollten und es ist ein Wunder, dass uns Ludgera nicht verpetzte und uns Ida nicht auseinander riss und bestrafte.

»Du bist wunderschön in deiner weißen Haube«, sagte ich zu Dorothea, nachdem wir prustend eine Pause einlegten und müde und schnaufend und schwer atmend nebeneinander standen.

»Dabei wollte ich nie heiraten«, sagte Dorothea und wir fingen schon wieder an zu lachen.

Ich klopfte ihr den Schnee von der Tracht, besonders vom Hinterteil, da hatte sich das meiste angesammelt, und dann merkten wir, dass es spät geworden war und unsere Hände eiskalt waren und unsere Füße in den dünnen Schuhen beinah erfroren und gingen rein. Ich muss immer an die Kinder denken, die sich vor vierhundert Jahren von Köln aus auf den Weg nach Jerusalem gemacht hatten. Wie sie barfuß, nur mit Lumpen an den Füßen über die Alpen gewandert sind, um schließlich auf dem Sklavenmarkt in Afrika zu enden. Wer die Alpen überlebt hatte, die Kälte, den Hunger und die Anstrengung, wer die Schiffsreise überstanden hatte, wo doch zwei der Schiffe vor Sardinien gekentert waren, wer endlich den afrikanischen Kontinent erreicht hatte, der wurde auf dem Markt wie ein Stück Vieh verkauft. Keiner von ihnen war nach Jerusalem gekommen und kaum einer hatte je Europa wieder gesehen, aber der eine, der seine Erinnerungen aufgeschrieben hatte und durch den wir die Wahrheit kennen, besteht darauf, dass sich die Reise gelohnt hat. Immerhin weiß ich, was hinter dem Horizont liegt, schreibt er in seinen Aufzeichnungen. Wenn ich das doch nur sagen könnte!

Dorothea und ich schlüpften ins Treppenhaus, nach oben in unsere Kammern, die an den entgegengesetzten Enden des Flures lagen. Dorothea sah sich verstohlen um und zog mich mit zu sich hinein. Es war bereits Abendruhe, aber von weiter hinten hörten wir Gelächter, Elisabeth oder Berenike oder eine von den Älteren hatte Besuch. Ida von Merveldt sah Abendbesuche nicht gern, aber wirklich etwas dagegen unternehmen konnte sie nicht, und so hätten wir gar nicht so vorsichtig zu sein brauchen, aber weil sie uns in der Vergangenheit so oft auf dem Kieker gehabt hatte, waren wir einfach daran gewöhnt, vorsichtig zu sein. Unsere Kammern hatten auch keine Schlüssel und wir rechneten ständig damit, dass Ida hereingeschneit käme, aber in der letzten Zeit war das seltener vorgekommen. Dorotheas Tracht war pitschnass, den Rock konnten wir auswringen, und dummerweise klebte das schwere Leinen an ihrem Rücken fest und sie jammerte, sie würde noch erfrieren, wenn nicht endlich, und ich half ihr und schälte sie aus den eisigen Stoffbahnen. Aber mir war ja genauso kalt und ich strampelte und zerrte, bis die Tracht auf dem Boden lag. Dorothea holte ihr Nachthemd unter dem Kopfkissen hervor und streifte es über und kroch unter das Laken. Sie zitterte am ganzen Körper. Ich stand einen Moment unschlüssig herum und stieg dann zu ihr ins Bett. Das war nichts Ungewöhnliches, wir hatten oft in ihrem Bett gelegen, gerade am Anfang, als ich neu war und niemand außer Dorothea nett zu mir war. Wir hatten uns gegenseitig getröstet, wenn einer von uns Strafe drohte, Ida hatte die Angewohnheit, ihre Strafen mehrere Tage im Voraus anzukündigen. Wir waren im selben Alter, und einmal habe ich halb im Spaß, halb im Ernst zu ihr gesagt, wenn ich Ritter wäre, würde ich sie heiraten, worauf sie in Tränen ausbrach.

»Mir ist kalt«, murmelte Dorothea, und ich legte den Arm um sie und drückte sie an mich. Sie ist so klein und zart, ihre Rippen stehen weit heraus, ihre Beckenknochen ragen vor, sodass ich mir schon daran weh getan habe, wenn ich neben ihr lag und wir uns beide im selben Moment bewegten. Diesmal aber rührte sie sich nicht, ihr Zittern hörte auf, sobald ich sie festhielt, und sie atmete tief ein und aus und lag da wie ein kleiner Vogel. Ich streichelte ihren Nacken und den Kopf mit den dunklen Stoppeln.

»Schade, dass ich dich nicht mit Haaren gesehen habe.«

»Ich erinnere mich noch an deine«, sagte sie.

»Wir werden sie bald wieder lang haben«, sagte ich aus einer Laune heraus und jetzt, wo es gesagt war, klang es verboten. Ich hatte ausgesprochen, woran ich den ganzen Tag gedacht hatte.

Dorothea hob den Kopf. »Was sagst du da?«

»Doch, doch, sie werden nachwachsen, das versprech ich dir«, sprudelte es aus mir heraus. Ich hätte meine Klappe halten sollen, aber ich war so aufgeregt, ich packte Dorothea an Schulter und Hüfte und schob sie auf mich und schaukelte mit ihr hin und her, wie gesagt, sie ist so klein, und dann lachte ich. »Und wenn wir beide wieder Haare haben, richtige Haare, heirate ich dich!«

»Du Blöde, wusste ich doch, dass du spinnst.«

Dorothea zog einen Flunsch und ich weiß nicht, was über mich kam, aber ich küsste sie auf den Mund. Ein bisschen erschrocken war ich schon. Ich sah sie an. Ich wusste nicht, ob ich mich entschuldigen sollte. Ich wollte nicht, dass sie wieder weinte.

»Mach das noch mal«, sagte sie, und ich zögerte keine Sekunde, ich küsste sie. Und küsste sie und küsste sie, ich küsste sie und küsste und küsste sie und ich konnte nicht mehr aufhören damit und sie ließ es geschehen wie eine Stoffpuppe, teilnahmslos, aber nicht abweisend, und das spornte mich an, ich wollte eine Reaktion von ihr, ich würde sie so lange küssen, bis sie meinen Kuss erwiderte und wirklich, sie bewegte die Lippen, nur ganz leicht, aber ich spürte es sofort, und ich war so überrascht, dass ich zurückzuckte und sie diesmal lachte und dann küssten wir uns richtig, ich begann an ihren Lippen zu lecken, wie von selbst rutschte meine Zunge in ihren Mund und sie schmeckte wie Schnee, schoss es mir durch den Kopf, wie Schnee und Eis und dabei wurde mir klar, dass mir kein bisschen kalt mehr war und ich glaube, wir waren beide verwundert, wie selbstverständlich das alles war, wie leicht unsere Hände über die Haut glitten, wie leicht sich unsere Körper aneinander fügten, ohne dass ihre Knochen mich störten, wie leicht und wie heftig, und wie schön sich die Stelle zwischen ihren Beinen anfühlte, wie weich und warm und feucht und wie ich mich über sie beugte, nachdem ich sie von mir abgeschüttelt hatte, und genau diese Stelle küsste, die ich bei mir selbst nicht einmal anfasse.

Anschließend hatte ich ein schlechtes Gewissen. Ich hatte Angst, Dorothea würde es mir übel nehmen, wir sprachen viele Dinge nicht aus und ich wusste nicht, wie weit sie glaubte, was man uns versuchte einzutrichtern. Von wegen, dass uns jetzt der Einlass ins Himmelreich verwehrt bliebe und so etwas.

Als ich glaubte, sie wäre eingeschlafen, nahm ich ihren Arm von meiner Brust und kletterte vorsichtig aus dem Bett. Jetzt war mir kalt und ich hob meine nasse Tracht vom Boden auf. Wollte ich nackt über den Flur huschen oder lieber in das klatschnasse Gewand steigen? Nichts von beidem, und Dorothea, von der ich dachte, sie schliefe, sagte in die Dunkelheit, die Kerze war ja inzwischen herunter gebrannt, ich könne mir ihre zweite Garnitur ausleihen.

Das war lieb von ihr und ich schöpfte Hoffnung, sie war mir vielleicht nicht böse, ich nahm also ihre gebügelte Tracht aus dem Fach und zog sie über, zum Glück sind sie alle gleich geschnitten, denn ich bin kein Vögelchen wie Dorothea, auch wenn ich fliegen kann und sie nicht, aber vielleicht kann sie das ja jetzt auch.

Ich kehrte in meine Kammer zurück, ohne dass mir jemand begegnet wäre. Meine nasse Kleidung hängte ich zum Trocknen, Dorotheas verstaute ich im Schrank, damit es Berenike morgen beim Wecken nicht auffallen würde. Ich bedauerte, dass es keine getragene Garnitur war, sie roch wie meine zweite Garnitur, streng nach Seife und Mottenpulver und kein bisschen nach Dorothea, das hätte mich getröstet, aber vielleicht hätte es alles nur schlimmer gemacht, nun, ich legte mich ins Bett, inzwischen war es mitten in der Nacht, und ich bemerkte erstaunt, dass es immer noch schneite, dass es die ganze Zeit über geschneit haben musste, denn auf dem Dach der Dechanei häufte sich der Schnee unglaublich hoch. Es sah aus, als hätte jemand schnell ein zweites Dach aufgeschüttet, um mir das Entwischen zu erschweren, um es mir auszutreiben, aber damit konnten sie nichts mehr ausrichten, ich wusste jetzt, dass ich Flügel hatte und dass nach dem Schnee frische Luft folgen würde, milde Blütenluft, wie das nach Schnee immer ist, aber diesmal würde es noch herrlicher, noch süßer sein. Und ich legte meine Hand auf die Stelle zwischen meinen Beinen, so wie ich es vorhin bei Dorothea gemacht hatte, und es fühlte sich richtig an, es schien natürlich so, und ich fühlte das Gewicht meiner Hand und wusste, ich hatte die Wahrheit gesprochen, unsere Haare würden wieder wachsen, wir würden frei werden.

Wohl hundert Briefe hatte ich Claes in den letzten fünfzehn Jahren geschrieben, wahrscheinlich waren es viel mehr, und nicht ein einziger wurde beantwortet. Wie sehr ich es mochte, mit den Fingern Salz in den Topf zu streuen, das körnige Gefühl auf den Fingerkuppen und anschließend daran zu lecken, den letzten Hauch von Salz von den Fingerspitzen zu lutschen, das war verboten und das Salz so rar, so teuer, so wertvoll und Claes und ich stippten manchmal die Finger ins Fässchen, wenn die Köchin uns den Rücken zudrehte, heute bin ich mir sicher, sie wusste davon, damals hatte ich Angst, sie würde sich umdrehen und uns erwischen, aber wenn ich die Erlaubnis bekam, eine Prise über das köchelnde Essen zu verteilen, war das etwas so Besonderes, dass ich mir groß und wertvoll vorkam. Ob Claes das auch so empfand? Ich wollte tun, was er tat, ich bewunderte ihn. Er hatte schon als Junge so geschickte Hände, nie verschüttete er etwas und die Dinge, die er aus den Holzstücken schnitzte, waren jedes Mal wunderschön, und ich musste sie immer berühren. Fünfzehn Jahre fragte ich mich, was geschehen war zwischen uns, warum er nicht auf meine Briefe antwortete, bis ich an jenem Morgen mit dem Geschmack von Schnee erwachte und wusste, dass sie meine Briefe abgefangen hatten. Ida von Merveldt und Kaplan Martin, einer von ihnen oder beide. Ich traute keinem von ihnen. Er kam am Mittag in die Arbeitsstube, um mich mit in den Turm zu nehmen. Die anderen sahen mich mitleidig an, als ich das Nähzeug aus den Händen legte und ihm auf den Flur hinaus folgte.

Ich hatte die ganzen Jahre so gelebt, dass ich mich ständig fragte, was danach käme. Kaum war das eine da, fragte ich mich, was daraus folgen würde. Diesmal weigerte ich mich, so zu denken. Ich wollte nicht ängstlich sein, nicht damit rechnen, dass Dorothea mich verraten hatte, dass Ludgera uns durch das Schlüsselloch beobachtet hatte, dass Berenike Dorotheas Tracht in meinem Schrank gefunden hatte.

Im Zimmer des Kaplans blieb ich vor dem Schreibtisch stehen, und er ging auf und ab, wie es seine Art war. Er war einen ganzen Kopf kleiner als ich und ich sah auf seine fleckige Kappe herab und fragte mich, warum er sie nicht der Waschfrau mitgab, wenn sie einmal in der Woche die Leintücher abholte. Der Kaplan öffnete das Fenster und kalte Luft strömte in den Raum. Ich fror, mein Atem stob in weißen Wölkchen in die Luft, der Kaplan hustete und schloss das Fenster und seine Schritte näherten sich und ich spürte ihn dicht hinter mir.

»Wann hast du zuletzt von deinem Bruder gehört?«, fragte er.

Wieso Claes? Wie kam er auf einmal auf ihn? Es machte mich ganz verrückt, dass er sich hinter meinem Rücken verschanzte und ich sein Gesicht nicht sehen konnte.

»Sie wissen, dass ich lange nichts von ihm gehört habe«, sagte ich und er ging um mich herum, trat an seinen Schreibtisch und setzte sich.

»Dann weißt du nicht, wo er sich aufhält?«

»Was ist denn mit ihm?«, platzte ich heraus. Ich weiß, eine Stiftsjungfer soll warten, bis sie gefragt wird und dann artig antworten, bitteschön, und so weiter, aber so haben wir das nie gemacht, keine von uns war so, wie man uns gerne darstellte.

»Nun verändern sich die Dinge, wie du weißt, ich bin alt und meine Augen mögen nicht gut sein, aber dass sich was zusammenbraut, das habe ich schon längst gespürt, und wenn auch alle meinen, es geht vorbei, mir können sie nichts vormachen. Niemand ist mit den Wassenbergern einverstanden und die Stiftsdamen, nun ja, nicht alle, aber doch viele von ihnen, du weißt schon, sie werden ungeduldig und sie fragen sich, wem sie vertrauen sollen, und der Kurfürst beobachtet uns mit Besorgnis und der Stadtrat, ja, was soll ich sagen, nun, kurzum, es wird Zeit, dass Ida handelt und dem Treiben einen Riegel vorschiebt und dafür braucht es ein Zeichen.«

Ich muss ihn ziemlich verdutzt angesehen haben, denn er fuhr fort. Die Brabender hätten den Auftrag abgelehnt, und der Kurfürst wäre erst nicht einverstanden gewesen, aber da kannte er ja auch die Zustände noch nicht, und jetzt, nun, er wäre wohl bereit, und jeder wüsste schließlich, wie großartig das Werk meines Bruders und welche Kraft und Ausstrahlung, und so ein Zeichen, und ich sah den Kaplan an, der sich immer mehr verhaspelte und errötete und neu ansetzte und sich erneut verschlingerte in seinen Ausführungen. Ich reimte mir den Inhalt zusammen. Claes sollte zu uns kommen, um eine Skulptur zu fertigen. Nun hätte er sich in den letzten Jahren wohl sehr zurückgezogen und nicht mal der Kurfürst wisse seinen Aufenthaltsort und da dachte er, dass ich vielleicht, ach Papperlapapp, mir kam das Ganze komisch vor. Ich glaube, er wollte mich auf die Probe stellen. Wollte wissen, ob nicht doch einer meiner Briefe durchgekommen und vielleicht sogar versehentlich Antwort zu mir vorgestoßen wäre. Er dachte, die Aussicht, meinen Bruder bald wieder zu sehen, würde mich die Vorsicht vergessen lassen, sodass ich mich verplapperte und etwas preisgab. Leider gab es da nichts zu verplappern, ich hatte wirklich seit damals nichts mehr von ihm gehört. In dem Fall war ich schon manchmal neidisch auf Ludgeras Fähigkeit, Visionen zu empfangen. Ich hätte dann gerne gesehen, wo Claes wäre und was er gerade machte. Sicher hatte ich über ihn gehört. Dass er bei den Medicis in Florenz gewesen war und von den großen Meistern gelernt hatte, wie man ein Bildnis lebendig gestaltete. Dass er für von Wied, dem Kurfürsten von Köln arbeitete, und viele seiner Bildnisse im Kölner Dom aufgestellt waren. Ich hatte die Brabender über ihn ausgefragt und natürlich äußerten sie sich abfällig über ihn, sie schätzten seine Arbeiten kein bisschen, sie sprachen von purem Glück und den richtigen Beziehungen, die sich Claes zunutze machte, und er würde schon sehen, was er davon hätte, und der Lehrjunge, den die Brabender im Schlepptau hatten, sogar der Lehrjunge, es ist kaum zu glauben, maß sich an, ihn schlecht machen zu dürfen. Claes hätte seine Seele an den Teufel verkauft, sagte er. Natürlich war es der Neid, der sie so reden ließ. Was sonst?

Kaplan Martin entließ mich, und ich kehrte zurück in die Arbeitsstube zu meiner Handarbeit. Bald würde ich Claes wiedersehen. Ich konnte kaum die Nadel in der Hand halten, so aufgeregt war ich, und ich war froh, als die Glocke zum Abendgebet rief und mich von der Handarbeit erlöste.

Die nächsten Tage und Wochen versank Münster unter wahren Schneemassen. Es war unglaublich, was da vom

Himmel kam, und ein bisschen glaubten wir wohl alle, es würde nie wieder aufhören. Ida von Merveldt lief mit einem Gesicht herum, von dem man gesagt hätte wie sieben Tage Regenwetter, aber es war das sieben Wochen Schneefall Gesicht und damit kamen wir längst nicht hin. Sophia von Langern betete nahezu ununterbrochen. Der Schnee schnitt die Stadt von allem ab und es drangen keine Boten mehr zu uns durch, sodass uns keine Nachrichten mehr von Angehörigen erreichten, geschweige denn sich Besuch hierher verirrte, und wir uns alle, einige mehr, andere weniger, um unsere Familien sorgten.

Mir machte das nicht so viel, ich bekam sowieso nie Besuch, und Dorothea litt das ganze Jahr unter der Kälte des Vaters, der ihrer Mutter den Kontakt mit ihr untersagt hatte. Wir waren im Stift ein zusammengepferchtes Rudel von lauter einzelnen Wesen, die in Wirklichkeit nicht gut miteinander zurecht kamen, auch wenn Ida es gern anders darstellte. Es war zum Kotzen, den ganzen Tag Sophias Gemurmel hören zu müssen. Sie war überzeugt davon, eine schwere Sünde begangen zu haben und dass wir ihr den Schnee zu verdanken hatten, dass sie einzig und allein dafür verantwortlich war. Die gute Sophia nahm sich immer sehr wichtig, sie spielte die Orgel in der Kirche, und auch wenn wir das alle gekonnt hätten, mussten wir doch zugeben, dass keine so gut spielen konnte wie sie. Wenn sie also wenigstens gespielt hätte! Den ganzen Tag rutschte sie auf den Knien herum und betete. Sie hätte den Verstand verloren, sagte Dorothea zu mir.

»Das kommt davon, weil sie nie in der Strafkammer war. Wir haben unseren Teil schön abgebüßt, sie hat sich alles aufgespart.«

Dorothea und ich steckten noch häufiger zusammen als sonst. Unsere Euphorie hatte sich gelegt. Seit unserem Erlebnis hatte der Schneefall nicht mehr nachgelassen, sodass wir uns inzwischen nicht mehr so sicher waren, ob nicht doch wir für das Unwetter verantwortlich wären.

Und dann war Dorothea eines Tages verschwunden.

Am Vormittag hatte es Probleme in der Küche gegeben. Belgin, eine der jüngeren Laienschwestern, erlitt während der Küchenarbeit einen Anfall, wie es hieß. Ich vermute, es war ein Weinanfall, wie es bei den Jüngeren häufig vorkam, und der ungeheuerliche Schneefall schlug inzwischen jeder auf die Nerven. Ida von Merveldt schickte das Mädchen fort. Ungläubig starrte sie die Äbtissin an, sie könne nicht nach Hause, sagte sie, aber das interessierte Ida wenig. Sie solle ihre Sachen nehmen und verschwinden, sie wäre für die Arbeit im Kloster nun mal nicht geschaffen. Dafür rief Ida nach Dorothea. Wir halfen nie in der Küche, wofür waren denn schließlich die Laienschwestern da?, aber in letzter Zeit war Ida noch komischer geworden. Dorothea zuckte mit den Schultern und fügte sich, schnitt aber eine Grimasse in meine Richtung.

Ida von Merveldt erinnerte mich immer an ein Insekt. Sie war so groß und hager und sie hielt sich gebeugt und ihre Bewegungen waren langsam und bedacht. Selbst wenn sie den Kopf hob, geschah es langsam.

»Hast du gar keinen Anstand?«, fragte sie mich jedes Mal, wenn ich zu ihr ins Äbtissinnenzimmer trat. Ich klopfte selbstverständlich an, wartete aber nie auf ihr »Herein«. Es dauerte immer so lange, bis sie reagierte, sodass ich anfänglich immer geglaubt hatte, sie hätte mein Klopfen nicht gehört, und wenn ich dann noch mal klopfte, wurde sie jedes Mal zornig, und so wartete ich nun nicht mehr ab.

Es lief doch alles darauf aus, jeden Tag in Gleichförmigkeit zu verbringen, jeden Tag in der gleichen ruhigen, demütigen Verfassung. Ich hatte meine Stimmungen unter

Kontrolle. Keine Wutausbrüche mehr, keine Freudentaumel. Am Anfang war es schwer für mich. Ich kann gar nicht mehr zählen, wie oft sie mich geschlagen hat. Ich verstehe schon, wir sollen demütig auf ein Zeichen warten, darauf, dass Gott zu uns spricht, und aufträgt, was wir zu tun haben. Zu Ludgera spricht er besonders häufig, durch seinen Sohn Jesus, der, wenn man ihr glauben darf, verdammt gutaussehend ist. Aber wenn er sich schon Ludgera ausgeguckt hat, wie soll er dann noch zu uns sprechen? Und mal ehrlich, was hat denn Jesus für einen Geschmack, wenn er sich ausgerechnet die verkniffene Schnepfe Ludgera aussucht und nicht Dorothea oder Sophia oder mich? Ludgera hat es soweit getrieben, dass sie sich mit Jesus in der Liebfrauenkirche vermählen wollte, mit Ringen und Kerzen überall und Blumenschmuck, und wir anderen sollten ihre Brautjungfern sein. Wir spielten gerne mit, endlich mal wieder eine richtige Feier, wenn auch Kaplan Martin und Ida nichts davon hören wollten. Wir versammelten uns in der Kirche und Ludgera war ganz andächtig und still und sie hob ihre Hand und trug tatsächlich auf einmal einen Ring am Finger, ohne dass eine von uns hätte sagen können, woher er gekommen war. Nun war Jesus vergeben, und wir waren doppelt enttäuscht, zum einen, weil er sich wie gesagt mit Ludgera vermählt hatte, die keine von uns besonders mochte und zum anderen, weil sich der Bräutigam nicht wie versprochen zeigte. Es gab Rauch und Düfte nach Weihrauch und Myrrhe, aber ob das Jesus war?

Jedenfalls wandte ich mich nach wie vor bei Problemen am liebsten an die Muttergottes, wenn sie mir auch nicht besonders half. In der ersten Zeit im Kloster kniete ich stundenlang vor ihrem Bildnis in der Kirche, und manchmal glaubte ich, sie würde mir zunicken, aber sie schickte mir niemanden, der mich hier herausholte, so oft ich auch an Claes schrieb und ihn bat, es kam keine Antwort und es kam auch niemand her, aber jetzt weiß ich ja, warum.

Als Dorothea nicht beim Mittagessen erschien, nahm ich an, sie hätte in der Küche zusammen mit den Laienschwestern gegessen. Nachdem sie aber weder in der Arbeitsstube noch bei der Andacht und auch nicht beim Abendbrot auftauchte, begann ich mir Sorgen zu machen. Der Schnee lag mittlerweile so hoch, dass man kaum noch wohin kam. Die Laienschwestern kehrten abends nicht wie sonst zu ihren Familien zurück, sondern zogen es vor, in den freien Kammern zu übernachten, und so waren wir besonders angespannt, denn wie oft hatte man uns eingeschärft, den Laienschwestern nichts anzuvertrauen, da sie alles in ihren Familien ausplauderten und nur darauf warteten, uns bei etwas Ungehörigem zu ertappen. Ich mochte die Mädchen ganz gern, zumindest die meisten von ihnen, und so passte ich vor der Abendandacht Bernadette ab.

»Weißt du, wo Dorothea steckt?«, fragte ich sie.

Bernadette hatte ein breites Bauerngesicht und mit manchen Dingen durfte man ihr einfach nicht kommen, aber ich hatte sie mal in Schutz genommen, als sie ein gutes Dutzend Schnecken im Salat übersehen hatte.

»Die Äbtissin hat mal wieder üble Laune.«

»Sie wird nicht erfahren, dass wir miteinander reden.«

»Das mein ich nicht, ich red von Dorothea.«

»Was ist mit ihr?«

»Ida hat sie aus der Küche geworfen, zur Einkehr.«

Immer diese Einkehr. Das machte mich immer ganz kribbelig, diese lange Zeit des Schweigens, wir sollten die Sinne schärfen für Gottes Ansprache in uns, aber so sehr ich mich anstrengte, ich hörte Gottes Stimme nicht.

Schritte näherten sich uns und Bernadette verzog sich hastig. Ich tat so, als würde ich vor der Holzfigur der heiligen Irmgard beten. Die kleine Statue hatte uns der Bischof von Köln geschenkt. Ich fand Irmgard ziemlich lächerlich mit diesem roten Handschuh, der blutbefleckt aussehen sollte, aber dem Fassmaler war wohl der Pinsel ausgerutscht, und warum diese Dame heilig war, konnte mir auch niemand sagen. Während ich also so dastand und tat, als ob ich betete, ging Ida von Merveldt an meinem Rücken vorbei. Aus den Augenwinkeln sah ich, wie sie sich müde über das Gesicht strich. Ihre Geste wirkte so übertrieben, dass sie mir in diesem Moment vorkam wie eine Schauspielerin. Bis vor einem Jahr hatten wir Stücke einstudiert und sie einmal im Monat vor Publikum aufgeführt. Der Bischof war oft dabei gewesen und viele der Domherren, und so manche von uns konnte sich nachher vor Zudringlichkeiten kaum retten. Nicht, dass es jeder von uns unangenehm gewesen wäre. Elisabeth verabscheute ihre Arbeit als Chronikschreiberin, nein, es gab nicht viel zu schreiben, manchmal passierte wochenlang nichts, aber immer, wenn Elisabeth das schwere Buch aus dem Schränkchen holte, schnaufte sie, und das lag nicht nur am Gewicht des Buches. Sie schrieb einfach nicht gern, und ich an Idas Stelle hätte jeder anderen diese Aufgabe zugedacht, nur nicht Elisabeth. Aber so war unsere Äbtissin. Sie hatte eine merkwürdige Art, die Menschen in ihrer Umgebung erziehen zu wollen. Elisabeth war eine missgelaunte Chronikschreiberin, dafür die geborene Schauspielerin. Sie blühte auf in ihrer Rolle als Teufel. Sie war wunderbar darin, kein bisschen hölzern wie bei der Handarbeit oder beim Schreiben. Ihre Augen sprühten Feuer, wenn sie, den Umhang über den Schultern und die Hörner auf dem Kopf, aus dem Dunklen auftauchte und um das Feuer tanzte. Ihr Körper bog und verrenkte sich und ich liebte es, einfach nur ihren Schatten zu betrachten. Nachdem Elisabeth schwanger geworden war, hatte uns Ida die Aufführungen verboten, und nicht nur wir, auch die Domherren waren darüber enttäuscht. Ich vermisste vor allem die fieberhafte Emsigkeit, kurz bevor das Stück beginnen sollte, das Rumoren im Bauch, das Lampenfieber. Ich nahm mir vor, mit den anderen zu reden. Vielleicht gäbe es eine Möglichkeit, ohne Idas Wissen ein Stück aufzuführen.

Ich ging in meine Kammer. Es war kalt, furchtbar kalt, und ich prüfte, ob das Fenster gut verschlossen war. Das Schneetreiben hörte nicht auf. Ein bisschen war ich froh darüber. Solange der Schnee nicht taute, war kein Reisen möglich, und so konnte der Bote auch nicht zu Claes durchdringen. Dabei wollte ich ihn wiedersehen, ich sehnte mich danach, aber gleichzeitig wollte ich ihn nicht in den Fängen des Klosters wissen. Ich traute Ida und Kaplan Martin nun mal nicht über den Weg.

Wo bloß Dorothea steckte? Ich vermutete, Ida hätte sich eine Strafe für sie ausgedacht, und natürlich hatte ich schon in der Strafzelle nachgesehen, aber da war sie nicht, zum Glück nicht, bei dieser Kälte wäre sie da draußen im Bretterverschlag erfroren. Aber wenn Ida sie im Keller eingesperrt hatte? Der Keller war mir unheimlich, es gab so viele Treppen, die immer tiefer in die Erde hinunterführten, ich wusste von mindestens drei unterirdischen Etagen, und die einzelnen Kammern waren ineinander verzahnt wie der Ouroborus, die Weltenschlange, die sich selbst in den Schwanz beißt. War schon das Kloster selbst, also das, was über der Erde lag, ein großes Labyrinth mit unzähligen versteckten Türen und Kammern, so waren die Untergeschosse wie unerforschte Ozeane voller Untiefen, Strudel und Meeresungeheuer. Das Meer. Ich war besessen davon, ich wollte es sehen, unbedingt, aber wie alles, was ich am meisten begehrte, machte es mir Angst. Schon immer fürchtete ich mich vor der Erfüllung meiner glühendsten Wünsche.

Mitten in der Nacht schreckte ich aus dem Schlaf. War da nicht jemand in mein Zimmer gekommen? Ich richtete mich im Bett auf. Es war hell genug, sodass ich Dorothea erkennen konnte. Sofort war ich wach.

»Wo warst du?«

Sie legte den Finger an die Lippen. Leise schloss sie die Tür und blieb eine Weile mit dem Rücken an das Holz gelehnt. Etwas in ihren Augen. Sie hatte sich verändert. Sie machte einen Satz auf mich zu und riss mich in die Arme, und das kam so überraschend, dass ich glaubte, sie hätte zuviel getrunken.

Sie drückte mich an sich und ich war so erleichtert, sie wieder da zu haben, meine einzige Freundin, erst jetzt wurde mir klar, dass ich Angst um sie gehabt hatte, und ich rückte von ihr ab und besah sie mir.

»Wo warst du den ganzen Tag?«

Sie lachte, presste sich die Hand vor den Mund und sah zur Tür. Glucksend zwängte sich ihr Lachen hinter der Hand hervor. Sie zog mich zum Bett, wir setzten uns dicht nebeneinander, und sie begann zu erzählen. Davon, dass Ida sie geschlagen hatte, weil ihr die Schüssel mit den Kartoffeln aus den Händen gerutscht war, und wie sie die bräunlichen Scherben betrachtet hatte, die sich über den Boden verteilten, dazwischen kullerten die Kartoffeln, und wie sie auf einmal das Gefühl überkommen hatte, etwas wirklich Verbotenes tun zu müssen. Sie kicherte.

Ich starrte sie an.

Jawohl, sie hätte die Schläge über sich ergehen lassen in einer Ruhe, die sie bis dahin nicht gekannt hatte, und nachdem Ida ihr befohlen hatte, zehn Rosenkränze zu beten, sei sie zunächst in die Kirche gegangen und hätte vor dem Bildnis der Muttergottes gebetet. Aber dann hätte sie so eine Eingebung gehabt, ein so übermächtiges Verlangen, etwas Verbotenes zu tun, dass es ihr schien, als käme es nicht aus ihrem eigenen Verstand, sondern wäre ihr von der Muttergottes aufgezwungen worden. In diesem Moment hätte sie das Gefühl gehabt, dass die Statue lebendig gewesen sei.

Ich unterbrach sie an dieser Stelle. Das Gefühl hätte ich auch schon oft gehabt, sagte ich und rückte ein Stück von ihr ab, obwohl ich natürlich darauf brannte, ihre Geschichte zu hören. Dorothea merkte nicht, wie sich meine Stimmung änderte, sie fuhr unbeirrt fort. Sie wäre durch das Portal ins Freie gegangen, so als trüge sie keine Nonnentracht sondern die Straßenkleider der Leute von Überwasser und war durch den Schnee gestapft mit den dünnen Schlappen, ohne dass ihre Füße auch nur eine Spur kalt geworden wären.

Ich hätte sie gerne unterbrochen, um zu fragen, ob sich etwas verändert hätte, da draußen, in der Stadt, aber ich schluckte die Frage hinunter. Ich beschloss, lieber gleichgültig auszusehen.

Dorothea sprudelte hervor, wie sie über die Brücke gegangen wäre und dabei das Gefühl gehabt hatte, dass Kaplan Martin sie vom Turmzimmer heraus beobachtete. Wie sie durch das Domviertel gekommen wäre und schließlich zum Marktplatz. Und da hätte sie Rothmann gesehen!

Sie lächelte vor sich hin. Eine Zeitlang hielt ich ihr Schweigen aus, dann fragte ich vorsichtig: »Und?«

»Ja, und«, wiederholte Dorothea, »was soll ich dir sagen, ich weiß jetzt, warum Ida uns die Stadt verboten hat. Dieser Mann ist einfach, ja, unglaublich!«

Und sie erzählte mir, dass sie sich eingereiht hätte in die Scharen der Zuhörer, erst skeptisch und mit wachsender Begeisterung, bis sie es den anderen gleichgetan und Rothmann zugejubelt hätte, und er wäre gekommen, hätte sie aus der Menge gezogen und ihre Hand gehalten.

Überall in der Stadt hatten die Leute versucht, Wege in den Schnee zu graben, und so waren die Gassen durchzogen von Pfaden, die fast wie Tunnel schienen, so hoch türmte sich seitlich der Schnee, erzählte Dorothea. Eine ganze Stadt wie ein Irrgarten.

»Stell dir vor, du läufst durch diese Rinnen und kannst weder rechts noch links gucken und schwupp, stehst du vor dem Rathaus oder dem Gildehaus der Krämer oder sonst wo.«

Ich wollte es mir gar nicht vorstellen. Eine gelbe Blase löste sich aus meinem Magen und schwebte auf, kroch meine Speiseröhre hoch wie eine fette Kröte und legte sich mir gelb und gallig auf die Zunge. Warum hatte sie mich nicht mitgenommen? Ich hatte gedacht, wir wären Freundinnen. Ich weiß, als Freundin hätte ich ihr den kleinen Ausflug gönnen müssen, aber verflucht, das tat ich nicht, und natürlich kam es noch dicker. Rothmann hatte Dorothea mit in sein Haus genommen.

»Hat seine Frau da nichts gegen gehabt?«, warf ich ein.

»Sein Haus ist ein einziger Taubenschlag. Den ganzen Abend sind Leute gekommen und gegangen, Prediger, Kaufmänner und Frauen, vor allem Frauen. Du hattest recht, Caterina! Wir werden bald frei sein. Jeder wird bald frei sein! Wie du gesagt hast.«

»Ich soll das gesagt haben?«

»Wir werden unsere Haare bald wieder lang haben, weißt du das denn nicht mehr?«

»Das war doch nur so daher geredet.«

»Bald werden wir gehen können, wohin wir wollen!«

Es kam mir unwirklich vor, zu dieser nachtschlafenden Zeit ihren Worten zu lauschen, in meiner Kammer, die nur durch den Schnee im Hof und auf den Dächern beleuchtet wurde, der Schnee, der das Mondlicht aufgenommen hatte und jetzt gegen die Wände warf. Ob ich träumte? In meinen Ohren summte es. Den Horizont zu sehen, erkennen, was dahinter. Ein Traum. Mauern hielten das Kloster im Würgegriff, die ganze Stadt umschlossen wie von Eisenringen, wie in der Geschichte von Lambert von Oer, dem Ritter von Burg Kakesbeck, dem sein Feind Goddart van Harmen ein eisernes Halsband um den Hals schloss. Dieses Halsband, erzählen sie, saß so eng, dass Lambert kaum atmen konnte und beinah daran gestorben wäre, hätte ihn nicht der Schmied hinten am Hörstertor gerettet. Mich würde jedenfalls kein Schmied retten. Weit weg, hinter den Mauern, mitten im Nichts, lag die Wasserburg meiner Familie. Damals waren die Mauern durchlässig für ein kleines Mädchen und ihren Bruder. Meine Kindheit war ein rotwangiger Apfel, süß und fleischig, und die träge Lieblosigkeit unserer Mutter ließ uns hindurchschlüpfen in die Welt der Bauern, die uns so viel lebendiger und wirklicher erschien als unsere eigene Welt. Claes und ich, wir waren große, blasse Kinder mit kräftigem Knochenbau, ganz anders als die dünnen, sonnenverbrannten Bauernkinder mit der unverhohlenen Gier in den Augen. Ich beneidete sie um diese Gier, die sie so offen zur Schau trugen. Wie sie die Bäuerin anbettelten und ihr fast die Kelle aus der Hand rissen, für einen Schluck Blut und noch einen und noch einen. Immer wenn die Bauern schlachteten, in den kühlen Monaten, die ein R in ihrem Namen haben, waren Claes und ich dabei, an die Mauer gedrückt beobachteten wir die Vorgänge. Ich wollte schon immer wissen, woher der Tod kommt. Das ist es doch, worum sich alles dreht im Leben. Der Tod. Das Verstecken vor ihm. Ich dachte, wenn ich weiß, aus welcher Richtung er kommt, bin ich gewappnet. Ich stand an die Mauer gedrückt und sah zu, wie der Bauer, mit dem rechten Bein auf dem Hals des Schweins kniend, zustach. Die Bäuerin fing mit der Bratpfanne das Blut auf, schüttete es drei, viermal in den Eimer und schließlich verstopfte der Bauer das Einstichloch mit einer Mohrrübe. Zwischen Zustechen und Verschließen starb das Tier. Es waren die immer gleichen Vorgänge, die zuvor mit dem Zusammenbinden der Beine des Tieres begonnen hatten und mit der Ausweidung und dem Flug des Gekröses in die Baumwipfel endeten, nie wehrte sich ein Tier ernsthaft, immer ergab es sich in sein Schicksal, und nie bekam ich mit, woher der Tod nun tatsächlich gekommen war. Claes verstand den Tod anders. Für ihn war das Leben gespickt mit Toren, die einen passieren ließen von der einen Seite zur anderen. Er glaubte an die Durchlässigkeit, und wenn wir erst einmal alt genug wären, würden wir sie sehen können, die Nahtstellen zwischen der einen und der anderen Welt, und wie das so wäre mit Nähten, sie platzten immer in den Augenblicken, in denen man am wenigsten damit rechnete.

In dieser Nacht, als Dorothea mir von Rothmann erzählte, kauerte die Durchlässigkeit zwischen uns auf dem Bett. Während ich ihr zuhörte, war mir, als überquerte ich die verschneiten Plätze Münsters, als lauschte ich dem Schimpfen der Krähen, die in den Giebeln der schlanken Kaufmannshäuser hockten, als säße ich mit Rothmann am Tisch und tränke von dem Wein. Dorothea war verwandelt und ich war es auch, vielleicht war ich sie und sie ich, und womöglich hatte die Muttergottes zu ihr mit meiner

Stimme gesprochen und mein Wunsch ihre Flucht möglich gemacht. Ich war ganz aufgeregt, aber dann verzog sich das Gefühl und ich war nur noch müde und traurig.

»Du hättest mich mitnehmen sollen«, sagte ich matt.

»Was glaubst du, was ich für einen Ärger bekommen werde?« Aber so wie sie es sagte, klang es nicht ängstlich, sondern triumphierend.

»Rothmann wird herkommen und du wirst ihn kennen lernen«, sagte sie und drückte meine Hand. »Alles wird gut.«

Der Schnee hatte den Häusern und Bäumen weiße Mäntel übergezogen und trutzig und feierlich standen sie herum und schwollen von Tag zu Tag mehr an, als wären sie stolz auf ihre neuen Kleider. Erstaunlicherweise blieb das Donnerwetter aus. Ich meine, Dorothea war einen ganzen Tag und die halbe Nacht fortgewesen, und Ida schien das nicht zu kümmern. Da war doch was faul! Ich beschloss, Kaplan Martin aufzusuchen.

Er hatte am Himmel die Zeichen des Schreckens gesehen. Die apokalyptischen Reiter. Ich hatte ja immer gewusst, dass seine Augen nicht so schlecht waren, wie er uns weismachen wollte. Von seinem Turmzimmer aus konnte er die ganze Stadt überblicken, wie der Muezzin in den Geschichten aus dem Orient. Nichts, wirklich nichts entging seinem Adlerblick. Die Fenster des Turms öffneten sich zu allen Himmelsrichtungen, und als ich das erste Mal sein Reich betrat, war ich fast erschrocken über die Aussicht. Anders als Ida nahm sich Kaplan Martin Zeit für Gespräche, früher hatte ich viele Stunden in seinem Zimmer verbracht, nun, immerhin teilten wir Geheimnisse, ich kannte seins, er kannte meins, Geheimnisse verbinden, und so ist es nicht erstaunlich, dass er es gewesen war, der mich zum

Lesen ermuntert hatte. Er wählte die Bücher für mich aus, aber je älter ich wurde, umso häufiger war ich mit seiner Wahl nicht einverstanden, und ich setzte mich über seine Vorschläge hinweg, indem ich eines Tages einfach ins Regal griff. »Das Buch möchte ich lesen«, sagte ich, auch wenn ich zufällig einen Band über Augenkrankheiten erwischt hatte.

Kopfschüttelnd ließ er mich mit dem Buch gehen, und ich las es bis zur letzten Seite, dieses Buch, das mich abwechselnd anstrengte und langweilte und ärgerte und faszinierte.

»Ah, Caterina ...«, sagte Kaplan Martin wie immer, als ich sein Zimmer betrat.

Ich betrachtete die Regalreihen. Idas Bibliothek war nicht schlecht, zumindest was die Anzahl der Bücher betraf, aber ich übertreibe nicht, wenn ich sage, Kaplan Martin hatte echte Schätze angesammelt.

»Die Reisen des Sir Mandeville«, sagte ich, und der Kaplan lachte.

»Wie oft willst du das noch lesen?«

»Es ist eins meiner Lieblingsbücher.«

Kaplan Martin wusste immer genau, an welcher Stelle sich ein Buch befand.

»Die Geschichte von Dondina?«, fragte er und ich blickte zu Boden. Die Holzplanken glänzten wie frisch poliert, das kam von dem ständigen Auf- und Abgehen des Kaplans. Die Insel Dondina und ihre Menschenfresser. Ich hatte einmal den Fehler begangen und mit dem Kaplan darüber gestritten. Wenn auf Dondina jemand schwer erkrankt, ruft man einen Priester, der ein Götzenbild über den Zustand des Kranken befragt. Sagt der Götze, der Kranke wird sterben, so töten ihn die Angehörigen auf der Stelle. Anschließend laden sie alle Freunde und Verwandte ein und feiern ein Fest, bei dem der Verstorbene aufgegessen wird. War er abgemagert, sagen die Leute, es war eine Sünde, ihn so lange liegen zu lassen. War er fett, sind alle überzeugt, richtig gehandelt zu haben, damit er schnell ins Paradies kommt. Die Knochen begraben sie später mit Gesang. Ich finde das interessant. Sie essen die Seele und trotzdem kommt der Tote in den Himmel. Wenn es so ist, spielt es wirklich keine Rolle, ob man die Toten in der kalten Erde vergräbt oder sie mit Genuss verspeist, sagte ich dem Kaplan, der darauf furchtbar außer sich geraten war und sich noch mehr verhaspelt hatte als sonst schon in meiner Gegenwart. Seitdem stand Dondina wie eine Zauberformel zwischen uns.

Ich machte eine unbestimmte Handbewegung, und Kaplan Martin kam nah an mich heran, wie es seine Angewohnheit war. Er streckte mir das Buch entgegen und als ich es nehmen wollte, hielt er es fest. Das gehörte zu seinen Spielen. Diese Spiele machte er mit jedem, und allein deshalb verzichteten die meisten von uns auf seine Bücher. Mir konnten seine Spielchen nichts anhaben. An meinem ersten Tag brachte mich Kaplan Martin in den Aufnahmeraum, eine kalte Kammer ohne Möblierung und mit niedriger, gewölbter Decke. Ich war vierzehn und trug mein weißes Sommerkleid und Kaplan Martin begutachtete mich von allen Seiten, bis er Schwester Immaculata mit leiser Stimme die Anweisungen gab und aus meinem Blickfeld verschwand. Schwester Immaculata nahm die Schere und das Rasiermesser aus einem Kistchen. Sie goss Wasser aus dem Krug in eine Schale und zog mir das Sommerkleid über den Kopf. In der Mitte des Raumes stand ein Schemel, ein Melkschemel wie ihn die Bauern benutzten, und meine Beine kamen mir vor wie Stelzen, als ich mich umständlich darauf niederließ. Mein nackter Po passte kaum auf die Sitzfläche und ich schämte mich und fror. Schwester Immaculata beugte sich über mich, schnitt meine Haare erst mit der Schere, dann mit dem Rasiermesser, und meine Haare schlingerten mir über den Rücken und den Brustkorb und ich stellte mir vor, ich liefe durch den Wald, mitten durch das Dickicht, und Blätter und Äste streiften mich. Ich weinte. Während der ganzen Prozedur ließ der Kaplan seine Blicke nicht von mir. Ich drehte mich nicht um, ich weiß das auch so. Und genauso weiß ich, dass er sich eine Strähne mitnahm, von meinem langen blonden Haar, das auf dem Boden verstreut lag wie Stroh oder geschorenes Fell, und ich kam mir vor wie ein Tier, das sie für das Schlachten vorbereiteten und ich dachte, so ist das also, gleich weißt du, aus welcher Richtung der Tod kommt, von hinten natürlich, er lauert dir schon im Rücken.

Er gab mir das Buch und ich trat ans Fenster, um einen Blick über das Domviertel zu werfen.

»Haben Sie von Claes gehört?«, fragte ich.

»Der Bote ist unterwegs«, sagte Kaplan Martin.

Ich konnte mir das kaum vorstellen. Bei diesem Wetter? Soweit ich sehen konnte, Schnee, Schnee, Schnee.

»Wir müssen ein Zeichen setzen, etwas, das sie sehen, etwas, das ihnen die Augen öffnet, die Herzen, ach was, sie aufrüttelt und sie ermahnt, sie erinnert an das, was wichtig und was sie nicht vergessen dürfen, die Mädchen, die den Weg nicht mehr sehen, du weißt, wovon ich rede.«

Schnee, soweit das Auge reichte. Darin das Wasser der Aa. Von oben sah der Fluss aus wie eine bläuliche Ader unter weißem Fleisch. Er war an den Rändern gefroren. Dorothea hatte mir von den Eisplatten erzählt, die über die Wasserfläche ragten und darunter, wie unter Milchglas, schäumte das Wasser.

»Die Wälder sind undurchdringlich bei diesem Schnee. Wie soll der Bote zu ihm kommen? Wie soll er herkommen? Sie bringen ihn in Gefahr.«

»Was weißt du von Gefahr?«

»Warum haben Sie ihn nicht schon im Sommer gerufen?«

»Wer hätte denn wissen können, dass es so schlimm kommt?«

Es hatte schon wieder angefangen zu schneien. Dicke Flocken wirbelten vor den Fenstern und ich hatte plötzlich Lust, ins Freie zu laufen. Ida hatte genau gewusst, dass es schlimm kommt. Schon vor über einem Jahr musste der Klosteramtmann in der Turmkapelle eine Nische ins Mauerwerk schlagen. Darin, geschützt hinter einem eisernen Türchen, versteckte Ida unsere Privilegien. Und erst im Sommer hatte sie versucht, Urkunden und Schmuck aus der Stadt zu schleusen. Noch am selben Tag waren Ratsherren gekommen, um sich vom Kloster Geld zu leihen für den Türkenkrieg. Ida hatte es gewusst, von Anfang an hatte sie es gewusst, spätestens seit letztem Sommer, wahrscheinlich schon viel eher. Man konnte ihr vieles vorwerfen, nur nicht Dummheit. Und was Ida wusste, das wusste auch der Kaplan, die beiden waren wie Zwillinge, so empfand ich sie, wie ein Wesen in zwei Körpern, und was der eine wusste, das wusste auch der andere, natürlich.

Ich weiß nicht, wie es anderen gegangen wäre, manchmal mache ich mir Gedanken um solche Dinge, als wenn es eine Rolle spielen würde, ich frage mich manchmal, was das da ist in mir, dieses Tier mit den gelben Augen, das mir von innen gegen die Magenwände kratzt. Nachdem Dorothea gegangen war, war es mit dem Schlafen vorbei für mich. Warum hatte sie mich nicht mitgenommen? War sie meine Freundin oder nicht? Sie hatte mich nicht mitgenommen, obwohl ich es gewesen war, ich, die von Freiheit gesprochen hatte, ich hatte ihr das Stichwort gegeben und sie, diese Schlange, hatte sich davon geschlichen, war aus der Kirchtür spaziert, einfach so. Ich lag da und starrte ins Dunkle. Draußen bellte ein Hund, immer wieder, er konnte auch nicht schlafen, ich verstand ihn gut, wahrscheinlich hatte man ihn genauso ungerecht behandelt. Und um dem Ganzen die Krone aufzusetzen war sie bei Rothmann gewesen. Ich hatte nicht gefragt, was sie die halbe Nacht dort gemacht hatte. Immerhin, sie war zurückgekommen, und immerhin, als erstes zu mir. Aber das hätte sie sich auch sparen können. Ich dachte an den Tag, als es zu schneien begonnen hatte. Wie glücklich wir waren, da draußen im Schnee, und ich hatte noch nichts gewusst, nichts von Rothmann, nichts von Claes, nur Dorothea, Dorothea, Dorothea. Und ich. Wenn ich doch nur die Zeit zurückdrehen könnte. Die Zeit war etwas Rätselhaftes. Claes hatte mir von Spiralen erzählt. Zeitspiralen. Wenn man in sie gerät, wird man aufgesogen und an anderer Stelle ausgespuckt, so wie es Strudel im Meer geben soll, die einen an einem Ort verschwinden und an anderen wieder auftauchen lassen. Aber wie komme ich jetzt darauf? Nun ja, ich wünschte, Dorothea und ich wären noch am Anfang, dort im frischen Schnee, und wir könnten es noch ändern, das andere, das Schreckliche.

3

Schreiben

Wie ernst ich früher das Gerede der Leute nahm, wenn sie von meinem Doppelgänger sprachen. Manchmal war er mir nur knapp entwischt, ich war gerade um die Ecke gekommen und jemand sagte, das ist ja komisch, du warst doch gerade schon hier, da hattest du aber eine andere Jacke an. Oder jemand sagte mir, vor fünf Minuten sei ihm wer entgegengekommen, der so ausgesehen hätte wie ich. Ich hab mich dann immer umgesehen, bin durch die Straßen gelaufen in der Hoffnung, meinen Doppelgänger zu entdecken, aber immer war er schon weg. Heute morgen kam mir eine Frau in einem grünen Passat mit Steinfurter Kennzeichen entgegen, ich hab erst gedacht, du wärst das – solche Sätze blieben mir im Gedächtnis. Tatsächlich habe ich eine Zeit lang in jeden grünen Passat gesehen. Ich hab mir ausgemalt, was ich sagen würde, in diesem Moment, wenn ich sie finden würde, und einmal bin ich wirklich in die Situation gekommen, dass ich nach Worten kramen musste, mir fielen keine ein, aber ich wollte mir den Augenblick nicht entgehen lassen, es war in einem Bekleidungsgeschäft, als ich aufblickte und sie hinter einem der Kleiderständer entdeckte, meine Doppelgängerin. In meinen Handgelenken knisterte es, als liefe Strom durch meine Adern, ich wusste nicht, was ich sagen sollte, aber ich durfte sie nicht entwischen lassen. Langsam ging ich auf sie zu. Sie sah mich an, machte ein paar Schritte auf mich zu, genauso überrascht wie ich, sicher suchte sie mich so lange wie ich sie, ich war glücklich in diesem Moment, alles Suchen hatte ein Ende, und als ich das Spiegelglas berührte, verstand ich erst nicht. Es war zum Heulen.

Am Anfang war mein Bruder. Sieben Jahre später kam ich auf die Welt, aber da hatte sich die Spur meines Bruders bereits verflüchtigt, und noch einmal sieben Jahre später begann ich zu sammeln, was von ihm noch greifbar war. Das war allerdings nicht viel. Kaum mehr als Ahnungen, die in der Luft herumschwirrten. Kaum mehr als ein Zurückzucken meiner Mutter, so unmerklich, dass es nur der Tochter auffallen konnte. Und so mussten noch zweimal sieben Jahre vergehen, bis meine Eltern es aussprachen, bis sie mich an den Eichentisch im Wohnzimmer baten und sich bereit erklärten, mir jetzt, da ich erwachsen war, eigentlich war ich ja schon seit drei Jahren erwachsen, aber für meine Eltern galt noch die alte Volljährigkeitsgrenze, das Geheimnis anzuvertrauen, sofern ich denn versprach, Schweigen zu bewahren. Ich versprach es und brach mein Versprechen sofort. Ich musste es brechen, zu unglaublich klang für mich, was sie sagten.

Den Namen, den mir meine Eltern nannten, hütete ich, ich verschloss ihn in mir, wagte nicht mal ihn aufzuschreiben, wenn ich auch anderen gegenüber zwanghaft Andeutungen fallen ließ, über meinen Bruder, über seine Existenz, von der ich immer geahnt hatte, obwohl sie mir nie davon erzählt hatten.

Nun also wusste ich von ihm, ich hatte seinen Namen, und doch nützte mir mein Wissen nichts. Erstens hatte ich versprechen müssen, ihn nicht zu suchen, gut, dieses Versprechen hätte ich genau wie das andere brechen können, und zweitens hatten sie mir außer dem Namen und der Tatsache seiner Existenz nichts an die Hand gegeben, absolut nichts, und wie sollte ich ihn dann finden?

Am Anfang der Geschichte tauchte dieser Verrückte bei mir auf. Ich möchte seinen Namen nicht verraten, genauso wenig wie den Namen meines Bruders, ja wirklich haben beide denselben Vornamen, nennen wir ihn also Joachim. Ich suchte immer noch nach meinem Bruder, nach einer Zeit, in der ich Telefonbücher planlos durchkämmt hatte, suchte ich nicht mehr aktiv, nur noch im Stillen, Verborgenen, wo ich sicher sein konnte, ihn nicht zu finden.

Joachim tauchte im Februar auf, er rief mich an und bat um ein Treffen, und es war am 3. März, als wir uns in einem Café in der Altstadt von Münster trafen. Wir hatten kein Erkennungsmerkmal ausgemacht, etwa die berühmte Rose im Knopfloch, obwohl ich jetzt sagen muss, dass das zu ihm gepasst hätte, und ich hatte Bedenken, ob ich ihn finden würde, aber er winkte mir, als ich noch zögernd am Eingang stand, ein wedelnder Arm aus dem Dunklen. Ich hätte sein Alter nicht schätzen können. Fünfunddreißig? Fünfzig? Keine Ahnung. Als ich mir den Stuhl zurechtrückte, kamen zwei Lodenmanteldamen an unseren Tisch, ich hatte gar nicht gewusst, dass es solche Frauen noch gab, und schüttelten Joachim die Hand. Es beruhigte mich, dass man ihn kannte, dass er nicht meiner Fantasie entsprungen war.

Das zurückliegende Jahr war die Hölle für mich gewesen, und noch immer fühlte ich mich schlapp, knackten meine Knochen, sobald ich mich bewegte, und es reichte mir, stundenlang am Küchentisch zu sitzen und die Autos zu betrachten, die am Horizont vorbeiflitzten, sie waren wie eine Mauer, die mich von der Stadt trennte. Die Fliegen krochen über den Rand meiner Teetasse, lutschten am Zucker. Es war mir egal. Ich wollte nicht mehr suchen. Ich drückte mich in der Küche herum, trank kannenweise schwarzen Tee und wechselte zu Wein, sobald die Sonne unterging. Ich wollte nicht mehr suchen, ganz einfach.

So verliefen die Monate, bis dieser Verrückte mich aufspürte, mich zwang, die Geschichte zu schreiben, obwohl ich seit Ewigkeiten nicht mehr geschrieben hatte, obwohl ich mir sicher war, es verlernt zu haben, das Schreiben. Den Stift nehmen, ihn über das leere Blatt gleiten zu lassen, Seite für Seite, das erschien mir unmöglich inzwischen.

Die Kellnerin stellte das Kännchen Kaffee vor mir ab, während Joachim Bücherstapel um uns herum schichtete.

»Ich suche schon lange jemanden für diese Geschichte«, sagte er und schlug mir Autorennamen um die Ohren, Leute, deren Bücher in den Kaufhäusern auslagen, wie Nellie Alonsa oder Tom Perkins. Das wären doch wohl Pseudonyme, meinte ich, aber Joachim ging darauf nicht ein.

»Das ist was für Sie«, hörte ich ihn sagen, und ich rührte in meinem Kaffee, zu schlapp um zu fragen, was er über mich wusste, ja woher er überhaupt meinen Namen kannte, wer ihm von meiner Schreibvergangenheit erzählt hatte. Ich war mir ziemlich sicher, diese Geschichte nicht schreiben zu können, und die Summe, die er mir in Aussicht stellte, war wohl kaum der Rede wert. Ich mache mir nicht viel aus Geld, ich esse nicht viel und zum Anziehen habe ich auch genug und was mal sein wird und wie lange das Geld aus meiner verdammten Scheidung noch reichen wird, daran denke ich nicht.

»Ich brauche diese Geschichte«, sagte Joachim. »Verstehen Sie das?«

Obwohl ich nickte, verstand ich nichts. Verrückt, dachte ich, aber warum nicht, Onkel Hubert war schließlich auch in der Psychiatrie gelandet, der Grat dahin erschien mir schmal, und was stand es mir zu, darüber zu urteilen? Ich willigte ein, versprach ihm ein ganzes, dickes Buch in einer unmöglich zu schaffenden Zeit, ich sagte ja und nahm den Stapel Bücher. Um die Zusammenhänge zu verstehen, wie er es nannte.

Ich hatte ein Foto von meinem Bruder. Ich entdeckte es in der Fotokiste, als ich in der zweiten oder dritten Klasse war. Es zeigte eine Gruppe Schulkinder, älter als ich, vielleicht war es ein Abschlussfoto, die Jungen trugen Anzugjacken, die Mädchen Röcke. Sie blinzelten in die Sonne, und ich erinnere mich genau, wie ich das Foto in den Händen hielt, ratlos, weil ich niemanden darauf kannte, niemanden, und das war seltsam, weil es in der Kiste mit den Familienbildern gesteckt hatte.

»Was sind das für Leute?«, fragte ich meine Mutter, und sie lächelte vor sich hin und nannte mir den Namen einer entfernten Verwandten.

Das stellte mich überhaupt nicht zufrieden, aber wenn ich zurückblicke, sehe ich meine Kindheit voller Rätsel, voller angelehnter Türen, es war, als hätte meine Mutter überall Krumen gestreut, Krumen, die jederzeit von den Vögeln aufgepickt werden konnten, Krumen, die mich ganz sicher nicht auf den rechten Weg führten, mich verwirrten und mir das Gefühl gaben, dass alles nicht wirklich war, dass die Welt um mich herum aus Fassaden bestand. Nachts träumte ich, der Reißverschluss am Kleid meiner Mutter hätte sich geöffnet, und für einen Moment könnte ich einen Blick auf ihren Rücken werfen, aber da, wo eigentlich Haut hätte sein müssen, klaffte ein Spalt, und ich sah, dass sie innen hohl war wie ein Schokoladenhase.

Vom 3. März an saß mir Joachim im Nacken. Er rief mich an, während ich am Küchentisch vor mich hin träumte, er arrangierte Treffen mit Leuten, die mir weiterhelfen sollten bei der Geschichte, es kam sogar jemand von der Zeitung und fragte mich aus, und ich antwortete, als wäre das alles ein Spiel. Die Geschichte berührte mich kein bisschen, sie betraf mich nicht, aber ich hatte mich auf das alles eingelassen, weil es mich interessierte, was es aus mir machen würde, alles hinterlässt Spuren und so wie ich die Kastanien aufnehme, die mir der Baum vor die Füße spuckt, so nahm ich jetzt den Faden, den mir Joachim in die Hand gedrückt hatte. Ich begann, mich durch die Bücher zu arbeiten, und nachdem ich den Stapel bewältigt hatte, besorgte ich mir neue Bücher aus der Bibliothek, und später durchkämmte ich die Internet-Antiquariate. Wenn ich las, konnte ich nicht schreiben, und das war mir nur recht, denn das Schreiben hatte ich ja verlernt, und immer wieder sah ich von den Buchseiten auf und blickte aus dem Küchenfenster, die Bachstelzen zupften Moos aus dem Rasen und einmal sah ich einen Maulwurf, der wie in einem unsichtbaren Labyrinth den Platz überquerte, in merkwürdigen Zickzacklinien, hin und zurück, als wäre da tatsächlich eine Markierung, innerhalb der er sich bewegte, ich sah ihn den ganzen Tag an diesen unsichtbaren Linien entlang hetzen und fand ihn am Abend tot vor der Haustür. Es musste etwas bedeuten, alles bedeutete etwas, ich hatte mir angewöhnt, aus den alltäglichsten Zeichen zu lesen, und so ein verrücktgewordener Maulwurf war ja alles andere als einfach, aber sein Tod sollte nicht umsonst sein, und so vergrub ich mich noch mehr in meine Bücher.

»Wie weit sind Sie?«, fragte Joachim am Telefon, und ich wand mich, sprach von hundert Seiten, und als er bat, sie zu lesen, wunderte ich mich, wie glaubhaft ich log, und wand mich noch mehr.

Ich war immer allein gewesen, selbst als ich verheiratet war, aber jetzt war da dieser Joachim, unser Leben war miteinander verbunden, plötzlich, es mochte nur ein dünner Faden sein, für mich war es ein Strick, der mich an den Stuhl band. Ich stierte auf die Zeilen in den Büchern und suchte nach meiner Hauptfigur. Es sollte ein Mann sein, klug und mutig, entschlossen und kämpferisch, Wissenschaftler und Künstler. Er müsste es mit den Täufern und der Äbtissin aufnehmen können und wenn nötig mit dem Bischof, von seinen eigenen Dämonen ganz zu schweigen. Ich sah ihn vor mir, und wusste doch nicht, wo ich ihn finden sollte. Claes, so sollte er heißen.

Die Lieblingsfantasie meiner Kindheit war die von dem Zwilling. Wir waren nach der Geburt getrennt worden, und plötzlich tauchte er in der Pause auf dem Schulhof auf, mal Mädchen, mal Junge, mein Zwilling sah aus wie ich und überall hatte er nach mir gesucht, in Italien, in Amerika, jeden hatte er nach mir gefragt und so hatte sich eine Spur ergeben, bis zum Schulhof meiner Grundschule, und ich war froh, die Lücke, die ich bis dahin empfunden hatte, schloss sich. Aber das Vergnügen, das mir diese Fantasie brachte, war nur kurz.

Ich verliebte mich sogar in einen Mann, einzig weil er mir anvertraute, er hätte sich in all den einsamen Fernsehabenden seiner Kindheit vorgestellt, dass irgendwo da draußen in der Welt im gleichen Moment ein Mädchen säße, das die gleiche Sendung sehen würde und im gleichen Moment den gleichen Gedanken hätte, dass nämlich ein Junge, also er, irgendwo da draußen vor dem Fernseher säße und das gleiche dächte wie er. Unsere Beziehung hielt mehrere Monate, weil ich glaubte, das Mädchen gewesen zu sein, immerhin gab es tatsächlich eine Menge Fernsehfilme, die wir beide kannten, und hatte ich nicht ständig an meinen Doppelgänger gedacht, an meinen Zwilling? Nein, einen Zwilling hatte ich wohl nicht, aber wenigstens einen Bruder, schon im Kindergartenalter war ich von seiner Existenz überzeugt. »Wo soll der denn sein?«, fragte meine Mutter, wenn ich von ihm fantasierte, und jedes Mal glaubte ich, ihm auf der Spur zu sein, mein Puls beschleunigte sich. »Im Internat vielleicht?«, fragte ich, ich kannte schon früh Hanni und Nanni, und ich hoffte auf eine Antwort, ja oder nein, es hätte mir alles bedeutet. »So, du glaubst im Internat?« Wieder ein paar Sekunden, in denen ich mich der Wahrheit ganz nah glaubte, gleich wird sie es mir sagen, aber stattdessen erschien das Lächeln, das ich bei meiner Mutter nicht mochte, tja, sagte sie, du hast aber keinen Bruder.

Und wenn ich zurückblicke, möchte ich ihr alles verzeihen, alles, aber ihre Spiele, die kann ich nicht verzeihen, ihre Spiele haben mir für alle Zeiten die Spiele verdorben, alle Spiele, von Völkerball oder Fangen, Blindekuh, Fischer Fischer wie tief ist das Wasser? über Der Plumpsack geht herum bis hin zu Monopoly oder Mensch ärgere dich nicht und alles, was es sonst noch gibt, denn das Spielen hatte für mich etwas Beängstigendes, das Spiel war das falsche Lächeln, und so hielt ich mich abseits, immer hielt ich mich abseits, bis ich soweit von allem abgerückt war, dass von Absicht keine Rede mehr sein konnte, dass mich eine Glaswand von den anderen trennte, dass ich einfach nicht mehr dazu gehörte. Wie eine Klausnerin, wenn ich auch lange Zeit das Wort nicht kannte, abgeschnitten, und so bin ich heute dankbar für die Linie der Autos, die mich von der Stadt abschneidet, von den Leuten, die an meiner Haustür klingeln könnten, um mir ihr Spiel vorzuschlagen, das leih mir ein Ei- oder abonnier meine Zeitschrift-Spiel, egal, sie finden mich nicht, ich bin zu weit abgelegen, und das ist mir sehr recht. Das Telefon, ja, das ist das Problem, ich lasse es klingeln, oft, ich ahne, wer es ist, elf Uhr morgens ist es meine Mutter, vierzehn Uhr ist es jemand von der Lotterie, ich spiele natürlich kein Lotto, das wollen sie nur nicht begreifen, dass einer auf ihre Gewinne verzichtet. Und um einundzwanzig Uhr ist es Joachim. Er fragt nach dem Buch. Manchmal muss ich drangehen. Ich habe Angst, dass er sonst kommt, und dann muss ich ihm das Manuskript zeigen. Das will ich nicht. So gehe ich ans Telefon, wenn es um einundzwanzig Uhr klingelt, schön, dass Sie anrufen, sage ich, doch, es macht Fortschritte. Wie lange ich ihn noch hinhalten kann? Keine Ahnung. Im Teich hinter dem Haus, Tümpel ist das bessere Wort, habe ich eine Ratte entdeckt, mit dicken schwarzen Händen, sie sieht aus, als trüge sie Handschuhe, sie reißt die Binsen aus dem Wasser und beißt darauf herum. Am Morgen, am Mittag, am Abend. Sie ist wie ich. Knäckebrot zum Frühstück, zum Mittag, als Abendbrot. Ich beobachte sie, wie sie die Wasserlinsen teilt, sie legt Straßen an im Tümpel, ein paar Löcher, an denen sie auftaucht. Sie kann über das Wasser laufen wie die Bachstelzen, von denen ich hoffe, sie mögen nicht gefressen werden. Ich weiß nicht, wie lange meiner Ratte die Binsen noch schmecken, und ob sie über das Jahr reichen, und was sie dann fressen wird. Ich weiß nicht, warum meine Mutter diese Spiele gespielt hat, wo sie doch sonst nicht mit mir spielen wollte, weder mit Lego noch mit Barbies.

Als ich vor einigen Jahren meinen Internet-Anschluss bekam, tippte ich den Namen meines Bruders in die Suchmaschine ein. Suchmaschine, allein dieses Wort faszinierte mich und womöglich habe ich mir einzig deswegen den Anschluss legen lassen. Es war, wie ich erwartet hatte, eine gewaltige Menge an Ergebnissen. Wahllos griff ich mir ein paar heraus. Fünfzig Mal listete ich seinen Namen auf. Joachim Jellinghaus, Hamburg. Joachim Jellinghaus, Köln. Joachim Jellinghaus, Cloppenburg. Joachim Jellinghaus, Offenbach. Joachim Jellinghaus, Gütersloh. Ich hatte kein System, bei fünfzig hörte ich einfach auf. Zwei Seiten voll Telefonnummern lagen vor mir, und nachdem ich die Blätter mehrere Wochen lang von einer Seite des Tisches zur anderen geräumt hatte und wieder zurück, begann ich mit der obersten Nummer. Mir war schlecht.

Es war ein Tag, an dem es vor Gewitterwürmchen wimmelte. Nur für einen Moment war ich vor die Tür gegangen und das hatte gereicht, meine nackten Arme, mein T-Shirt, meine Hose waren übersät von den Viechern, überall krabbelten sie, und ich wollte am liebsten duschen, aber zuvor müsste ich wenigstens eine Nummer wählen.

»Guten Tag. Mein Name ist Marie Lamotte (ich hatte mir natürlich einen Namen ausgedacht). Ich suche einen Joachim Jellinghaus ...«

»Ja, da sind Sie ganz richtig«, sagte der Mann am anderen Ende.

Mein Herz klopfte mir im Hals, im ersten Augenblick war ich überrascht, nein, überwältigt, dann erst fiel es mir ein, war ja klar, und ich ergänzte: »Der Joachim, den ich suche, ist vierzig Jahre alt.«

Nein, der war es schon mal nicht. Erleichtert strich ich den Namen von der Liste, und weil es so gut geklappt hatte, nahm ich gleich den nächsten. Der war es auch nicht. Mehr schaffte ich auf keinen Fall, ich schleppte mich unter die Dusche und schwemmte die Gewittertierchen fort, aber als ich zum Schreibtisch zurückkam, hatten sie sich über die Papiere verteilt wie wandelnde Kommas und I-Punkte und ich begriff, wie lächerlich das war, was ich mir vorgenommen hatte und zerriss die Blätter.

Erst ein paar Jahre später versuchte ich es noch mal. Eine Nummer in Köln, am anderen Ende ein Anrufbeantworter, und ich war mir auf einmal sicher, dass er es war. Seine Stimme klang wie meine, na ja, wäre ich ein Mann, hätte ich so eine Stimme, dachte ich. Er musste es sein. Ich schrieb mir die Nummer in mein Notizbuch. Für den Notfall. Sollte ich es nicht mehr aushalten, würde ich ihm meine Nummer auf Band hinterlassen.

Aber jetzt hatte ich ganz andere Probleme. Ich hatte versprochen, einen Roman über die Täufer zu schreiben, und alles was ich tat war, Netze auszulegen und darauf zu warten, dass sich die Geschichte darin verfing. Aber gab es überhaupt »die Geschichte«? Im Laufe der Jahre hatten die Täufer immer wieder ihr Gesicht verändert, waren vom Teufel zum Helden mutiert und wieder zurück, Tyrannen, Idealisten, Utopisten, Anarchisten, Kommunisten, Optimisten, und wir wissen doch alle, wie schwierig es ist, die eigene Vergangenheit aufzuklauben und in den Händen zu behalten, erst ist es Bernstein, seht, wie es funkelt, und dann trocknet das Wasser und es ist bloß Dreck, was wir gehortet haben, und werfen wir es fort, verdammt, sind wir uns plötzlich sicher, dass es Gold gewesen war. Es gibt keine wahre Vergangenheit. Und dann war Joachim wieder am Telefon und ich redete mich mit Recherchen heraus.

»Das passt gut, ich habe nämlich noch Bücher für Sie. Können Sie nach Münster kommen?«

Ich fuhr mit dem Zug. Ich liebe es, die vorbeiflitzende Landschaft zu betrachten, der Weg nach Münster ist ein Patchwork aus Kuh- und Pferdeweiden, Maisfelder und große gelbe Flecken, von denen das Getreide bereits abgeerntet wurde. Erst vor kurzem hatte ich Bilder von Winfried Gaul gesehen, große monochrome Quadrate, vier davon zu einem riesigen Gemälde angeordnet, »Farben eines Dorfes«, Maisgelb, Safrangelb, Sonnengelb, mal mit viel Schwarz, mal mit weniger Schwarz. Jetzt verstand ich, und ich verspürte Lust, mir Farben und Papier zu kaufen und mein Buch zu malen anstatt zu schreiben. Grün für die Episode im Wald, Rot für die Stadt. Wenn mir nur nicht Joachim im Nacken säße.

Er wartete schon auf mich. Es war ein heißer Tag im Juli, überall saßen die Leute unter Schirmen, und wir beide waren die einzigen in der eichenholzvertäfelten Wirtschaft. Die Butzenscheiben ließen nur wenig Licht hinein, und so war es innen kühler als draußen. Kühl und still, und der Stapel Bücher auf dem Tisch wirkte sehr behäbig und sehr wichtig.

»Wie weit sind Sie?«, fragte er, kaum dass ich Platz genommen hatte.

»Ich mache Fortschritte«, log ich, »und was haben Sie für mich?«

Die Bücher waren nicht alles, stellte sich heraus. Es war niemand außer uns im Raum, sonst nur noch der Wirt, und der war mit Zapfen beschäftigt, die Leute auf der Straße soffen wie die Löcher, und Joachim nestelte an der Brusttasche seines Jacketts, trotz der Hitze war er förmlich gekleidet, und er zog ein paar kleingefaltete Blätter Papier heraus, öffnete sie, strich sie glatt und legte sie vor mir auf den Tisch.

»Ich war im Staatsarchiv«, sagte er.

Vorsichtig nahm ich die Blätter. Es waren Kopien. Kopien von Briefen der Ida von Merveldt, Äbtissin im Kloster Überwasser. Briefe an den Bischof Franz von Waldeck, und in einem ging es um einen gewissen Hilgensnyder, einen Heiligenschnitzer, den der Bischof irgendwelcher Verbrechen beschuldigte und den sie im Kloster für kurze Zeit aufgenommen hatten. Ich war wie elektrisiert.

»Das ist Claes«, sagte ich. »Verstehen Sie, das ist Claes! Ich hatte geglaubt, ich hätte ihn mir ausgedacht, aber sehen Sie, es gab ihn wirklich!«

Joachim verstand meine Aufregung nicht so ganz, aber ich glaube, es gefiel ihm, meine Fantasie zu füttern, und als ich mich verabschieden wollte, hielt er mich zurück, um mir eine Geschichte zu erzählen.

»Als Junge habe ich mit meinen Eltern drüben in der Sonnenstraße gewohnt, in einem sehr alten Fachwerkhaus, das sie inzwischen abgerissen haben. Eines Mittags kam ich aus der Schule. Mit dem Ranzen auf dem Rücken lief ich die Treppe hoch, wie sonst auch, und als ich fast oben war, wir wohnten im ersten Stock und mir fehlten nur noch ein paar Stufen, ich konnte die Wohnungstür schon sehen, aber plötzlich war es so, ich konnte mich nicht mehr bewegen. Ich hatte die Arme ausgestreckt, den einen Fuß angehoben, und ich kam nicht mehr vor und nicht zurück, ich war wie eingefroren, und gleichzeitig hörte ich ein Summen, so ein Zischeln wie von Strom, und es kam von um die Ecke, es gab dort eine Nische, und ich spürte, dahinter war etwas. Ich war wie in der Zeit gefangen, verstehen Sie? Es war ein sehr altes Haus, und während ich versuchte, mich zu bewegen, sprangen meine Gedanken hin und her. Ich konnte sehen und riechen und denken, das alles, nur eben nicht mich bewegen. Irgendwann schaffte ich es, mich zu lösen, das war eine große Anstrengung. Ich stürzte in die Wohnung und bekam kaum das Essen hinunter, so müde war ich. Gleich nach den Hausaufgaben legte ich mich aufs Bett und verschlief den Rest des Tages. Für meine Eltern war das Unsinn, und sicher werden Sie das auch so abtun, es ist mir egal, ich habe das seitdem niemandem erzählt, aber immer wieder daran gedacht. Seitdem weiß ich, die Jahre vergehen, aber sie verschwinden nicht. Sie sind alle noch da, jedes einzelne.«

Daran musste ich denken, als ich später im Zug saß. Ich könnte mir vorstellen, dass es dafür eine neurologische Erklärung gibt, sagte ich vorsichtig, die finden da im Moment ungeheuerliche Sachen heraus. Sie wissen schon, das limbische System und so, und ich war froh, als er nickte.

Ich wollte schreiben, aber wann immer ich mich an den Schreibtisch setzte, flogen mir die Gedanken fort, ich versuchte es am Küchentisch, das gleiche, ich stierte aus dem Fenster, sah den Autos nach, betrachtete die Wolken, hörte auf das Ticken der Uhr und war erstaunt, wenn der Abend hereinbrach. Bald glaubte ich, dass es das Haus war. Es ließ mich nicht schreiben. Ich hatte es von meinem Großonkel geerbt, von Onkel Hubert, den sie eines Tages in die Anstalt brachten, weil er sich nicht mehr bewegte, nicht mal die Augenlider, und kein Wort mehr sprach, niemals mehr. Onkel Hubert trank schon am Mittag Wein und sprach mit den Pflanzen im Garten, und so wunderte sich niemand über sein seltsames Ende. So langsam kamen mir aber Zweifel. Vielleicht hatte er etwas im Haus gesehen, das ihn zum Verstummen gebracht hatte. Immerhin war es ein altes Haus, ein sehr altes Haus, und Joachims Worte gingen mir nicht aus dem Sinn. Ich achtete auf Zeichen, noch mehr als sonst, manchmal klopfte es an der Tür, ohne dass jemand da war, manchmal fielen Bücher aus dem Regal, einfach so, und einmal kam es vor, dass das Licht über dem Küchentisch ausging, nur dieses eine Licht, während die anderen Lampen brannten, und halb zum Spaß, halb aus Angst befahl ich mit strenger Stimme, das Licht möge auf der Stelle wieder angestellt werden. Was soll ich sagen, kaum hatte ich es ausgesprochen, brannte das Licht wieder. Nachts hörte ich manchmal Schritte im Haus und sobald ich mich über mein Notizbuch beugte, fest entschlossen zu schreiben, hatte ich das Gefühl, als beobachte mich jemand von hinten. Wenn es tatsächlich so war, war Onkel Hubert vielleicht gar nicht verrückt geworden. Vielleicht waren all die alten Leute gar nicht krank, die man wegbrachte, weil sie irre Sachen erzählten oder sonst wie komisch wurden, vielleicht war es so, dass man im Alter nur sensibler wurde, so wie es die Künstler sowieso sind, vielleicht achten die Leute im Alter mehr auf die Feinheiten, weil sie nicht mehr von der Arbeit abgelenkt werden, sie lauschen auf die Untertöne und kommen dahinter, und bevor sie davon berichten können, werden sie weggebracht. Anscheinend war wirklich etwas im Haus, das mich am Schreiben hindern wollte, und ich beschloss, das zu akzeptieren und mietete mir ein Zimmer zum Schreiben. Den Ausschlag dafür gab allerdings ein Ereignis, das ich mir nicht erklären kann, weit mysteriöser als das Klopfen an der Tür, was man mit Wind erklären, oder das Ausgehen der Lampe, wo man es auf die Kabel und Kontakte schieben könnte, nein, das hier war seltsamer. Als ich mich abends in mein Bett legen wollte, ich mache für gewöhnlich mein Bett nicht, ich ziehe nur die Decken ein bisschen zurecht und schlüpfe darunter, aber diesmal waren die Decken schwerer als sonst, das Laken pitschnass, die Matratze voll Wasser. Mein Wasserbett ist geplatzt, dachte ich, aber ich habe gar kein Wasserbett. Ich sah zur Decke, tastete den Putz ab, aber da war alles trocken. Sollte die Heizung gespritzt haben? Nein, das ging auch nicht. Ich zog die Bettwäsche ab, alles triefte vor Wasser, ich schnüffelte daran, Wasser, eindeutig, und mindestens ein ganzer Eimer voll. Es war niemand außer mir im Haus gewesen. Ich kann es mir bis heute nicht erklären, es muss Geisterpipi gewesen sein, Geisterpipi stinkt wahrscheinlich nicht, verrückte Geschichte, ich weiß, vielleicht war das auch Onkel Hubert passiert, von wegen Inkontinenz, was sie ihm angedichtet hatten, ach, ich weiß es nicht, ich konnte nicht länger darüber nachdenken, ich wäre sonst verrückt geworden, und so mietete ich mir also ein Zimmer zum Schreiben. Da gab es kein Telefon, keinen Postboten, und hoffentlich kein Gespenst.

Das Zimmer gehörte zu einer Scheune, die abgelegen zwischen den Feldern lag, weit und breit kein Nachbargehöft, ein Feldweg führte zu meiner Tür, ich war umgeben von weißer Schafgarbe, kleinwüchsiger Kamille und Johanniskraut. Ach ja, und Brennnesseln, es hatte etwas Faszinierendes, wie sich die Zaunwinden um die Brennnesseln wickelten, sich an ihnen empor hangelten und so die Brennnesseln mit ihren weißen Blüten adelten und gleichzeitig zu Tode schnürten.

Allmählich verlor ich mich in den Zeiten. Um mich herum wuchsen die Bücherstapel, das Regal nahm keinen Zuwanderer mehr auf.

Nie war ich auf die Idee gekommen, dass er mich suchen könnte. Warum nicht? Weil er sieben Jahre älter war und demnach schon sieben Jahre eher mit der Suche hätte anfangen müssen? Weil sieben Jahre Vorsprung nur bedeuten konnten, dass er mich längst gefunden hätte, wie gesagt, wenn er es versucht hätte. Da er aber noch nicht hier war, suchte er mich also nicht. Aber vielleicht hatte er längst geklingelt und ich ihn nicht erkannt, weil er sich nicht zu erkennen gegeben hatte, weil er es austesten wollte, ob ich in der Lage wäre, ihn zu erkennen, und da ich seinen Test nicht bestanden hatte, musste er sich von mir abgewendet haben. So eine wollte er als Schwester nicht, wer wollte schon so jemanden, nicht als Schwester und nicht als Freundin und so war es kein Wunder, dass ich allein war. Aber wenn er denn geklingelt hatte, war es möglich, dass er jener Typ gewesen war, der sich als Staubsaugervertreter ausgegeben hatte, der große Blonde, der mit mir hatte tanzen wollen, auf dem frisch gereinigten Teppich, der Kerl, den ich von mir gestoßen hatte mit den Worten, ich stünde nicht auf so Teenymusik, um ihm klarzumachen, wie alt er überhaupt wäre, mindestens sieben Jahre älter. Wenn er es gewesen war, was sollte ich jetzt noch tun? Bei der Staubsaugerfirma anrufen und nach seinem Namen fragen, wissen Sie, da war mal vor Jahren so ein Mann bei mir, groß und blond, der gerne tanzt, und er sah ein bisschen aus wie dieser Schauspieler, na, wie heißt er noch mal, Sie wissen schon, er hat in einem Vampirfilm mitgespielt.

An einem Tag, an dem die Eicheln nur so aus den Bäumen sprangen, dabei ihre Kappen weit von sich schleuderten, als wären sie sie leid, diese blöden Mützen, mit denen sie wie Zwerge aussahen, eben an diesem Tag, an dem die Eicheln flügge wurden, die Sonne noch einmal vom Himmel knallte und ich überlegte, einen Pflaumenkuchen zu backen, rief mich Joachim an. Er wollte das Manuskript.

»Ich kann es Ihnen noch nicht geben.«

»Wenn Sie es nicht bald fertig haben, können Sie es sich an den Hut stecken.«

Ich starrte auf den Hörer. Noch nie war er so heftig geworden. Ich musste also schreiben, vielleicht hatte er recht, vielleicht saß ich schon viel zu lange an dieser Geschichte, ich lief ums Haus, zupfte an den Efeublättern herum und verrückte die Blumenkübel, und da entdeckte ich hinter einem ein Rattenklo, für Mäuse waren die Häufchen zu groß, ich hatte gar nicht gewusst, dass es so was gab, dass sie zu bestimmten Stellen kämen, so wie Menschen, ich hoffte, dass es zumindest die Bisamratten waren, und trotzdem war es ein Schock, denn ich hatte mir den Tümpel als das umlagerte Münster vorgestellt, die Bisamratten waren die Täufer, das

Ufer die Grenze, die sie nicht verlassen durften, denn ich war ja der Bischof, ich musste für sie so eine Autorität sein, immerhin sprangen sie sofort von ihren Holzlagern, sobald sie mich wahrnahmen, und nur wenn ich mich ganz leise anschlich, konnte ich sie beobachten, wie sie die Binsen abknickten, in den Pfoten hielten, abfraßen, bis aus dem Tümpel nur noch Stümpfe aufragten. Dass sie nachts ans Haus kamen, um die Nische hinter dem Blumenkübel als Klo zu benutzen, war unglaublich, sollte das bedeuten, dass auch die eingeschlossen Täufer im Schutze der Nacht die Stadt verließen? Dass sie geheime Gänge und Wege nutzten? Oder waren sie so dreist, sich bei Nacht unsichtbar zu fühlen?

Tatsächlich stieß ich auf Hinweise. Es gab einen Geheimgang zwischen Aegidii- und Ludgeritor, in der Nähe des späteren Weinges'schen Hauses am Kanonengraben, von dem auch Franz von Waldeck wusste. Außerdem gab es einen unterirdischen Gang, der von der Stadt aus zur Westseite des Schlossgartens führte. Ihre Lage an den alten Landstraßen nach Hamm und Coesfeld – Wesel spricht dafür, dass diese Gänge bereits im Mittelalter beliebt waren. Aber ist es nicht wahrscheinlich, dass es noch mehr solcher geheimer Wege gab? So wie Ida und ihre Stiftsjungfern unbemerkt vom Kloster zum Nonnenchor in Sankt Liebfrauen gelangten, so konnte Kaplan Martin heimlich von seinem Turm aus die Krypta unter dem Dom erreichen. Ich zog den Max Geisberg aus dem Regal, die Pläne der Stadt Münster, die Zeichnungen vom Dom, die Grundrisse, und ich wusste, mir sollte daran etwas auffallen, etwas, das mich der Geschichte annähern würde, etwas müsste da sein, in diesen Plänen verborgen, aber so lange ich auch suchte, ich fand nichts.

Mit dem Schreiben begann ich wegen meines Bruders. Da er nicht hier war, musste er im Internat sein, ich dachte an ihn wie an jemanden aus einem Buch, ich fantasierte ihn mir zusammen, deshalb war ich auch später nicht so überrascht, als es sich herausstellte, dass es ihn tatsächlich gab, das war so ähnlich wie mit diesem Hilgensnyder, erst war er in meinem Kopf, dann auf dem Papier und irgendeine geheime Macht, nennen wir sie den Papiergott, hatte ihn ins echte Leben katapultiert. Ich schrieb also meinem Bruder Briefe, nicht weil er sich im Internat einsam fühlte, einsam war nur ich, das war mir schon klar, aber er sollte unterrichtet sein über die Dinge, die bei uns zuhause geschahen, es war wenig genug, und doch schaffte ich jeden Tag einen Brief, den ich wie alle anderen im Regal hinter meinen Büchern versteckte. Ich schrieb über den Baum vor meinem Kinderzimmerfenster, ohne jemals seinen Namen in Erfahrung gebracht zu haben, ich beschrieb das Magnetband der Kassette, das sich in den Ästen verfangen hatte und im Wind flatterte. Am Abend funkelte es, sodass ich erst glaubte, jemand säße mit einer Taschenlampe im Baum, aber es war nur das Licht von dem Nachbarn untendrunter, das durch sein Fenster in den Baum geworfen und vom Band der Kassette in mein Fenster zurückgeworfen wurde. Ich schrieb über die Streifen in der Wiese, die nach dem Rasenmähen entstanden, ich beschrieb die Menschen, die ich von oben in ihren Gärten sah, ihre Hemdfetzen, bevor sie in ihren Lauben verschwanden. Es war nicht viel. Und immer schrieb ich über unseren Vater, natürlich, das müsste ihn am meisten interessieren, aber das war auch das Schwierigste, weil mein Vater entweder fort oder schweigsam war, aber da mir das Schweigen davon lieber war, lauschte ich in die Stille hinein. Mit der Zeit entdeckte ich Zwischentöne und ich begann mich darin einzunisten, mich wohl zu fühlen in diesem Schweigen, ich liebte es, mit meinem Vater im Auto herumzufahren, stundenlang, schweigend, dem Autoradio zu lauschen und dem Schweigen, und ich fühlte mich verbunden mit ihm, ein Geheimbund, zu dem meine Mutter keinen Zutritt hatte mit ihrem Geschwätz, ich wusste, ich war meinem Vater angenehmer, in meiner Stille drängte ich mich nicht auf, wir redeten nicht miteinander, und wenn doch, so empfand ich die Worte allmählich als Mauern, die Worte betrafen Dinge, die mir nicht gefielen, und so lebte ich in der Illusion der tiefen Verbundenheit mit meinem Vater, wir hatten keine Geheimnisse voreinander, denn unser Schweigen war so umfassend, so weitreichend, wie hätten wir etwas voreinander verbergen könne, und so kränkte es mich, als ich so spät die Wahrheit über meinen Bruder erfuhr. Von meiner Mutter hatte ich es nicht anders erwartet. Bei meinem Vater verletzte es mich.

Ich schrieb ihm also Briefe, meinem Bruder, jeden Tag, und eines Tages fand ich seine Antwort im Papierkorb im Postamt, wo ich mich an den Nachmittagen herumdrückte, um die Täuschung perfekt zu machen, aufrecht zu erhalten, um mir selbst einzureden, dass es einen Sinn hatte, das Schreiben. Immer durchsuchte ich den Papierkorb, mehr aus Gewohnheit als aus Neugier, und da entdeckte ich den Zettel mit meinem Namen darauf, liebe Marie, bitte denke an die Filme! Sorgfältig glättete ich den Zettel, verwahrte ihn in der Schublade meines Schreibtisches. An welche Filme sollte ich denken? Und dann fiel es mir ein, er meinte sicher Fotos, ich sollte sie ihm schicken, natürlich, wie hatte ich den Worten soviel Bedeutung beimessen können, wo doch Filme, Fotos so viel mehr zu sagen hatten. Er antwortete nur dieses eine Mal. Aber er antwortete. Darauf kam es an. Denke an die Filme.

Sein Foto war ein Gruppenfoto. Eine Gruppe junger Menschen, fast noch Kinder, wenn ich mir heute das Foto vorstelle, als ich es damals in der Kiste entdeckte, war ich ein Kind, auf der anderen Seite, die Leute erschienen mir alt, sie hatten mir so viel voraus, dann als ich die Wahrheit erfuhr, war ich etwa gleich alt mit ihnen, aber trotzdem waren sie anders, allein schon die Mode hatte sich verändert, niemand hatte mehr Wallemähnen, und heute, wenn ich mich an das Foto erinnere, ich bin erstaunt, wie gut ich es mir vorstellen kann, obwohl ich es seit beinah zwanzig Jahren nicht mehr gesehen habe, jetzt macht mir dieses Foto Angst, sie stehen in der Sonne, jung, pulsierend, und ich denke an den Tod, wie er hinter ihnen bereits die Finger ausstreckt. Nie kann ich Gruppenfotos betrachten, ohne an Vergänglichkeit und Tod zu denken. Wer von ihnen ist der erste? Ich könnte meinen Zeigefinger über die Gesichter fahren lassen und zufällig auf einer Stirn inne halten, der ist es, und vielleicht geht Gott nicht anders vor, vielleicht hat er Pinnwände voller Klassenfotos. Welche Spuren hatten die Jahre im Gesicht meines Bruders gezeichnet? Und lebte er überhaupt noch?

Morgens lief ich durch die Felder, ich rannte entlang der Narben und Krusten, dunkle Erde um mich herum, ich atmete den Geruch der frischen Felder, der dunklen Erdhaufen, sehr erdig war das Land, auf dem ich lebte, nein, ich mochte es nicht besonders, im Winter kam es mir vor, als schluckten die Felder meine Energie, morgens lief ich schlaftrunken, die Kraft stieg mir nur langsam vom Herzen in den Kopf, hinunter in die Beine, in die Füße, und dann verpuffte sie, verflog und landete auf den Feldern, die Erde schluckte alles, im Winter. Im Sommer sah es anders aus, mal war der Mais hier und die Rüben da, die Jahre flogen mir um die Ohren, ich erinnerte mich an die einzelnen Jahre anhand der Maisfelder, ja den Mais mochte ich am liebsten, ich lief entlang der Reihen, ich achtete darauf, die Pflanzen nicht zu verletzten, natürlich, aber ich verließ die asphaltierten Wege, bildete mir ein, meine Welt wäre endlos. Das war sie leider gar nicht. Es ging bis zur Linie der Autobahn, weiter nicht, und immer hörte ich die Autos, morgens, nachts, immer, wie die Brandung des Meeres, aber das war es nicht. Ich hatte das Haus geerbt, ich durfte es nicht verlassen, und so dachte ich nie darüber nach, es zu verkaufen und umzuziehen, obwohl es doch naheliegend war. Ich rannte durch die Felder und anschließend war ich bereit, mich Claes und Caterina zu stellen. Joachim rief mich nicht mehr an, und nun beeilte ich mich, ich füllte die Seiten wie im Fieber, jetzt, wo er sich nicht mehr meldete, hatte ich Angst, er könnte das Interesse verloren haben. Wo ich vorher gedacht hatte, jeder könnte das alles im Geschichtsbuch nachschlagen, wollte ich jetzt diese verdammte Geschichte erzählen, denn jetzt war ich misstrauisch geworden, ich traute den Geschichtsbüchern nicht mehr, sie verschwiegen, sie logen, sie bogen sich die Vergangenheit zurecht, so wie ich es getan hatte und jetzt nicht mehr tun wollte.

Der Tag begann mit ausflockender Milch im Kaffee, und gegen Mittag krochen die Ameisen aus den Ritzen im Hof und schleppten ihre Eier weg, planlos und gar nicht, wie ich sie kannte. Eine Zeitlang beobachtete ich sie bei ihrem Exodus. Vor Erdbeben kommen die Schlangen aus ihren Spalten und verschwinden, schon Tage vorher, und so rupfte ich ein paar Grashalme aus und befühlte die Erde, sie war bröselig und kühl und trocken. Ich konnte nichts feststellen, aber etwas musste geschehen sein.

Durch Abwesenheit glänzen, diese Wörter notierte ich mir. So war das mit meinem Bruder, sein Fehlen verlieh ihm Glanz, und hätte ich ihn kennen gelernt, ich hätte ihn vergessen können. So durchdrang er meine Gedanken. Das Schlimmste aber war der Betrug. Das Schweigen meiner Eltern. Das Drucksen. Die Lügen.

Ich hatte meinen Bruder immer nur in Gedanken gesucht. Nie war ich durch die Straßen gelaufen, um ihn zu finden, und jetzt wusste ich, wie sollte ich ihn finden, wenn ich Angst vor der Wahrheit hatte? Ich müsste mich in seine Stadt begeben, in sein Viertel, und dort den Faden aufnehmen. Weder Internet noch Telefon, ich durfte mich nicht verstecken, ich selbst musste den Zug besteigen und hineinspringen. Welche Wahrheit ich entdecken würde, über meine Eltern, über mein Zuhause, über das, an das ich geglaubt hatte. Vielleicht war ich bis gerade noch nicht volljährig gewesen, träumte ich nicht immer noch vom Fliegen, wo es doch nur Kinder träumen, genauso wie die Träume, in denen ich nicht mehr laufen kann, in denen ich wie festgefroren auf dem Gehweg stehe und mich schließlich auf den Po setze und rückwärts, mit den Händen und Füßen krieche, die einzige Möglichkeit für mich vorwärts zu kommen, rückwärts. Ich war es leid, die Verlogenheit.

Ich hatte ein paar Jahre lang nicht mehr mit meinem Vater gesprochen. Erst sind es nur Kleinigkeiten. Die Art, wie er um die Kurven fährt oder was er über die Hose sagt, die man sich gerade gekauft hat. Der Ton, in dem er es sagt. Kleinigkeiten eben. Später sind es andere Sachen. Dass er noch mit Georg telefoniert und seiner Mutter Blumen zum Kaffee mitbringt, obwohl ich seit Ewigkeiten von diesem Blödmann geschieden bin, und dass er sich für mein Schreiben schämt, und jetzt weiß ich es wieder, es war die Geschichte, in der es um einen ewig verstorbenen Onkel ging, und mein Vater wollte, dass ich den Namen ändere, wenn du schon über die Familie schreibst, dann ändere wenigstens den Namen, und ich habe das nicht gemacht, so war es, eine solche verrückte Kleinigkeit, und von da an ließ er die Anrufe bleiben und ich die Besuche und das alles ist so lange her, dass ich manchmal die Zeitung aufschlage und Angst habe, seine Todesanzeige zu lesen, und natürlich weiß ich, wie blöd das ist, und er ist mein Vater, und dann fällt mir ein, wie er gelacht hat, als ich im Kölner Zoo ausgerutscht bin und meine Kinderkamera ins Pinguinbecken klatschte und sich alle Leute peinlich berührt abwendeten und wie er meine Bücherkisten geschleppt hat, als ich in meine erste eigene Bude gezogen bin und wie er mich angesehen hat, als ich ihm sagte, dass ich Georg verlasse und wie gut wir uns kennen.

Und nun war die Zeit gekommen, wieder mit ihm zu sprechen, mit meinem Vater, der in seinem Pullunder fast verschwand, der klein und schmal wie ein Junge wirkte, mit müden Augen und noch immer vollem Haar, das wie eine Mütze über seine Ohren quoll.

4

Die Stadt

Ich wollte auch zu ihm. Zu Rothmann. Bisher hatte mich nicht interessiert, was in der Stadt vor sich ging, mich zog es zu den Orten, die ich aus den Büchern kannte. Die Schauplätze der Antike, die Landschaften, die Plinius durchstreift hatte, die Häfen, an denen Odysseus anlegte. Und natürlich all die Gegenden, die John Mandeville bereist hatte. Das alles hatte mich fasziniert, aber so langsam sickerte in mir die Erkenntnis durch, dass ich in einem Kokon gelebt hatte, dass ich an sich halbtot gewesen war, und ich konnte an nichts anderes denken als an die Stadt. Dann kamen die Ostervorbereitungen und alle waren so furchtbar beschäftigt und endlich, endlich ergab es sich, ganz einfach.

Am Tag vor Palmsonntag schmückten wir die Kirche, alles sollte besonders feierlich sein, in diesem Jahr noch mehr als sonst, und so banden wir Buchsbaum an Stöcke und steckten sie überall zwischen die Bänke und wir trugen Blumen und Kerzen zusammen und bereiteten die Schalen mit den Kräutern vor, für die Räucherungen. Es lag etwas in der Luft, ja ja, der Frühling, aber das war es nicht, es wehte ein noch frischerer Wind, und am Morgen des Palmsonntags schlüpften wir Stiftsjungfern in unseren besten Kleidern auf die Empore. Unten hatten sich die Bürger von Überwasser versammelt, und ich drückte mein Gesicht gegen das Gitter und der Geruch, der von diesen Leuten ausströmte, der kam mir so intensiv und lebendig vor, und ich sah an Dorotheas strahlendem Blick, dass sie ähnlich fühlte. Der Priester begann mit der Messfeier und auch er war aufgelöster als sonst und die Menge pulsierte und plötzlich war da dieses Lied im Raum, der siebte Vers, die Fesseln der Ketten sind gesprengt, und ich sang aus Leibeskräften, wir alle taten das, und es hielt uns nichts mehr auf der Empore, ich sah Idas entsetzten Blick, ihre Hände, die durch die Luft fuhren, als wollten sie uns festhalten, aber wir sprangen auf und unten stiegen die Leute auf die Bänke, sie sangen und fuchtelten mit den Armen und wir durchbrachen das Törchen und rannten die Treppe hinunter und inzwischen tanzten die Leute wild durcheinander, wir grölten und hüpften und konnten gar nicht mehr aufhören, dieses Lied zu singen. Der Pfarrer hatte noch versucht, die Menge zu beruhigen, aber seine Gesten waren so lächerlich, als wollte er Gewitter anhalten, und wir schwenkten die Palmwedel und die ersten griffen nach den Kerzenleuchtern und Kreuzen und ich sah, wie einige sich an den Bildern zu schaffen machten, sie von den Wänden rissen und darauf herum trampelten. Nun, das machten wir nicht, aber jemand hatte die Pforten geöffnet und draußen schien die Sonne, das war so hell plötzlich und als ich hinausstürmte, war es, als finge das Leben neu an, ja als wäre ich gerade erst auf die Welt gekommen, der Tag lag so frisch und strahlend vor uns, und ich nahm Dorotheas Hand und wirbelte sie herum und ich küsste sie und wir warfen unsere Schleier ab und ließen sie einfach auf den Boden fallen und dann war die Gelegenheit da, wir kehrten Kirche und Kloster den Rücken und rannten in die Stadt.

Wir liefen durch die Straßen, Dorothea und ich, das war herrlich, den Sonnenschein zu spüren, den Frühlingswind, wie er unter mein Kleid wehte, ich musste an die Sommertage denken, damals als Kind, als ich mit Claes durch die Felder lief, hinüber zum Bach. In der Stadt herrschte ein unglaubliches Gewimmel, die Glocken sämtlicher Kirchen läuteten und von überall her strömten die Leute zum Prinzipalmarkt. Neben Lamberti standen die Blumenfrauen und eine Alte mit breiter Nase warf uns ein Sträußchen Krokusse zu. Dorothea fing es auf und im Vorbeilaufen dankten wir der Frau. »Heute regnet es Blumen für uns«, rief ich Dorothea zu, und sie gab zurück, »Du wirst sehen, das ist erst der Anfang!«

An der Ecke vor dem Drubbel blieben wir stehen, ich hatte Seitenstechen, so ungewohnt war das Laufen für mich, und während ich schnaufend da stand, sah ich ihn durch die Straße kommen. Rothmann! Mit seiner spanischen Kappe und den hohen Lederstiefeln, und ich verstand, was Dorothea mir erzählt hatte, er sah umwerfend aus. Er blieb vor uns stehen. Er umarmte Dorothea und sie zog mich heran und stellte mich vor, und dann beugte er sich zu mir, legte beide Arme um meine Schultern und drückte mir einen Kuss auf die Stirn. Ich glaubte, ich müsste tot umfallen.

»Du bist willkommen«, sagte er, und wir folgten ihm durch die Straße, überall begrüßten ihn die Leute und viele schlossen sich uns an, wir waren eine ganze Schar, vor allem Frauen, und ganz selbstverständlich gingen wir mit in seine Wohnung über den Arkaden. Dort war Brot für uns alle und es gab Wein, und vor lauter Aufregung trank ich so hastig, dass ich noch lustiger wurde und die ganze Zeit über lachte ich und hielt Dorothea an der Hand oder streichelte ihren Arm und Rothmann knöpfte sich sein Hemd auf und sprang auf einen der Tische.

»Ihr werdet sehen, bald schon wird es eine andere Welt sein!«, rief er und schwenkte seinen Weinbecher, sodass die Hälfte daraus auslief und ein bisschen davon auf mein Gesicht spritzte. Er drehte sich und seine wunderbare, tiefe Stimme dröhnte durch den Raum, der voller Menschen war. »Eine neue Freiheit wird kommen. Die Kirche wird euch nicht mehr länger geißeln, wir alle werden frei sein zu tun, was uns beliebt!«, und auf einmal bückte er sich zu mir, griff mein Handgelenk und zog mich zu sich auf den Tisch. Ich musste meinen Rock raffen, um hinaufzukommen, und als die Männer hinter mir johlten, wusste ich, ich hatte zu viel von dem Stoff erwischt. Nur kurz war es mir peinlich, dann trank ich aus dem Becher, den mir Rothmann an die Lippen drückte, wischte mir über den Mund und lachte, und im selben Moment riss mich Rothmann heran und presste seinen Mund gegen meinen, in meinen Ohren begann es zu sausen und mein Herz hämmerte mir gegen die Rippen und schon war alles vorbei, er schubste mich vom Tisch und ich sank wieder neben Dorothea auf die Bank. Als ich mich einigermaßen gefangen hatte, sich mein Blut allmählich beruhigte, bemerkte ich den Blick der Frau, die gegenüber im Türrahmen lehnte. Der Ausdruck in ihren Augen war so feindselig, dass ich erschrak. Ich wusste sofort, das war Rothmanns Ehefrau. Die Frau, die ihren Mann vergiftet hatte, um frei für Rothmann zu sein. Jetzt vermisste ich meinen Umhang, mir war kalt.

Kurz darauf verließen Dorothea und ich die Wohnung. Wir schlenderten noch ein bisschen durch die Stadt, beide sprachen wir nicht, wir genossen den Sonnenschein und betrachteten die Meisen und Spatzen auf den Simsen und in den Mauern und schließlich kehrten wir ins Kloster zurück, als wäre nichts geschehen.

Wir sprachen nicht mehr darüber. Über jenen Tag, an dem wir zusammen bei Rothmann waren. Aber in mir brodelte es. Ich wusste, dass er Recht hatte. Die Kindstaufen zum Beispiel. Christ sein bedeutet, sich zu Christus zu bekennen, und wie kann sich ein Säugling, der noch nichts von der Welt weiß, zu etwas bekennen? Luther hatte seine Thesen an die Wand geschlagen und eine Stiftsjungfer zur Frau genommen. »Verlasst das Kloster und vermählt euch«, hatte er die Nonnen aufgefordert. Aber der Kampfgeist Luthers war lange vorbei, er hatte die Reformation an die Fürsten verkauft, sich in den Bauernkriegen auf die Seite der Mächtigen gestellt und seine Ideen von der besseren Welt verraten. Für mich war er von Anfang an ein fetter, kleinkarierter Wichtigtuer gewesen, den Wirbel um ihn verstand ich nicht, letztendlich waren Luthers Reformationen zwar Backpfeifen gegen die Kirche, aber konservativ wie er war, konnte er sich immer der Rückendeckung von Seiten der Fürsten sicher sein. Thomas Müntzer, der dagegen kein Feigling war und die Bauern zum Krieg aufgerufen hatte, starb für seine Idee von der inneren Erleuchtung. Rothmann war auch kein Feigling. Plötzlich hatte ich Angst um ihn. Fast die ganze Stadt war gegen ihn, überall hatte er Feinde. Die Handarbeit fiel mir noch schwerer als sonst, ich rutschte auf meinem Stuhl hin und her, noch vor wenigen Wochen hätte ich damit Strafe auf mich gezogen, jetzt hatte Ida bereits ein Stück resigniert. Als es Zeit wurde zum Abendbrot, nahm ich meinen Umhang und verließ das Kloster.

Diesmal versetzte mich die Stadt nicht mehr in solches Erstaunen wie am Palmsonntag. Die Straßen waren voll mit Menschen, Frauen hatten Körbe an den Armen und kehrten heim zu ihren Familien, andere trugen mitten in der Woche Sonntagskleider und waren offensichtlich auf Männerfang. Von ihnen erntete ich missbilligende Blicke. Ich bahnte mir meinen Weg durch die Menschenmassen, bis sich mir kurz vor Sankt Lamberti ein breitschultriger Kerl entgegen stellte. Mit weinschwerer Zunge wünschte er mir einen guten

Abend und forderte mich noch im selben Atemzug auf, mit ihm zu kommen. Ich sah ihn hoffentlich abschätzend an und ging an ihm vorbei, ohne ein Wort zu erwidern, aber er hielt mich fest.

»Ich hab dich was gefragt!«

»Nehmen Sie Ihre Hände weg!«, sagte ich, aber schon in meinen Ohren klang es schwach. Kein Wunder, dass der Kerl lachte. Schon zog er an meinem Rock.

»Komm, du willst das doch auch«, hörte ich ihn sagen und er drückte sich an mich und pustete mir seinen widerlichen Atem ins Gesicht. Ich versuchte ihn weg zu schieben, aber er war natürlich kräftiger als ich. Mittlerweile bekam ich es mit der Angst zu tun, ich schrie, und dann kam mir jemand zu Hilfe. Der Kerl stand jetzt da und rieb sich die Backe und ließ sich von der blonden Frau ins Gewissen reden. Es war seine Frau, wie sich herausstellte, und es hatten sich noch andere Frauen eingefunden, die uns umringten und unter lauten Beschimpfungen machte der Mann sich aus dem Staub.

Ich atmete auf und richtete meine Gewänder. Dann dankte ich der Frau.

»Keine Ursache«, winkte sie ab. »Das ist der Wein, der macht das aus ihm. Er ist sonst ganz in Ordnung, aber was zu weit geht, geht zu weit.« Sie zuckte mit den Schultern und lächelte.

»Ich bin jedenfalls froh, dass du da warst.«

»Elisabeth«, sagte sie und streckte mir die Hand entgegen. »Elisabeth Wandscherer. Ich wohne dort drüben im Drubbel.« Sie seufzte. »Wir wohnen im Drubbel. Wobei sich der Franz die meiste Zeit in den Kneipen rumtreibt. Gott Lob. Aber aus welchem Kloster bist du denn ausgebüxt?«

Ich musste lachen. »Wir dürfen uns schon frei bewegen«, flunkerte ich. Dass ich auf dem Weg gewesen war zu Rothmann, verschwieg ich. Vielleicht fürchtete ich, sie würde darauf bestehen, dass ich sie mitnähme. Soviel hatte ich schon gemerkt, die Frauen waren alle scharf auf ihn, und wo Elisabeth mit ihrem Mann ja offensichtlich Pech hatte …

Sie hakte sich bei mir unter. Ich wunderte mich nicht über die Vertraulichkeit, in diesen Tagen waren die Leute wie umgekrempelt, vielleicht schien es mir auch nur so, weil ich endlich ins Leben trat, und wir bummelten durch die Salzstraße und betrachteten die Waren an den Ständen der Händler.

»Was für schöne Tücher!«, sagte Elisabeth und faltete eins der blaugedruckten Stoffe auseinander.

»Das wird dir sicher gut stehen«, sagte ich und kaufte es ihr, zum Dank, weil sie mir geholfen hatte.

Elisabeth bedankte sich überschwänglich und drückte mir sogar einen Kuss auf die Lippen.

»Freundinnen«, sagte sie, »Wir beide halten zusammen, nicht wahr?«

Ich wusste nicht so recht, was sie damit meinte, nickte vage und verabschiedete mich. Inzwischen war es zu spät geworden, um noch nach Rothmann zu suchen. Die Abendsonne glänzte auf den Dächern und die Tauben zankten sich um die besten Schlafplätze.

»Wir sehen uns wieder«, rief mir Elisabeth nach.

Auf dem Nachhauseweg ging mir durch den Kopf, dass ich nicht in ihrer Haut stecken wollte, womöglich wartete Franz bereits auf sie. Ich hatte natürlich nicht viel Erfahrungen mit Männern, aber er sah mir nicht aus wie einer, der eine öffentliche Backpfeife auf sich sitzen lassen würde.

Nachts träumte ich von Rothmann. Das konnte kein Zufall sein: gerade als ich begann, die Freiheit zu spüren, begann er, von der Freiheit zu predigen. Wir waren beide Propheten. Ich musste zu ihm.

Nun hatte ich Geheimnisse vor Dorothea. Ich weiß nicht, warum ich ihr nichts von meinen Plänen erzählte, etwas hielt mich davon ab. Dabei lag es mir ständig auf der Zunge. Dass ich mich Rothmann anschließen wollte. Dass ich das Kloster verlassen wollte. Noch hatte ich Angst. Die ganzen Jahre hatte mir Ida alle Entscheidungen abgenommen, das Stift hatte für mich gesorgt. In Zukunft würde ich mich um meinen Lebensunterhalt selbst kümmern müssen.

Es war der Abend vor Johanni, als ich die Plätze nach Rothmann absuchte. Noch ein paar Stunden bis Sonnenuntergang, aber vor den Mauern der Stadt brannten schon die Johannisfeuer, ich konnte sie riechen, und gerne hätte ich mich den Leuten angeschlossen, die beladen mit Körben voll Früchten, Brot und Wein den Stadttoren zustrebten. Gerne würde ich mit ihnen ums Feuer tanzen, auch wenn ich wusste, dass ein Sprung über die Flammen mich nicht von der Sünde reinwaschen würde. Auch lag in den Eiern nicht die Zukunft verborgen, aber viele würden heute Nacht auf die Prophezeiungen der Wahrsager hereinfallen.

Die Hausfrauen hatten bereits Tage zuvor begonnen, Johanniskränze aus Eichenlaub zu flechten, die jetzt vor vielen Haustüren und Fenstern hingen. Manche hatten sogar ihre Dächer damit geschmückt, sodass die Stadt feierlich herausgeputzt wirkte und es ein Vergnügen war, in der warmen Abendsonne auf den Straßen unterwegs zu sein.

Ich fand Rothmann schließlich am Fischmarkt, wo er umringt von vielen Menschen von der Herrlichkeit Gottes predigte und der wunderbaren Freiheit, die uns allen zuteil würde, sobald die Kirchenmänner ihren Thron verließen. Ich bekam nur noch das Ende der Predigt mit, und stimmte in die Begeisterungsrufe mit ein. Danach setzte sich die

Menge in Bewegung, und ich folgte, versuchte mich dabei zu Rothmann vorzudrängen. Ein paar Frauen schirmten ihn jedoch so ab, dass ich nur seine Kappe sehen konnte. Ich erschrak, als wir am Hause Knipperdollincks ankamen, Prinzipalmarkt Nr. 41, ich war mitten im Pulk, es war nicht mehr möglich, jetzt noch umzukehren, und die Frau Knipperdollincks winkte uns hinein und so kam es, dass ich mit Dutzenden fremder Menschen im Empfangssaal des Bürgermeisters stand, Weißbrot kaute und Wein aus dem Kelch trank, der herumgereicht wurde.

»Nicht still stehen, weiter und weiter gehen auf den Wegen Gottes!«, rief Rothmann und wir wiederholten seine Worte.

Es war ein wunderbares Gefühl, es war wie das Fliegen in meinen Träumen. Wir standen am Anfang einer neuen Epoche, bald würde nichts mehr so sein, wie es einmal war. Wir würden gegen die Verlogenheiten angehen, die Wahrheit sagen und uns von niemandem einschüchtern und bremsen lassen.

Als mich Knipperdollinck im Gedränge anrempelte und sich zu mir drehte, hielt ich erschrocken den Atem an. Er entschuldigte sich und war auch schon wieder woanders, ohne mich erkannt zu haben. Aber ob es noch eine Rolle gespielt hätte, die kleine Episode damals, als Claes und ich uns als Dienstbotenpaar ausgegeben hatten?

»Ich habe eine Überraschung für euch! Holländer sind zu uns gekommen, es sind kluge Männer mit starkem Glauben«, sagte Rothmann. »Nicht alle können im Hause des Kaufmanns oder im Gildehaus unterkommen. Wer von euch fasst sich ein Herz und gewährt ihnen Unterkunft?«, fragte er in die Runde. Überall schnellten die Hände nach oben und Rothmann nickte zufrieden. Knipperdollinck ging mit einem Streifen Papier durch die Menge und notierte sich die Namen, fast jeder schien bereit zu sein, jemanden aufzunehmen und zu verstecken, es war, als wären sie alle plötzlich mutig geworden, als wäre die Courage von Rothmann auf die anderen übergesprungen und auch ich spürte keine Angst mehr, auch nicht, als mich Rothmanns Frau entdeckte und mit verkniffenem Gesicht auf mich zusteuerte.

Mein Platz wäre im Kloster, zischte sie mir zu, und sie nahm mir den Becher aus der Hand und schüttete Rotwein über meinen Umhang. Ich war auf einmal so wütend, am liebsten hätte ich ihr die Haube vom Kopf gezogen und sie an den Zöpfen gerissen, aber im selben Moment verstummte das Gerede im Raum und ein hochgewachsener Mann betrat den Saal, seine schulterlangen Locken glänzten im Kerzenlicht und alle Blicke hefteten sich auf den Fremden, der wie ein Priester mit gemessenen Schritten durch die Menge ging. Die Leute, die eben noch dicht an dicht gestanden hatten, machten ihm nun selbstverständlich Platz.

Rothmann umarmte den Mann und stellte ihn als »Jan aus Leiden« vor, ein Kaufmann, der sich bereits als Schauspieler und Meistersinger einen Namen gemacht hätte. Er war müde von der langen Reise und gähnte hinter vorgehaltener Hand, dennoch lag ein Leuchten in seinen Augen, ich konnte sehen, welche Energie in ihm steckte. Was er uns zu erzählen hatte, klang in meinen Ohren unglaublich, tatsächlich hatte ich nicht gewusst, wie sie die Täufer in den Niederlanden verfolgten, wie sie sie abschlachteten, Jan sprach von mehr als fünfzigtausend Toten bis jetzt, und er wäre froh, diese wundervolle Stadt mit eigenen Augen sehen zu dürfen, die Stadt, in der das Wort Gottes am höchsten und besten gepredigt werde, wie er sagte.

Mir schwirrte der Kopf, als ich am späten Abend das Haus Knipperdollincks verließ.

Diesmal war ich vorsichtiger, vor allem mied ich den Bereich der Gasthäuser, vor denen die Frauen flanierten. Ich war froh, als ich das Domviertel erreichte, als jemand meinen Namen rief.

Es war eine Frauenstimme, und im ersten Moment dachte ich an Dorothea. Was sollte ich ihr sagen, wo ich gewesen war, ohne sie zu kränken?

Es war aber Elisabeth, der ich kürzlich ein blaues Halstuch gekauft hatte. Daran erkannte ich sie. Sie trug es ausgebreitet über die Schultern, mit einem Knoten auf dem Brustbein. Sie kam mit schnellen Schritten auf mich zu und lachte mich an.

»Wie schön, dass wir uns so schnell wiedersehen!«, stieß sie ein wenig atemlos hervor. Sie war betrunken, merkte ich. Es war mir egal, die meisten Leute auf den Straßen waren betrunken, vor allem am Abend, erst recht in der Nacht, was war schon dabei?, zumal sie doch nur beim Wein und Bier halbwegs sicher sein konnten. Da hatten wir Stiftsdamen es gut, unser Wasser war in Ordnung, die meiste Zeit jedenfalls.

Wir setzten uns auf eine der Bänke unter den Linden, mit Blick zum Dom. Es war still, nur ein paar Junikäfer brummten. Der Dom mit seinen vielen Nebengebäuden war mir immer unheimlich gewesen, ein alter, verwinkelter Bau ähnlich unserem Kloster, mit unzähligen Refektorien und Dormitorien und Fluren, auf denen die Schritte hallten, mit unterirdischen Kammern und Gräbern und Geheimgängen, durch die die Domherren unbemerkt aus der Stadt hinaus flüchten konnten. Einer dieser Gänge führte zum Kloster, er endete unter dem Turm, auch wenn es hieß, der Gang wäre verschüttet.

»Hast du das Kloster verlassen?«, fragte sie mich.

Ich schüttelte den Kopf. Es klingt seltsam, aber erst in diesem Moment wurde mir klar, wie weit die Zeit fortgeschritten war. Wie sollte ich durch die Pforte kommen? Bestimmt war keine der Schwestern noch wach, nicht mal Elisabeth Bridaghes, die seit der Geburt ihres Kindes unter Schlaflosigkeit litt.

»Hast du Kinder?«, fragte ich Elisabeth unvermittelt, mein Herz klopfte und ich blickte zu meinen Füßen, zwischen denen sich ein dicker Käfer wie eine Bohne niedergelassen hatte.

»Gottlob leben sie nicht hier. Sie wachsen in der Familie meiner Schwester auf, auf dem Land, da sind sie vor Franz und seinen Launen sicher.« Elisabeth lächelte schief und erst da sah ich die blauen Flecken, die halb unter ihrem Haar verborgen waren. Vorsichtig strich ich die Strähnen zur Seite.

»War er das?«

Sie löste den Knoten ihres Halstuchs, so dass ich die Blutergüsse an ihren Schlüsselbeinen sehen konnte.

»Warum hat er das gemacht?«

Elisabeth zuckte mit den Schultern. »Er ist halt so.«

»Doch nicht wegen mir, oder?«

»Jeder Grund ist ihm recht.«

»Wir müssen ihn anzeigen!«

»Ich bin mit ihm verheiratet!«

»Du kannst nicht mehr bei ihm bleiben, hörst du, du musst sie zwingen, dass sie deine Ehe aufheben, und wenn sie das nicht machen, musst du ihn eben so verlassen.«

»Und wohin soll ich gehen? Etwa ins Kloster?«

Ich dachte an die Gespräche von heute Abend. Den Täufern aus den Niederlanden hatten sie Verstecke zugesichert. Elisabeth war mindestens genauso schutzbedürftig, und ich zog sie von der Bank und wir gingen über den dunklen Domplatz, ohne auf die Käfer zu achten, deren Panzer unter unseren Schuhen knackten.

»Wohin bringst du mich?«

»Wart ab!«, und wir hatten bereits das Kloster erreicht, hasteten an der Mauer und der Pforte vorbei, die natürlich, wie ich gedacht hatte, verschlossen war. Alles war dunkel, nur oben im Turmzimmer brannte noch Licht, und der Schatten des Kaplans bewegte sich vor dem Fenster. Wir duckten uns, drückten uns an die Mauer, schlichen an den groben Steinen entlang, um die Ecke bis zu dem Eisentor. Ich drückte die Klinke und tatsächlich, das Tor ließ sich öffnen.

Elisabeth fluchte, ihr Rock war an einem Dornenbusch hängen geblieben, ungeduldig zerrte sie an dem Stoff und wir hörten beide, wie er riss. Das Geräusch brachte uns zum Lachen, wir pressten uns die Hände vor den Mund und kicherten weiter, huschten dabei durch den Garten. Ich hatte eine Idee, wo ich sie verstecken könnte, nein, ich dachte nicht an morgen und was werden würde, ich fühlte mich großmütig und frei, wie einer dieser Kaufmänner, Knipperdollinck oder der andere. In der Dunkelheit sahen die knorrigen Obstbäume aus wie Gestalten, zum Glück war Elisabeth nicht schreckhaft, nur einmal keuchte sie auf, als sie mit dem Kopf gegen einen herabhängenden Ast stieß.

»Wo sind wir hier überhaupt?«, fragte sie.

»Warst du noch nie in einem Klostergarten?«

»Ihr züchtet hier eure Zauberkräuter, ist das wahr?«

Ich musste noch mehr lachen und tat etwas, was eigentlich verboten war, ach was, ich verstieß ja die ganze Zeit gegen die Klosterordnung, trieb mich in der Stadt herum und so weiter und da konnte ich ihr auch die Kräuter zeigen, ja was bedeutete das schon, und wir gingen durch ein Tor in der Hecke, der Boden war nun nicht mehr mit Holzplanken ausgelegt, das kurzgeschnittene Gras dämpfte unsere Schritte.

»Riechst du das?«, flüsterte ich.

Elisabeth sog die Luft durch die Nase. »Was zum Teufel ist das?«

»Muskatellersalbei, Nieswurz, Edelgamander. Und ein Stück weiter Lorbeer und Weißdorn. Schade, dass es so dunkel ist, aber wenn du dich bückst, kannst du die Blätter gegen den Nachthimmel sehen. Das sind unsere Schätze hier, es ist der Garten des Alchemisten.«

Elisabeth blieb abrupt stehen. »Moment mal, es ist Johannisnacht! Ich geh keinen Schritt weiter, hinterher trete ich noch auf Johanniskraut!«

»Ach ja, dann kommt das Pferd aus dem Boden und entführt dich in wildem Galopp. Hatte ich fast vergessen.«

»Wer weiß, wo es mich hinbringt! Wo ist das Johanniskraut?«

Ich lachte mit ihr, auch wenn mich in diesem Moment so etwas wie Wehmut überkam. Die alten Sagen, die sich um die Johannisnacht rankten. Wie sie jetzt draußen um die Feuer tanzten, die Leute auf den Dörfern, wie damals Claes und ich, in Rorup, als wir noch glaubten, nichts könnte uns etwas anhaben, wenn wir es schaffen würden, über das Feuer zu springen, und ich fragte mich, wo er bloß steckte, warum er nicht längst hergekommen war, wo doch die ganze Welt inzwischen erfahren hatte, was in Münster los war. Ich kniete mich auf den Boden und rieb mir die Augen.

»Siehst du hier das Nachtschattengewächs, das kennst du bestimmt?«, fragte ich Elisabeth.

»Das, was da so wuchert?«

Und ich erklärte ihr, dass es sich bei diesem Gewächs um Mandragora officinarum handelte, die Alraune, das wäre die mächtigste Zauberpflanze in unserem Garten. Wenn sie wollte, dass sich ein schöner Mann in sie verliebte, müsste sie ihm eine Prise davon ins Essen geben, aber sie dürfte es damit nicht übertreiben, denn eine Messerspitze zu viel und ihr Traumprinz wäre mausetot, und der Übermut ließ es mich weiter treiben. Elisabeth könnte es ihrem Mann unter das Mittagsmahl mischen, das wäre ganz einfach, und so ähnlich hätte es auch die Rothmannsche mit ihrem ersten Kerl gemacht. Sie müsse nur die Wurzel gut zerstoßen und ein paar Löffel von dem Pulver über dem Kohl verteilen, dann könnte sie zusehen, wie ihrem Franz die Augen übergingen.

»Bist du sicher? Es sieht so harmlos aus.«

Es hatte ein Spaß sein sollen, aber als ich ihr ernstes Gesicht sah, verging mir das Lachen.

»Nein, ich hab dir Quatsch erzählt. So einfach ist es nicht, natürlich nicht. Von der Alraune sollte man sich besser fernhalten«, wiegelte ich ab.

Bald standen wir vor dem Gartenhaus, ich stemmte mich gegen die Tür, knarrend sprang sie auf und dann waren wir in Sicherheit, in dem kleinen, muffig riechenden Raum, schlossen die Tür hinter uns und zündeten eine Kerze an, nachdem ich mich vergewissert hatte, dass die Läden vor den Fenstern geschlossen waren.

Hier auf den Betten lagen Wolldecken für Gäste bereit, hier konnten wir getrost den Rest der Nacht verbringen, und was morgen sein würde, ich dachte, selbst Ida würde ein Einsehen haben, immerhin musste Elisabeth beschützt werden.

»Du bist eine Abtrünnige, nicht wahr?«

Elisabeths Frage überraschte mich. Es klingt merkwürdig, aber bis zu diesem Augenblick hatte ich an die Konsequenzen, die all das nach sich ziehen würde, keinen Gedanken verschwendet. Wie eine Biene hatte ich vom Nektar gekostet, mich treiben lassen, berauscht vom Geschmack der neuen Freiheit, der plötzlich vor mir liegenden Möglichkeiten. Was hatte ich denn gedacht, wohin es führen würde? Die Vorstellung, das Kloster zu verlassen, erschreckte mich, aber wie konnte ich noch länger hier bleiben, wo sich mein Herz von der alten Kirche abgewandt hatte, wo ich fühlte, wie falsch das alles war, an das ich bisher geglaubt hatte. Bis gerade hatte ich gedacht, ich könnte Elisabeth ein neues Zuhause beschaffen, jetzt sah ich, wie sinnlos das war, wo ich selbst keinen Unterschlupf mehr hatte. Ich konnte nicht mehr länger bleiben, wo Verlogenheit herrschte und wo man für freiheitliche Gedanken bestraft wurde. Das Kloster zerbröckelte vor meinen Augen, Ida und der Kaplan versuchten etwas aufzuhalten, was längst seinen Fuß in der Schwelle hatte, und ich stützte meine Ellenbogen auf den Tisch und legte meinen Kopf in die Hände und dann konnte ich nicht mehr aufhören zu weinen, ich war allein, ich müsste mein Leben nun selbst in die Hand nehmen, ich hatte das doch noch nie gemacht, wie sollte ich es anstellen?

Elisabeth strich mir über das Haar. »Ich geh lieber«, sagte sie zögernd, »Franz wird mich vermissen.«

»Jetzt sag nicht, dass er dir schon fehlt!«, und sie wehrte ab. Wir schüttelten die Kissen auf und krochen unter die Wolldecken, die Nacht mochte nicht mehr lang sein, vielleicht würde es meine letzte Nacht im Kloster sein und ich weinte in die Kissen, das verdammte Selbstmitleid, ich hatte es nicht anders gewollt, ich musste nun meinem Weg folgen und lag nicht eine lange dunkle Zeit hinter mir? Die Bestrafungen, die Stunden in der Strafzelle, die Demütigungen des Kaplans, die erst ein Ende gefunden hatten, als ich ihn beim Diebstahl der Bücher erwischt hatte. Die Nacht, als das Feuer in der Dombibliothek ausgebrochen war. Der Kaplan hatte die Manuskripte unter seinem Umhang versteckt, der Geruch von Rauch hatte sich in seinen Kleidern verbissen, er keuchte, so schnell war er durch den unterirdischen Gang gehetzt. Wir verloren beide kein Wort darüber, aber ich brauchte von nun an nichts mehr zu befürchten. Er würde meiner Familie nichts von dem Kind schreiben, das nur deshalb nicht im Wassergraben gelandet war, weil es Ida ohnehin nicht für lebensfähig hielt. Nach stundenlangen Presswehen war das Gesichtchen des Jungen bläulich verfärbt, er schrie nicht, wimmerte nur schwach. Regine, eine der Laienschwestern, hatte den Jungen mitgenommen, er war zu Verwandten in den Wald gekommen, aber kurz darauf hatte sich Regine eine Lungenentzündung geholt und war gestorben und ich hatte nie wieder etwas von dem Kind erfahren, ob es überhaupt noch lebte. Ich weinte und weinte. Mein ganzes Leben war vertan und gab es überhaupt irgendwo auf der Welt einen Platz für mich und selbst wenn ich mich Rothmann anschlösse, würden sie mich aufnehmen? Ich erinnere mich, dass es schon hell wurde, Elisabeth schnarchte und schnaufte und schließlich muss ich wohl doch eingeschlafen sein, auch wenn ich glaubte, die ganze Nacht kein Auge zugetan zu haben, die Sonne schien durch den Spalt der Holzläden und blendete mich und mein Magen knurrte und dann sah ich, dass Elisabeths Bett leer war, und ich stand auf, um in der Stube nach ihr zu sehen. Dort war sie nicht, und vor der Tür und im Garten auch nicht. So eine dumme Gans, dachte ich, hat sie es vor Sehnsucht nach ihrem Franz nicht ausgehalten.

Im Kloster ging ich den anderen aus dem Weg, das war nicht schwierig, ohnehin ging jeder seine eigenen Wege, kaum eine verrichtete noch ihre Handarbeit, die meisten waren in der Stadt unterwegs und nahmen an Versammlungen teil, die überall abgehalten wurden. In den Fluren war es still, man hätte meinen können, es wäre alles in Ordnung, jede wäre in Arbeit oder Gebet versunken. Vielleicht würde sich das Kloster ganz einfach auflösen. Ida würde einsehen, wie vergebens ihr Bemühen um die Wahrung der Tradition war, vielleicht würde sie die Stadt verlassen oder sogar selbst den alten Glauben aufgeben, das Stift könnte ein Ort sein, an dem sich neue Prediger austauschten, es wäre Platz genug für die vielen, die woanders wegen ihres Glaubens verfolgt wurden, Platz für die Gläubigen aus Holland und Friesland. Nach der schlimmen Nacht machte sich eine neue Zuversicht in mir breit. Ich nahm einen der Körbe, um Johanniskraut zu ernten. Die Blüten waren weit geöffnet, jetzt war die Zeit, sie zu schneiden, um sie für Tee und Öl zu trocknen, sie hatten die Kraft der Sonne in sich aufgenommen und würden den Melancholikern im Winter neue Kraft schenken. Ich hatte den Korb bereits gut gefüllt, als Elisabeth durch den Garten gelaufen kam. Ihr rechtes Auge war geschwollen, er hatte sie also wieder geschlagen, das hätte sie doch wissen müssen, so eine dumme Gans, und jetzt würde sie mich um Hilfe bitten. Aber es war anders, als ich dachte. Sie stolzierte mit mir zu den Alraunen, und da sah ich auch schon, was passiert war. Sie hatte sie abgeschnitten. Mit allen Blättern, mitsamt Wurzel, mit allem. Und natürlich wusste ich, was das zu bedeuteten hatte, sie brauchte es mir gar nicht zu erzählen, und ich herrschte sie an, sie solle den Mund halten, als sie mir die Einzelheiten schildern wollte, von den Augen, die tatsächlich unglaublich weit aus dem Kopf quellen. Das hatte ich nicht gewollt. Das hatte ich überhaupt nicht gewollt, und ich drehte mich um und ließ Elisabeth stehen, sie widerte mich an, wie sie vor Stolz fast platzte, wie sie mich anlächelte, als wäre ich ihre Komplizin, ich wollte damit nichts zu tun haben, aber es stimmte, ich war ihre Komplizin, und deshalb ließ ich sie stehen und verließ den Garten.

5

Lügen

Der Winter wollte nicht nachlassen, unaufhörlich fielen dicke Flocken vom Himmel. Claes Herlin konnte sich nicht erinnern, jemals zuvor soviel Schnee gesehen zu haben. Obwohl es bereits April war, ließ die Kälte nicht nach. Auf dem Marktplatz verkündeten die Propheten den Anbruch des ewigen Winters. Sie schlugen vor, sie sollten beten und ihre Sünden beichten und die Knochen der Heiligen zerkauen. Claes lachte darüber.

In diesem Winter arbeitete er an der Figur des Gabriels. Es war ein düsterer Tag und er arbeitete im Schein der Öllampe. Die Späne flogen um ihn herum. Nachdem er die letzten Skulpturen aus Eiche gefertigt hatte, kam ihm das Lindenholz sehr weich vor. Er hörte es nicht an der Tür klopfen, er war dabei, die Gesichtszüge herauszuschälen, als sich ihm eine Hand auf die Schulter legte. Instinktiv umklammerte er den Klöpfel und drehte sich um. Ein Mann stand vor ihm. Claes hatte ihn noch nie gesehen, und doch schien er ihm bekannt. Das runde Gesicht, die rötliche Hautfarbe, die kleinen Augen unter den schweren Lidern. Der Fremde hatte sich nicht die Mühe gemacht, den Schnee von den Stiefeln zu schlagen.

»Was willst du von mir?«, fragte Claes nicht gerade freundlich, er hasste es, bei der Arbeit unterbrochen zu werden, und der Mann musterte ihn mit seinen Schweinsaugen. Als Antwort hielt er ihm einen Umschlag unter die Nase.

Claes legte das Werkzeug beiseite, rieb sich die Hände an den Hosenbeinen, zögerte einen Moment und griff zu.

Die Schrift war schwungvoll, der Name prangte in dunkler Tinte. Claes Herlin, genannt Hilgensnyder. Keine Anschrift. Nur der Name. Er drehte den Umschlag. Das Siegel des Klosters. Der Brief entglitt seinen Händen und fiel ins Holzmehl.

»Woher hast du ihn?«

»Ich hab den ganzen weiten Weg aus Münster gemacht«, sagte der Fremde langsam.

Aus Münster. Claes schien, als legte er besondere Bedeutung auf dieses Wort.

»Willst du nicht öffnen?«

Claes nahm seinen Klöpfel wieder zur Hand, den Meißel, und begann, das Holz zu bearbeiten. »Ich lese, sobald Zeit ist.«

Er verstand nicht, was der Bote erwiderte, er schlug auf den Meißel, fester als nötig. Er wollte, dass der Kerl verschwand. Als er immer noch dastand, kramte Claes eine Münze hervor und warf sie ihm zu. Der Fremde tippte an seine Mütze und ging, endlich. Zurück blieben die Schneehaufen von seinen Stiefeln, die langsam zu Pfützen schmolzen.

Claes fischte den Brief aus dem Staub. Dass ihn der Bote überhaupt gefunden hatte. Er steckte den Brief zwischen zwei Birkenklötze und wandte sich wieder dem Gabriel zu. Erzengel Gabriel. Der Schutzpatron der Boten, wie merkwürdig, dachte er. Für die Juden ist Gabriel der Herr des Paradieses. Und gleichzeitig der Todesengel.

Er konnte das Gesicht, das unter den Holzschichten verborgen lag, nicht mehr vor sich sehen. Die Form der Augen, die Linie der Nase, er hatte sie verloren. Natürlich hätte er seine Skizzen zu Hilfe nehmen können, aber wenn die Verbindung verloren war, hatte es keinen Sinn, weiterzusuchen. Das Holz war wie tot unter seinen Händen, es hatte sein Glühen verloren. Immer wieder blickte er zu dem Umschlag. Er hatte lange auf ein Lebenszeichen aus Münster gewartet, und jetzt hatte er Angst, den Brief zu öffnen.

Es war Dienstag, der Tag, an dem das Holzhandelsschiff aus dem Schwarzwald eintreffen sollte, und am Morgen hatte Claes Tilman und Georg rüber zum Rhein geschickt. Er war gern allein und oft bedauerte er, bei der Arbeit auf Mitarbeiter angewiesen zu sein. Er drehte die Lampe herunter und setzte sich in den schwachen Lichtschein. Münster. Die fleischigen Gesichter hinter den Fenstern. Die Raben in den Giebeln. Caterina. Sein Magen zuckte.

Ein Weberknecht stolzierte über den angeschmuddelten Umschlag. Es war lächerlich, es noch länger heraus zu zögern, wenn schon die Tiere davon Besitz nahmen.

Claes zitterten die Hände, als er das Papier auseinander faltete.

»Hier schreibt Ihnen eine Freundin von Caterina. Entschuldigen Sie, dass ich mich an Sie wende, aber Caterina hat mir eine Menge von Ihnen erzählt, dass ich glaube, Sie könnten uns helfen. In der Stadt passieren ungeheuerliche Dinge und man munkelt so viel, auch das Leben im Kloster hat sich verändert. Bitte kommen Sie zu uns!«

Unterschrieben war der kurze Brief mit »Dorothea von der Recke, Stiftsjungfer«.

Die ganzen Jahre hatte er geahnt, dass der Vater Caterina nach Münster gebracht hatte, wohin auch sonst, Nottuln wäre zu nah gewesen, Münster mit seinen vielen Frauenklöstern, und doch hätte er sie gefunden, wenn er sie gesucht hätte. Er hätte sie gefunden, er hätte sie mitnehmen können, wohin?, egal, es wäre ihm schon ein Ort eingefallen, aber man hätte sie doch wieder aufgespürt, die ganzen Jahre hatte er gezögert, sich in die Arbeit gestürzt, er hatte

Angst, sie zu finden und fühlte sich schlecht, weil er nicht suchte. Und nun hielt er den Beweis in den Händen. Caterina lebte im Überwasserkloster in Münster.

Er erinnerte sich, wie sehr Caterina die Dunkelheit hasste. Sie fürchtete die Zeit, wenn die Kerzen verloschen, sie verabscheute den Winter. Sie schlief schlecht. Sie schrie im Schlaf. Schon als Kind hatte sie Albträume. Es musste schrecklich für sie sein im Kloster, die dunklen Gänge, die Stille, kein Wunder, dass es ihr schlecht ging, was anderes konnte dieser Brief doch wohl nicht bedeuten, aber warum hatte sie nicht selbst geschrieben?

Doch, er kannte den Grund. Er hatte sie im Stich gelassen.

Tilman und Georg polterten zur Tür hinein, und Claes zerknüllte das Papier. Die beiden hatten einen guten Stamm bekommen, Claes half ihnen, den Karren in die Werkstatt zu ziehen. Helles Tannenholz aus dem Schwarzwald. Claes konnte keine Faulstellen erkennen, die Rinde war fest, keine Schädlinge darunter zu sehen. Er würde später darüber nachdenken, was der Brief zu bedeuten hatte.

Heinrich von Wied war kein anspruchsvoller Auftraggeber. Der Bischof und Kurfürst wusste nichts von der Kraft, die guten Kunstwerken innewohnt. Für ihn war eine Skulptur ein Bildnis, das den Raum füllte. Nichts weiter. Er wusste nicht, dass eine gute Skulptur lebendig ist. Wir betrachten sie und glauben, in der Halsgrube das Blut pulsieren zu sehen. Wir glauben, sie atmen zu hören. Manchmal war Claes nachts aufgestanden und hatte nach seinen Arbeiten gesehen. Manche schienen ihm so lebendig, dass er fürchtete, sie könnten sich davonschleichen. Heinrich von

Wied wusste nichts davon. Er verstand nicht, warum die Figur des Gabriels so lange brauchte. Er schickte Boten, die Claes auf die Finger klopfen sollten, die in der Werkstatt herumschnüffelten, um herauszufinden, womit Claes sich sonst noch die Zeit vertriebe.

Er hatte Angst um seine Notizbücher. Es war seine Besessenheit, alles aufzuschreiben, was ihm durch den Kopf ging. Die vielen Fragen, auf die er stieß, wollte er seiner Arbeit ernsthaft nachgehen. Er versteckte die Notizbücher. Die Männer des Kurfürsten waren nicht besonders gebildet, sie hätten nicht verstanden, was die Weberknechte mit der Bildschnitzerei zu tun hatten und wären misstrauisch geworden. Noch misstrauischer. Claes beobachtete sie, die Weberknechte, die sich in der Werkstatt tummelten. Wohl ein Dutzend von ihnen hielt er in einem Glasbehälter. Es war erstaunlich, mit wie wenig Nahrung sie auskamen. Noch erstaunlicher, dass die Natur ihnen nicht die Fähigkeit gegeben hatte, Netze zu spinnen, wie es die anderen Spinnentiere konnten. Wie leicht ihre Beine brachen und wie wenig es ihnen ausmachte. Von all diesen Dingen schrieb Claes in seinen Tagebüchern. Er untersuchte die Pflanzen und Insekten, er beobachtete die Sterne, das Wetter, er betrachtete die Menschen auf den Plätzen Kölns, studierte ihre Körperhaltungen, ihre Gesichter, zeichnete ihre Nasen, Augen, Münder. Er suchte nach Gemeinsamkeiten, versuchte ihren Charakter zu entschlüsseln, versuchte Rückschlüsse zu ziehen, von der Stirn auf den Menschen, große Ohren künden von einem gesunden Gehirn, große Augen von einem geizigen, verfressenen Menschen, Hände, Füße, der Schwung der Hüfte, es faszinierte ihn, wie viel die Körperteile über den Menschen verrieten.

Nie schrieb er allerdings über persönliche Befindlichkeiten, über Launen, die ihn befielen, wenn er unachtsam war.

Gedanken über die Vergangenheit, über die Zeit im Münsterland, über Caterina, schob er beiseite und wandte sich den Fragen zu, denen er nachspüren konnte. Keine Lügen über die Vergangenheit, schrieb er auf die erste Seite des Notizbuchs und unterstrich den Satz zweimal. Sobald er anfinge, über die Vergangenheit zu schreiben, würde sie sich unter seinen Händen verändern.

Man berichtete von Wied, dass Claes Herlin, der Hilgensnyder, seine Zeit mit unnützen Dingen vergeudete und der Gabriel keine Fortschritte machte. Das war gelogen. Ein Kunstwerk braucht Zeit, soll es Kraft und Lebendigkeit ausstrahlen. Wie ein Mensch neun Monate im Bauch der Mutter reift, so muss auch eine Skulptur Zeit haben zu reifen. Aber wer versteht schon die Zusammenhänge der Natur? Dass alles miteinander verbunden ist und das eine nicht ohne das andere existieren kann? (So hätte es Claes erklärt.)

Es regnete in Strömen, an einem Nachmittag im Mai, und Claes fror in seiner Werkstatt. Wieder ein Jahr, in dem es nicht warm werden wollte. In Florenz hatte die Maisonne schon am Morgen die Mauern gewärmt und von den mehr als hundertfünfzig Geschlechtertürmen der Stadt wehten Gerüche von frischen Kräutern und der aus der neuen Welt gebrachten Pomodori in die Gassen hinab. Ach, Florenz! Dort gab es mehr Bildhauerwerkstätten als Metzgereien und trotzdem hatten sie alle zum Leben genug. Prachtvolle Palazzi wuchsen wie Pilze aus dem Boden, ihre Fassaden waren mit üppigen Fresken überzogen, und an jeder Kreuzung wachten kerzengeschmückte Madonnen oder andere Heiligenfiguren. Aus antiken Sarkophagen sprudelte das Brunnenwasser. Es gab Kunst auf Schritt und Tritt.

Als es klopfte, glaubte Claes, es wären die Männer von Wieds. Gabriels Lippen wölbten sich aus dem Lindenholz, es war Claes gelungen, den Ausdruck von Schmerz und Stärke in diese Lippen zu legen. Lange hatte er auf den Plätzen Kölns nach solchen Lippen gesucht. Wochenlang war er mit seinem Skizzenblock umhergezogen und dann an der Dombauhütte fündig geworden, ein niederländischer Steinmetz hatte genau diesen verletzlichen und zugleich trotzigen Zug um den Mund, den seine Figur brauchte.

Eine Hand legte sich Claes auf die Schulter und da wusste er, es war wieder dieser Kerl aus Münster. Wieder hielt er ihm einen Umschlag vors Gesicht, aufdringlich nah, und wieder nahm er ihn und legte ihn beiseite.

»Du solltest ihn lesen! Man hat mir aufgetragen, nicht ohne deine Antwort zurückzukehren«, sagte der Fremde und betrachtete Claes mit seinen Schweinsaugen. Der Schulze aus Rorup, fiel Claes jetzt ein, der Schulze aus diesem Dorf nahe Billerbeck, wo er aufgewachsen war. Er hatte diesen Schulzen wohl bald zwanzig Jahre nicht gesehen, und er wünschte ihn auch nicht mehr zu sehen. Schließlich war er es, der das Geheimnis verraten hatte. Wegen ihm steckte Caterina im Kloster. Welche Ironie, dass er durch diesen Boten an die alte Geschichte erinnert wurde. Claes würde diesen Brief nicht in seiner Gegenwart lesen und drehte ihm den Rücken zu.

»Ich komme am Abend wieder und nehme deine Antwort mit«, hörte Claes den Fremden sagen, als er die Werkstatt verließ.

Das Siegel des Klosters. Der Geruch des Weihrauchs, mit denen sie die Dämonen zu vertreiben versuchen, ohne wahrhaben zu wollen, dass die Dämonen in ihrem eigenen Leib steckten. Claes nahm den Brief mit in seine Kammer im hinteren Teil der Werkstatt. Hier war er ungestört. Hierhin verzog er sich, um seine Beobachtungen aufzuschreiben, um zu zeichnen, um seinen Gedanken nachzuhängen. Er brach das Siegel und nahm den Bogen Papier heraus. Diesmal war der Tonfall dringlicher: »Noch einmal bitte ich Sie: Kommen Sie zu uns nach Münster. Sie haben keine Ahnung, was hier los ist, alles steht Kopf – das Kloster, die Stadt, wir alle. Caterina braucht Ihre Hilfe, bitte legen Sie den Brief nicht achtlos beiseite, kommen Sie und helfen Sie uns!«

Immer wenn der Mensch etwas Gutes tun will, macht er die Dinge nur schlimmer. Deshalb waren Claes die Menschen, die sich für gut hielten, besonders zuwider. Sobald der Mensch in die Dinge der Natur eingriff, richtete er nichts als Schaden an. Er hätte es besser wissen müssen. Indem er sich den kleinen Kohlmeisen zuwandte, machte er sie von sich abhängig. Und indem er dann ins Haus ging, nachdem er ihnen Schnecken und Raupen serviert hatte, überließ er sie ihrem Schicksal. Aber er hatte sich ja schon in ihr Leben eingemischt. Und nun saß die kleine Kohlmeise in einem Nestchen aus Stroh auf Claes' Tisch, verweigerte Futter und Wasser, das er ihr einzuträufeln versuchte, öffnete die Augen nicht mehr, antwortete nicht mehr auf seine Rufe. Sie starb. Einzig aus dem Grunde, weil er kurzzeitig dem Menschenideal verfallen war, Gutes tun zu wollen.

Diesmal konnte er den Brief nicht ignorieren, er musste sich stellen, der unbekannten Briefeschreiberin und seiner Vergangenheit. Münster. Er nahm also einen Bogen Papier und, nachdem er lange überlegt hatte, entschied er sich für einen einzigen Satz, »Ich komme, sobald es mir möglich sein wird.« Er wusste, dass diese Antwort nicht viel bedeutete, aber er musste erst den Gabriel vollenden.

Von einem Tag auf den anderen brach der Frühling los, die Blüten der Kastanien ragten auf wie dicke weiße Kerzen und der Duft des Flieders durchströmte die Gassen. Claes mochte es, außerhalb der Stadtmauern zu spazieren. Noch Anfang Mai hatte es Schnee gegeben, und nun war die Luft erfüllt vom Summen der Insekten und überall wuchsen die Hügel von Maulwürfen aus dem Boden.

Zwei Reiter kamen Claes entgegen geritten, Staub flog hinter ihnen auf, und Claes sprang ins Gras. Die Männer hielten an.

»Hilgensnyder? Der Kanzler wünscht dich zu sprechen!«

»Der Kanzler?«

»Setz dich auf, wir haben Befehl, dich sofort mitzubringen!«

Claes dachte an Leute, die sie wie Schlachtvieh an Seilen gebunden in die Stadt gebracht hatten, und so fragte er nicht lange und stieg auf. Ob ihn jemand beschuldigt hatte? Ob seine Notizbücher …?

Peter Bellinghusen erwartete Claes Herlin im Rathaus. Seine Brauen waren über der Nase zusammengewachsen und er hatte einen Bart, der dicht unter den Augen begann und seine Backen verdeckte.

»Sie schulden mir eine Erklärung«, sagte Claes.

Bellinghusen klopfte mit dem Stift auf den Tisch, ohne zu antworten. Über seinem Kopf prangte ein Kreuz aus Nussbaum mit einem gemarterten Jesus. Eine Arbeit der Romanik, kraftvoll ausgeführt. Allerdings war das Holz wurmstichig.

»Was hat das zu bedeuten?«, fragte Claes.

Bellinghusen seufzte. »Die Werkstatt ist Ihnen gekündigt. Wie schnell können Sie gepackt haben?«

»Sagen Sie von Wied, dass er seinen Gabriel bekommt, nächste Woche könnte er fertig sein.«

»Sie verstehen nicht.«

»Er ist so gut wie fertig.«

Bellinghusen trommelte mit dem Stift. »Hören Sie, der Gabriel ist schon abgeholt, was glauben Sie, wie viel Geduld soll der Kurfürst noch aufbringen? Er wird die Figur wie abgemacht im Dom aufstellen, aber Sie verlassen die Stadt auf der Stelle.«

»Ich habe mir nichts zu schulden kommen lassen.«

Der Kanzler beugte sich vor. »Ich rate Ihnen, schnell zu packen. Ansonsten muss ich Sie festnehmen lassen.«

»Das können Sie nicht.«

»So? Und darf man fragen, weshalb Sie mit Tüchern das Fenster verhängen? Weshalb bei Ihnen nachts die Öllampen brennen? Und was Sie im Dunkeln auf dem Friedhof treiben? Von Wied ist gnädig, Sie ziehen zu lassen, und nun gehen Sie.«

In einer Novelle Sercambis tritt ein Kürschner aus Lucca auf, der ein öffentliches Bad besucht, wo er sich seiner Kleider entledigt. Er gerät in Panik, weil er inmitten der vielen Körper fürchtet, seine eigene Identität zu verlieren. Deshalb befestigt er ein Strohkreuz an seiner rechten Schulter und klammert sich daran fest wie an einer Boje. Das Kreuz löst sich jedoch und fällt dem Nebenmann in die Hände, der daraufhin sagt: »Jetzt bin ich du! Verschwinde, du bist tot!« Und der Kürschner, außer sich, glaubt sich tatsächlich tot.

Diese Geschichte ging Claes nicht aus dem Kopf, während er seine Werkstatt räumte und sein Nachfolger, ein Bildschnitzer mit Namen Hans Wertheim, dreist das Werkzeug befingerte und fragte, ob Claes dies noch benötigte oder jenes etwa übrig wäre. Zum Schluss hatte er Claes beinah alles abgeschwatzt, außer ein paar Meißel, den Klöpfel und wenige Klötze Birkenholz. Ursprünglich hatte er aus diesen Stücken Schalen fertigen wollen, für den eigenen Gebrauch. Es war besonderes Holz. Birke, bei der bereits der Fäulnisprozess eingetreten war. Die Fäulnis malte Linien in die Birke, kräftige, geschwungene Linien, die dem Werk eines talentierten Malers ebenbürtig waren.

Es tat Claes leid um das gute Material, um all die angefangenen und nicht fertig gestellten Figuren, aber er hätte doch nicht alles mitnehmen können. Wieder einmal würde er wie ein Wandergeselle die Stadt verlassen.

Georg kam bei Frans tom Hues unter, der den berühmten Christus auf dem Palmesel gefertigt hatte. Sein Schnitzstil fiel vor allem durch Stümperhaftigkeit auf. Haare und Ohren waren viel zu flach, und wenn er sich auch um Details wie Schläfenadern und Brauenwülste bemühte, so ließ das Ergebnis doch zu wünschen übrig. Bevor Georg mit seinen Bündeln verschwand, umarmte er Claes und wünschte ihm Glück.

»Vergiss nicht, was du bei mir gelernt hast!«, und Georg nickte ernst, »Gib deinen Figuren eine Haltung, die ihre Gedanken enthüllt, sonst ist deine Kunst nicht des Lobes würdig.«

Claes klopfte ihm auf die Schulter, zögerte kurz und gab ihm die Birkenklötze mit auf den Weg. Jetzt war er freier, als er jemals sein wollte. Die Jungen, die ihm manchmal bei der Arbeit geholfen hatten, ließen sich nicht mehr blicken, überhaupt mieden ihn in den letzten Tagen die Nachbarn, alle, die vorher gern auf einen Plausch herüber gekommen waren, verschwanden ohne Gruß.

Tilman hatte sich noch keinen neuen Lehrmeister gesucht, Claes nahm an, er wollte zu seinen Brüdern zurück, die in einem Ort ein Stück weiter nördlich den Rhein hoch lebten, es waren fünf ältere Brüder, die gemeinsam den Hof des Vaters bewirtschafteten, da gäbe es sicher genug für ihn zu tun, wenn er nicht als Bildschnitzer weiter arbeiten wollte, aber als er sich verabschiedete, stemmte Tilman die Füße in den Boden und beharrte darauf, Claes zu begleiten.

»Sei nicht dumm. Geh nach Hause oder bleib hier, die Stadt ist nicht schlecht für einen Bildschnitzer. Du könntest auch zur Dombauhütte gehen!«, riet Claes, aber Tilman schüttelte den Kopf. Er war ein kräftiger Kerl, noch keine achtzehn Jahre alt, mit breiten Schultern und Händen, in denen der Klöpfel zierlich wirkte, und einem hitzigen, aufbrausenden Temperament, das ihn schon manches Mal in Schwierigkeiten gebracht hatte (und Claes übrigens auch).

»Egal, wohin du gehst, ich komme mit«, sagte Tilman, und Claes beließ es dabei.

6

Das Gasthaus

Sie ritten durch dichte Eichenwälder. Holzkreuze säumten die Wege und jedes Mal, wenn sie eins passierten, bekreuzigte sich Tilman. Manchmal stieg er vom Pferd, um die Inschrift zu entziffern. Die Buchstaben waren meist verwittert. »Sie verlor ihr Leben im Kampf um ihre Tugend.« Schaudernd wiederholte Tilman den Satz. »Ist das nicht schrecklich?«

Claes stellte sich taub und ritt weiter.

»Als Junge hörte ich von einem kopflosen Reiter, der bei Einbruch der Nacht aus der Erde galoppierte und durch den Wald jagte. Jeder, der ihm in die Quere kam, wurde einen Kopf kürzer gemacht, aus Rache, weil man ihm selbst so was angetan hat.«

Claes war immer wieder erstaunt, welche Macht der Aberglauben hatte. Werwölfe, weiße Damen, kopflose Ritter, manchmal auch kopflose Kälber, Spukhunde, der Teufel persönlich – wovon hatten ihm die Leute nicht schon alles erzählt. Einmal war er in der Nacht von Tilmans Schreien geweckt worden, war aus dem Bett gefahren und hatte gesehen, wie der Junge im Schlaf den Kopf hin und her warf und sich mit den Fäusten auf der Brust herumhämmerte. Eine Nachtmähre hätte auf ihm gehockt, erzählte Tilman, nachdem Claes ihn aus dem Schlaf geholt hatte, eine fette glotzäugige Nachtmähre, die ihm beinah die Luft abgedrückt hätte. Claes hatte ihn ausgelacht und auch diesmal hatte er nicht vor, Tilmans Spukgeschichte Glauben zu schenken.

»Der Mann, der mir davon erzählt hat, hat den Kopflosen selbst gesehen.«

»Tilman, nur Frösche können ohne Kopf weiterleben, und vor denen hast du doch wohl keine Angst, oder? Jetzt komm schon!« Claes bereute bereits, ihn mitgenommen zu haben.

Bald ragten die Berge vor ihnen auf. Tilman, der Köln noch nie verlassen hatte, staunte, und Claes erzählte ihm von den Alpen, den schroffen Felsen, die selbst im Sommer schneebedeckt blieben, den schmalen, gewundenen Wegen, den Schluchten, den Geröllmassen, die manchmal die Strecke versperrten, sodass man umkehren und oft einen ganzen Tagesritt umsonst gemacht hatte. Langsam senkte sich die Sonne, durch die Baumkronen fiel kaum noch Licht und um sie herum wuchsen die Schatten.

Tilman wurde es immer unheimlicher. »Ich glaube, wir werden verfolgt«, flüsterte er und duckte sich in seinen Umhang.

Claes sah sich um und lauschte. Es knackte im Haselnussbusch, aber das war nur ein Eichhörnchen. Er versuchte Tilman zu beruhigen.

»Nein, nein, wir werden verfolgt«, beharrte er. »Ich hab gesehen, wie sich dort die Äste bewegten. Wir müssen uns verstecken.«

Das Dornengestrüpp rechts und links des Weges war undurchdringlich.

»Jetzt komm weiter«, sagte Claes. »Reiß dich zusammen, Tilman, es ist nichts.« Allerdings war er sich da nun auch nicht mehr so sicher. Es schien ihm nicht abwegig, dass Heinrich von Wied Männer nach ihnen schickte. Vielleicht wäre es des Bischofs Plan, ihn im Wald töten zu lassen, sodass es nach einem Raubüberfall aussähe. Die Dämmerung würde bald hereinbrechen und sie sollten schleunigst ein Quartier für die Nacht gefunden haben. Halunken gab es sicher genug in dieser

Gegend. Claes trieb sein Pferd an. Ob man sie verfolgte oder nicht, sie sollten so schnell wie möglich ein Gasthaus erreichen.

Endlich lichtete sich der Wald und vor ihnen lag das Wirtshaus, das sich mit seinen buckligen Mauern an die Felsen duckte. Einladend sah es nicht gerade aus. Es wurde nur von einer einzigen Funzel beleuchtet und die Scheiben waren von innen beschlagen, sodass Claes und Tilman nicht hineinsehen konnten. Sie hörten laute Stimmen, Gelächter, Poltern. Die Fensterläden hingen schief in den Angeln oder fehlten ganz, und einen Teil des Daches hatte wohl der Sturm weggefegt. Die beiden Männer führten ihre Pferde zum Stall.

»Das sieht mir nicht geheuer aus«, flüsterte Tilman.

»Die Nachtruhe wird uns gut tun«, versuchte Claes ihn zu beruhigen.

»Wir sollten hier nicht einkehren. Wir sind in den Bergen.«

»Komm jetzt. Ein warmes Bier und ein weiches Lager …«

»Du weißt doch, was man sich von den Leuten aus den Bergen erzählt?«

»Sie fressen Pferde und Kinder.«

»Wenn es nur das wäre!« Tilman blickte zum Wald. »Wir sollten uns die Dunkelheit zunutze machen und davon reiten!«

Claes stöhnte auf. Er hätte ihn in Köln lassen sollen. Was sollte das erst in Münster geben! In diesem Moment heulte aus dem Wald ein Wolf auf und Tilman wirbelte herum.

»In Ordnung«, sagte er, »kehren wir ein!«

Den Stallburschen fanden sie schlafend. Claes hüstelte, und er schreckte von seinem Strohlager hoch. Mürrisch blickte er die beiden an und nahm ihnen widerstrebend die Pferde ab. Claes löste seine Bündel, worauf der Bursche sagte, man könne ihm das Gepäck beruhigt anvertrauen, aber Claes, der an seine Notizbücher dachte, lehnte ab.

»Stellst dich ja an. Aber mir soll's egal sein«, brummte der Bursche und zuckte die Schultern.

Tilman stieß die Tür zum Wirtshaus auf und sie traten ein. Es roch nach Bier und Kohl, und Feuchtigkeit schlug ihnen ins Gesicht. Doch, man hätte eine Kammer für sie zwei, zwar unter dem Dach, wo ein paar Latten fehlten, aber die Nacht würde wohl trocken bleiben, sagte der Wirt.

Sie setzten sich an einen Tisch in der Ecke und ließen sich warmes Bier bringen. Das blonde Mädchen, das die Becher vor ihnen abstellte, betrachtete sie neugierig.

»Woher kommt ihr?«

Noch bevor Claes antworten konnte, plapperte Tilman drauflos.

»Ihr habt tatsächlich Köln verlassen, um bei uns die Nacht zu verbringen?«, staunte das Mädchen. Sie trug ein rotes Kleid, das vorne so weit ausgeschnitten war, dass ihre Brüste mitsamt Sommersprossen und Flohbissen zu sehen waren. »Verflixt selten, so Kerle wie ihr in unserm Haus.«

Sie wischte den Tisch mit einem schmutzigen Lappen ab. Dabei rutschten ihre Brüste aus dem Ausschnitt und sie lächelte verlegen, als sie sie unter den Stoff zurückschob.

»Agnes, was tust du so lange?«, schrie der Wirt. »Es warten noch andere Gäste!«

Das Mädchen beeilte sich, zum Tresen zurück zu kommen. Tilman starrte ihr nach und wischte sich den Bierschaum vom Mund.

»Ich hab gar nicht gewusst, dass es in den Bergen solche Weiber gibt«, raunte er.

»Du lässt sie in Ruhe, ja? Ich bin nicht scharf auf Ärger.«

»Ich will doch gar nichts.«

»Ich schick dich zurück, Tilman. Und lass das Gequatsche, ja?«

Vom Nebentisch aus wurden sie von drei Männern mit dichten, eckig geschnittenen Bärten beobachtet. »Auf Münster«, riefen sie und hoben ihre Humpen. »Auf die gute Reise!« In ihren Bärten glänzte der Schaum.

Das hatten sie nun davon, jetzt kannte jeder in dieser gottverdammten Bude ihr Reiseziel.

Agnes kam an den Tisch zurück um zu fragen, was sie essen wollten.

»Was kannst du uns empfehlen?«, fragte Tilman, und sie antwortete ernst: »Es gibt Brot und warmen Brei und wir haben auch Wurst und Kohlsuppe. Vielleicht nicht, was ihr gewöhnt seid, aber wir liegen hier etwas abseits.«

»Was gibt das da?«, brüllte der Wirt und Agnes drehte sich um und floh in die Küche. »Es setzt was, wenn ihr nicht augenblicklich mein Mädchen in Ruhe lasst! Habt ihr verstanden?« Er krempelte die Ärmel hoch und zeigte seine dicken, tätowierten Unterarme.

Claes nickte und flüsterte zu Tilman: »Der Gute ist wohl etwas gereizt.«

»Wir würden euer Mädchen niemals anfassen!«, rief Tilman laut.

»Was willst du damit sagen?« Der Wirt kam an ihren Tisch. »Du glaubst, sie ist nicht hübsch genug für dich, was?«

Tilman blinzelte und Claes warf ihm einen warnenden Blick zu.

»In meinem Hause wird sich benommen, ansonsten, ich meine es ernst!«, knurrte der Wirt und ging zu seinem Tresen zurück.

»Puh, mit den Leuten aus dem Bergen ist nicht zu spaßen, das wusste ich doch«, sagte Tilman.

Agnes brachte jedem von ihnen einen Teller Suppe und Brot.

Sie waren so hungrig, dass sie alles in sich hineinschlangen, obwohl das Brot einen sonderbaren Geschmack hatte. Claes hatte für sehr wohlhabende Männer gearbeitet, für die Medicis, bevor ihr Stern verblasste, für den Kanzler Bellinghusen und natürlich für den Bischof. Sie hatten ihn gut versorgt, und vor allem hatte er Wein und gutes Brot bekommen. In diesem Wirtshaus war das Brot bröselig und bitter.

Auf seiner Reise von Florenz war Claes durch ein Dorf gekommen, in dem alle Bewohner vom Veitstanz befallen waren. Der Sankt Veitstanz, dabei sollte man doch meinen, dass eine Seuche nicht von einem Heiligen gestiftet sein konnte. Die von der Seuche befallenen Menschen tanzten auf den Plätzen, in den Gassen, um die Brunnen herum, Alte, Kinder, sie verrenkten die Körper und zuckten in wilden Tänzen. Claes machte damals, dass er weiter kam, diese verfluchten Dörfer mit ihren Seuchen, ohne Vorwarnung befand man sich in einem Hexenkessel, aber immerhin war er damals klug genug gewesen, auf der Stelle zu verschwinden.

An diesem Abend war er hungrig und unaufmerksam, sonst hätte er gemerkt, dass sie ihnen Hundebrot untergeschoben hatten, Hundebrot aus Weizen, Mutterkorn und Bilsenkraut. Da er es nicht wusste, führte er seine Benommenheit auf die anstrengende Reise.

Tilman dagegen wurde nicht schläfrig, sondern aufgekratzt und noch übermütiger als sonst. So forderte er die drei Bärtigen zum Kartenspiel heraus. Was Claes für keine gute Idee hielt. Tilman rutschte mit seinem Stuhl zum Nebentisch. »Ihr habt so gut wie verloren«, rief er.

»Ich besser unsere Reisekasse ein bisschen auf!«, sagte er zu Claes, und der versuchte, sich keine Sorgen zu machen.

Agnes füllte seinen Becher nach und er trank das Bier in einem Schluck, fragte nach dem Abtritt und ging nach draußen.

Es war windig geworden, die Bäume schlenkerten vor dem Nachthimmel. Die Latrine befand sich in einem Bretterverschlag und Claes fürchtete, der Wind würde ihm die Bretter um die Ohren hauen. Ihm war schwindlig und ein bisschen übel, was er nun auf das Bier schob. Er blieb auf der Wiese stehen und inhalierte die frische Luft. Sein Kopf wurde langsam klarer und ihm fiel das Reisegepäck ein, das er unbeaufsichtigt unter dem Tisch hatte liegen lassen. Nun wollte er schnell zum Wirtshaus zurück, aber am Eingang löste sich ein Schatten von der Wand, und er erkannte Agnes.

»Ich bin froh, dass du hier bist!«, flüsterte sie.

»Ist etwas passiert?«

Sie antwortete nicht, nahm stattdessen Claes' Hand und führte sie unter ihren Rock.

»Geh wieder hinein! Es ist kalt«, sagte Claes unfreundlich und zog seine Hand zurück.

Sie begann, die Bänder an ihrem Kleid zu lösen und den Stoff über die Schultern zu schieben und Claes war sich jetzt sicher, dass sie ihm eine Falle stellte und obwohl er schon länger keine Frau mehr berührt hatte, es musste im Frühling gewesen sein, seit er sich zuletzt im Badehaus aufgehalten hatte, blickte er sie strafend an, drehte sich um und wollte sie stehen lassen.

»Erzählst du es jetzt meinem Vater?«, drang ihre Stimme durch die Dunkelheit.

»Hat er dich hinter mir hergeschickt?«

»Mein Vater?«

»Ja, hörst du schlecht?«

»Der schlägt mich tot, wenn er mich hier erwischt.«

»Dann rein mit dir. Ist sowieso zu kalt hier draußen.«

»Nimm mich mit nach Münster!«

»Du hörst also doch schlecht.«

»Ich könnte Essen für euch machen, eure Wäsche waschen, ich kann reiten und euch den Weg zeigen und ich kann rechnen und sogar ein bisschen lesen.«

»Geh jetzt!«

»Ach bitte, nimm mich mit! Du kannst mich behalten oder nicht, aber lass mich mit dir mitkommen!«

Claes schüttelte den Kopf. Es war absurd. Er hatte schon Tilman an der Backe, er wäre verrückt, sich auch noch dieses Mädchen aufzuhalsen. Es gelang ihm, sie ins Gasthaus zurückzuschicken, vertrat sich selbst kurz die Beine und war erleichtert, dass sein Gepäck noch unter dem Tisch lag. Tilman schlug nebenan die Karten und lachte mit den Bärtigen. Noch lachten sie mit. Tilman hatte tatsächlich eine Glückssträhne und Claes konnte nur hoffen, dass die drei gute Verlierer wären.

Er dachte an Caterina. Blonde Zöpfe hatte sie gehabt, als Kind, und einen schiefen Eckzahn, mit dem sie sich oft auf die Lippe biss. Er leerte seinen Becher und beschloss, schlafen zu gehen. An den Fensterscheiben rann die Feuchtigkeit hinab und er konnte dem Drang nicht widerstehen, mit dem Zeigefinger einen Kreis zu ziehen, ihn auszumalen und durch das Loch in die Dunkelheit zu spähen. Etwas da draußen bewegte sich. Er beugte sich vor, bis seine Stirn das Glas berührte, aber jetzt sah er nichts mehr.

Im nächsten Moment öffnete sich die Tür. Ein Windstoß fegte durch den Raum und wirbelte ein paar Spielkarten vom Nachbartisch. Eine alte Frau und ein offensichtlich schwachsinniger Junge verharrten auf der Schwelle. Die

Alte nickte Claes zu, steuerte seinen Tisch an und setzte sich, ohne zu fragen. Der Junge war ihr gefolgt, und sie schob ihm einen Stuhl zu.

»Na, Fremder? Auch auf dem Weg nach Münster?«

Sofort sah Claes hinüber zu Tilman.

»Das Jüngelsken da vorne, das ist dein Gehilfe, na? Woher ich das weiß? Na, der ollen Künneke macht man nichts vor.«

Sie streckte die Beine unter dem Tisch und stieß ihn damit an. »Mein Junge ist ein prachtvoller Bursche, nicht wahr? Er hackt mir das Holz, ich wäre verloren ohne ihn, allein im Wald, da ist das Leben beschwerlicher als in der Stadt. Gibst du mir ein Bier aus?«

Claes winkte Agnes heran und bestellte für die beiden.

»Ahh, es ist gut, so ein Kerl wie du, der muss nach Münster, gerade in diesen Zeiten, da braucht es Kerle wie dich, gerade in Münster.«

Das Gesicht der Alten war von tiefen Falten durchzogen, ihre Nase und die Wangen vom Wetter aufgesprungen. Aber die schmale Form ihres Gesichts, die hohen Wangenknochen, die gerade Stirn und die wachen hellen Augen verrieten, dass sie einmal eine hübsche Frau gewesen sein musste. Sie beugte sich zu Claes vor.

»Du spürst es, nicht wahr? Du weißt es?«

Er hatte keine Ahnung, wovon sie sprach, und sie fuhr fort.

»Drei Sonnen, drei Sonnen sind über der Stadt aufgegangen, jawohl. Die Hähne haben sich zu Tode gekräht. Drei Sonnen. Die Leute rannten durch die Gassen, verrückt sind sie geworden, viele haben sich die Haare ausgerissen, die Leute, muss man sich vorstellen, drei Sonnen.«

Ja, er hatte davon gehört und lange darüber nachgedacht. Über Köln hatte nur eine Sonne gestanden und so mussten die Münsteraner wohl eine seltene Planetenkombination gesehen haben. Vielleicht spiegelte sich die Sonne an diesem Tag in zwei anderen Planeten. Vielleicht waren es helle Kometen. Vielleicht auch nur Mond und Venus, die an manchen Tagen strahlender sind als gewöhnlich.

»Ich seh schon, du willst nicht glauben. Gut so, da bist du richtig in Münster, unter den Verrückten, da braucht es einen Kerl wie dich, einen, der Verstand hat. Es sind schreckliche Zeiten, die Verrückten tragen keine Blumenkränze mehr. Sie behaupten nicht mehr, von den Göttern inspiriert zu sein und die Zukunft vorhersagen zu können. Ihr Unglück nimmt ständig zu. Schreckliche Vorstellungen plagen sie. Sie zerreißen ihre Kleidung, sie verkriechen sich an einsame Orte, sie irren auf den Gräbern umher, sie schreien, sie sind in der Hand von Dämonen. Ich muss es wissen, und ich sage nur, der Westwind, jawohl, der Westwind, wie er an den Bäumen rüttelt. Die Bretter meiner Hütte, du müsstest sie klappern hören, du kannst es dir nicht vorstellen, noch nie haben sie so geklappert wie in diesem Jahr, noch nie, und ich hab viele Jahre auf dem Buckel, sehr viele. Der Westwind macht die Leute verrückt. Kein Schlaf, nächtelang nicht, wochenlang nicht. Die Fliege am Becher reicht aus und man vergisst sich, der Westwind. Und ich weiß noch was. In Haarlem ist den Fischern ein Ungeheuer ins Netz gegangen, ein Fisch, wie ihn noch nie jemand gesehen hat. Kein Fisch. Eine Bestie mit Dutzenden von Zähnen. Sind das nicht Zeichen genug? Du solltest dich beeilen. Besser, du brichst gleich auf. Bleib nicht hier über Nacht. Reite weiter, hörst du, reite weiter!«

Claes nahm einen großen Schluck vom Bier. Der Junge rollte mit den Augen, das rechte kippte immer wieder nach hinten, sodass zeitweilig nur Weißes zu sehen war.

Er nippte an seinem Becher, tunkte den Zeigefinger in den Schaum und malte Linien auf den Tisch. Wie ein Boot sah aus, was er da zeichnete.

»Er ist ein Maler, mein Junge, jawohl, ein Künstler, er verziert unsere Hütte mit seinen Zeichen, überall Zeichen, frag nicht, was es bedeutet, er ist ein Künstler.«

Claes fragte nach seinem Namen. Nathanael. Als er hörte, wie Claes es wiederholte, wurde sein Gesicht für einen Moment ruhig. Er schlug sich mit der Hand auf die Brust und stieß ein paar Laute aus. Na-thaaah-naaa-eel. Claes sprach seinen Namen noch einmal und es schien ihn zu freuen. Nathanael. Nathaaahnaaaeel. Sein Finger tippte ins Bier und fuhr über den Tisch, dann sah er Claes an, sein Mund zuckte, Nathaaahnaaaeels Muuter, sagte er, tunkte noch einmal den Finger ins Bier und zeichnete einen Kreis.

Claes kramte eins seiner Notizbücher hervor und schob ihm eine leere Seite zu, zusammen mit einem Stift. Er glaubte, ihm zeigen zu müssen, wie man den Stift hielt, aber der Junge wusste es und skizzierte ein Gesicht auf dem Papier. Ein einfaches Gesicht, aber Claes war doch überrascht, wie geschickt er den Stift führte.

»Muuter. Muuter Junkfraa Gotes«, und er zeichnete dem ovalen Kopf einen Heiligenschein.

»Wirklich ein geschickter Junge. Wie schade, dass er krank ist.«

»Krank, ja. Vom ersten Tag an. Schlimmes Schicksal, der Junge.«

Nathanael griff über den Tisch, nahm Claes' Hand und legte ihm den Stift hinein. Offenbar hatte er genug gezeichnet, und Claes steckte das Notizbuch zu den anderen in die Tasche. Er war sich nicht sicher, warum ihn die Zeichnung so berührte, vielleicht war es die Art, wie er den

Heiligenschein hinzugefügt hatte, dieser Heiligenschein war viel zu groß für den Kopf, er neigte sich nach vorne, die Linien, die er sonst sicher und gerade ausgeführt hatte, waren in sich gezackt, ganz fein, so als ginge Energie davon aus, kleine Funken, die kaum sichtbar sprühten.

»Was tust du noch so spät hier?«, fragte Claes. Es schien ihm gefährlich für eine alte Frau und einen Jungen, nachts im Wald unterwegs zu sein. »In Münster braut sich was zusammen. Jan Bockelson, kennst du seinen Namen? Nein? Jan Bockelson war über den Sommer in Münster, du musst ihn knapp verpasst haben, ist auf dem umgekehrten Weg, zurück nach Holland. Der ist nicht ohne, und der kommt wieder, das weiß ich. Das Schicksal ist ein Säugling, es fordert und verlangt, und tust du nicht, was es will, dann kommt das Unglück, großes Unglück, nur weil du nicht hörst, weil du feige bist. Ich bin nie feige gewesen. Man kann mir alles vorwerfen, aber das nicht, nein. Das Schicksal, das Leben, es fordert, auch von dir, ein hoher Preis, mitunter. Ich warne dich. Das Unglück, noch kann es sich keiner vorstellen. Die Pest ist ausgestanden, der Englische Schweiß auch. Was soll noch kommen? Aber ich sehe das Unglück. Ich sehe es, glaub mir. Und ich habe was für dich.«

Sie hob ein kleines Bündel auf den Schoß, nahm ein leinenumwickeltes Päckchen und gab es Claes. Vorsichtig löste er die Bänder und den Stoff und hervor kam ein Knochen.

»Es ist nicht irgendein Knochen.«

»Ein Unterschenkelknochen.«

»Eine Reliquie vom Heiligen Wolfgang von Regensburg. Dein Schutzpatron.«

Claes war überrascht. Wirklich war der Heilige Wolfgang der Schutzpatron der Bildschnitzer, aber woher wusste sie von seinem Beruf? Sie hatte wahrscheinlich das Gerede von Tilman aufgeschnappt, aber das erklärte nicht, warum sie mit einem Knochen herumlief. Claes selbst lachte über die Männer, die auf dem Markt zu Köln die angeblich heiligen Knochen verscherbelten. Sie kamen mit prall gefüllten Beuteln aus Jerusalem, wie sie behaupteten, oder aus Nabatea oder dem Lande Sinai. Geradewegs aus all den geheiligten Stätten, aber fragte man sie nach den Datteln und dem Halwa, nach dem Duft der Damaszener Rosen, nach dem Katharinen-Kloster oder den Kreuzfahrerburgen, schwenkten sie nur ratlos die Knochen. Trotzdem waren die Leute dumm genug, sodass die Händler abends den Platz mit Geldsäckeln voller Münzen verließen, und kaum einen Monat später tauchten sie mit neuen Reliquien auf. Claes wünschte, sie würden eines Tages alle Reliquien aus seinen Figuren entfernen und sie den armen Landstreichern zurück in die Erde legen.

Er dankte der Alten, wickelte den Knochen wieder ein und wollte ihr das Paket zurückgeben, aber sie schüttelte den Kopf. Er würde es brauchen, in Münster, und zwar wäre der Heilige Wolfgang nicht nur der Schutzpatron der Bildschnitzer und wurde bei Augenkrankheiten angerufen, sondern wäre er auch der Patron der unschuldig Verurteilten, sagte sie.

Die Alte wünschte Glück, erhob sich, nahm ihren Jungen an die Hand und lächelte Claes mit dem Mund voll Zahnlücken zu. Der Rauch verschleierte ihren schmalen Körper und ihr Gesicht, und die Erinnerung überfiel Claes unerwartet. Die Alte damals in der Hütte im Wald, diese Alte, die sie aufgenommen hatte, an dem Abend, als Caterina und er erschöpft im Moos lagen, mit Armen und Beinen, die sie sich an den Dornen aufgeschürft hatten. Längst hätten sie Münster erreicht haben müssen. Sie hatten sich nach der Sonne gerichtet, Münster lag von ihnen aus im Osten, aber sie mussten dem Sumpf ausweichen, sie änderten die Richtungen, und das Wetter verschlechterte sich, es wurde grau und verhangen, der Regen nahm ihnen die Sicht, sie begannen herum zu irren, wurden müde. Wo war Münster? Was wollten sie überhaupt dort? Bald waren sie so müde, dass sie das Ziel aus den Augen verloren.

Sie suchten Schutz vor dem Regen, bauten sich eine Höhle aus Zweigen und Moos und kauerten sich hinein. Claes hielt Caterinas Hand, er verflocht seine Finger mit ihren, ihre Finger zwischen seinen, und er erinnerte sich noch an die Risse an ihren Händen.

Die Alte winkte Claes von der Tür aus zu, mechanisch hob er die Hand, der Junge rief noch einmal seinen Namen, Nathaaahnaaeel, und beide verließen das Wirtshaus.

Caterina. Sie sollte einen der Ritter von Meinhövel heiraten, Claes hatte sie in ihrem Zimmer gefunden, als sie Wäsche auf das Bett legte, einen Kamm, ihren silbernen Spiegel. Ich haue ab, verriet sie, und ihre Stimme klang stolz, ich haue ab, und ohne darüber nachzudenken sagte Claes, ich komme mit, ich lass dich nicht alleine gehen. Ihrem Vater war es mit der Heirat ernst, die von Meinhövels besaßen Burgen im südlichen Münsterland, sie hatten Ländereien, Ansehen und Geld. Letzteres hatte Claes und Caterinas Familie nicht mehr, die Wasserburg verfiel. Nur das Ansehen war der Familie geblieben, in diesem Fall ein zweifelhafter Besitz. Heinrich von Meinhövel kam angereist und beäugte Caterina, und natürlich war er von ihr begeistert und mit der Hochzeit einverstanden, sofern sie so schnell wie möglich ausgerichtet wurde. Heinrich war dick und mindestens zwanzig Jahre älter als sie, und Claes verstand, dass sie ihn nicht wollte, zumal er, nachdem er ordentlich des Vaters Wein zugesprochen hatte, Caterina den Hintern tätschelte, als wäre sie eine Bauernmagd.

Keine Lügen über die Vergangenheit, keine Lügen, also gut, vielleicht war es Claes Idee gewesen, gemeinsam fortzugehen, Caterina und er, Stadtluft macht frei, sagte er ihr, das galt für die armen Leute, sie waren adelig und frei auf ihrer Burg mit den faulig stinkenden Wassergräben, sie konnten dem Lehrer entwischen und sich mit den Pferden davonstehlen, sie wateten mit nackten Füßen im Bach, sie feierten mit den Bauern die Sonnenfeste, sie waren dabei, wenn geschlachtet wurde. In großen Töpfen kochte das Blut, es warf Blasen, und der Geruch des Blutes hing wie eine Glocke über dem Dorf. Die knochendürren Bauernkinder tanzten vor den Hütten, berauscht vom Blut, während die Bäuerin herumging und jedem die Kelle an die Lippen drückte. Nur Caterina weigerte sich, zu trinken, manchmal übergab sie sich im Gras, manchmal schaffte sie es zu unterdrücken und bekam dafür am nächsten Tag ihr Lippenbläschen. Claes fand nie, das dieses Bläschen sie entstellte.

Geschlachtet wurde nur in den kalten Monaten. Schon damals hatte Claes interessiert, woher der Tod kam. Er wollte sehen, aus welcher Richtung er kam, ob aus den Wäldern oder von den Wiesen, ob er von oben seine Hände ausstreckte oder wie ein Wurm aus der Erde kroch. Er wollte dabei sein, wenn das Tier seinen letzten Atemzug tat, er wollte sehen, was danach kam. Und obwohl er keine Antworten fand, erschreckten und faszinierten ihn die Vorgänge des Schlachtens, der geöffnete Tierleib als Ort sonst verborgener Geheimnisse. Er duckte sich im Schatten der Mauern, wenn sich der Bauer mit zwei Stricken in den Stall begab. Sah zu, wie er den einen um das rechte Vorderbein, den anderen um das rechte Hinterbein band, dann beide Stricke in die linke Hand nahm, um die rechte zum Antreiben frei zu haben. An der Schlachtstelle übergab der

Bauer beide Stricke seinen ältesten Söhnen, die schon gewartet hatten. Manchmal waren es auch zwei Nachbarn. Sie legten die Stricke unter dem Körper des Schweins zur anderen Seite, zogen es damit zu Boden und hielten es fest. Der Bauer kniete sich mit dem rechten Bein auf den Hals des Schweins und stach das Tier ab. Es brüllte und brüllte und brüllte, aber keiner schien es zu hören, und tatsächlich wurde es leiser, nachdem die Bäuerin das Blut, das sie mit der Bratpfanne auffing, vier-, fünfmal in den Eimer gegossen hatte. Irgendwann zwischen Füllen und Ausschütten kam der Tod, und immer stand Claes da, sein Körper wie ein Bogen gespannt, und manchmal glaubte er den Atem des Todes zu fühlen, meistens aber war das Tier gestorben, ohne dass er etwas bemerkt hatte. Ständig musste das Blut gerührt werden, damit es nicht gerann. Anschließend verstopfte der Bauer das Einstichloch mit einer Möhre und begann mit dem Abkratzen der Borsten. Es erschien ihm wundervoll, dass diese Vorgänge immer gleich abliefen, wie eine Messfeier. Niemals in all den Jahren versuchte ein Schwein zu fliehen. Die Möhre im Hals des Tieres hatte etwas Beruhigendes, sie markierte den Abschluss des ersten Teils.

Spannend wurde es wieder, sobald das Schwein rücklings auf die Leiter gelegt wurde. Sie banden es mit Seilen fest und richteten die Leiter auf. Es hatte etwas Ergreifendes, dieses tote Schwein, aufgerichtet an der Hauswand, und immer nickten ihm die Bauern wohlwollend zu, wenn sie ihn an der Mauer bemerkten. Der Bauer schnitt dem Tier die Geschlechtsorgane ab, die äußeren und das, was innen lag. In hohem Bogen flog das Fleisch in den Baum als Vogelfutter. Wie ein Wurm wickelte sich das armlange Gekröse um die Äste. Ein zweiter Schnitt und Darm, Magen und Leber lagen frei. Der Bauer zog daran, bis sie vor ihm in der Wanne lagen. Das Brustbein spaltete er mit der Axt und warf das Lüngsel in einen Eimer. Es glänzte feucht und roh, und Claes prägte sich die Formen gut ein. Vor dem Aufschneiden der Hals- und Kopfpartie zog der Bauer die Möhre aus dem Stichloch und ließ das restliche Blut in den Eimer laufen. Manchmal schenkte er Claes eine Handvoll Schweineborsten. Dann der Moment, wo die Bäuerin mit der Kelle herumging. Die Dorfkinder warteten gierig. Das Blut war noch warm, dickflüssig, leicht schaumig, es schmeckte nach mehr, aufkratzend, es jagte durch Claes Adern wie Wein. Während sich Caterina abseits hielt, tanzte er mit den anderen Kindern. Die Pferde und Hühner schrien in den Ställen, und die Fliegen überall, unglaublich, wie viele Fliegen, und sie bettelten die Bäuerin an, gib uns mehr.

Caterina ekelte sich vor der Alten, die sie im Wald aufgelesen hatte. Die Hütte war voller Spinnweben und Mäusekot, so verwahrlost waren nicht mal ihre Ställe zuhause. Nachdem sie sich tagelang nur von Beeren ernährt hatten, schlangen sie das Essen der Alten hinunter, wenn es auch alles andere als köstlich war.

Claes wischte sich den Schweiß von der Stirn. Es war spät geworden. Tilman schlug noch immer Karten. Als Claes ihn ansprach, sagte er was von einer Glückssträhne, und so ließ Claes ihn spielen und stieg die Stufen zur Schlafkammer allein hoch.

7

Endlich Münster

Claes wurde wach, kaum dass die Sonne aufgegangen war. Bretter hatten sich vom Dach gelöst, der Himmel war dunkelblau, von rötlichen Streifen durchzogen. Claes war schlecht, und als er sich aufrichtete, begann die Kammer um ihn zu kreisen. Gerade noch rechtzeitig konnte er sich zur Seite beugen und kotzte grünes Zeug in die Nachtschüssel. Zitternd wischte er sich den Mund. Er legte den Kopf zurück auf das Kissen, rollte sich zur Seite und erschrak.

Das war nicht Tilman neben ihm, sondern Agnes.

Er sprang aus dem Bett und zog sich an. Agnes schmatzte, ihre Lider bewegten sich, aber sie schlief weiter. Soweit Claes sehen konnte, war sie nackt unter dem Laken. Fieberhaft kramte er in seinem Gedächtnis. Er konnte sich nicht erinnern, sie mit hinaufgenommen zu haben. Konnte es sein, dass sie sich später zu ihm geschlichen hatte? Oder ließ ihn sein Gedächtnis in Stich?

Noch war es früh am Morgen, noch könnte er seine Reise fortsetzen, als wäre nichts geschehen, und vielleicht war ja auch gar nichts geschehen. Er müsste sich nur beeilen, nicht auszudenken, was los wäre, wenn der Wirt seine Tochter hier in seiner Schlafkammer entdeckte. Wo war aber Tilman? Und wo sein Gepäck? Claes sah sich in der Kammer um. Hatte er seine Bündel etwa unten vergessen?

Leise schlüpfte er zur Tür hinaus. Die Treppe knackte unter seinen Schritten. Das Geräusch würde reichen, um das ganze Haus zu wecken, hinter welcher der Türen mochte wohl der Wirt schlafen?, und Claes tastete sich langsam, Schritt für Schritt vorwärts, während sein Herz laut klopfte. Verdammt, immer geriet er durch andere in Schwierigkeiten, erst das Mädchen und jetzt Tilman, verdammt, wo steckte der bloß? Unten war die Tür zum Gastraum nur angelehnt. Darin war es dunkel. Dunkel und stickig. Claes tappte entlang der Wand, öffnete eins der Fenster. Noch immer war es draußen nicht richtig hell, aber nun konnte er die Umrisse der Tische erkennen. Es hatte sich keiner die Mühe gemacht, die Stühle hochzustellen, einige lagen umgekippt auf dem Boden.

Da war der Tisch, an dem er gesessen hatte, und da waren auch seine Bündel. Wie ein Paar ausgezogener und vergessener Stiefel lagen sie unter dem Tisch. Erleichtert nahm er sie an sich. Jetzt müsste er nur noch Tilman finden. Am Tisch, an dem er mit den Bärtigen gespielt hatte, standen die Becher halbgefüllt. Fliegen waren über Nacht darin ersoffen. Verdammt, wo war der Bursche? Hatte seine Glückssträhne womöglich die ganze Nacht angehalten und die Bärtigen hatten es ihm übel genommen? Wie er Tilman kannte, hatte der seine vorlaute Klappe mal wieder nicht halten können, hatte vielleicht von sich aus Streit angefangen.

Der Wald draußen war schwarz, ein Käuzchen rief. Oder war das Tilman? Claes lauschte angestrengt. Immer diese Phantasie! Natürlich war das nur der Wind. Er ging zur Haustür, wollte den Riegel zurückschieben und stellte verwundert fest, dass die Tür gar nicht verschlossen war. Der Wind war kühl, und es roch nach Wald, nach feuchtem Moos und dunkler Erde. Der Geruch erinnerte Claes an seine Kindheit, an Caterina, und etwas begann sich in seinem Magen zu rühren. Schon fürchtete er, sich wieder übergeben zu müssen. Nirgendwo war ein Lichtstrahl zu sehen. So leise wie möglich huschte er zum Stall hinüber, bückte sich, um durch einen Spalt zwischen den Brettern zu blinzeln. Ihm war nicht wohl dabei, den Rücken dem frühen Morgen preis zu geben, während er das Gesicht an das Holz presste. Als sich seine Augen an die Dunkelheit gewöhnt hatten, konnte er sein Pferd sehen, dort neben der dicken grauen Stute. Aber wo war Tilmans Pferd? Und wo die Pferde der drei Bärtigen? Fast kroch Claes in den Spalt hinein, zwängte das Auge so dicht wie möglich an die Ritzen, aber es waren keine anderen Pferde zu sehen. War Tilman etwa mit den Männern fortgeritten? Jetzt musste er doch die Stalltür öffnen, zur Not würde er eben allein weiterreiten. Das war sowieso, was er wollte: allein sein, allein reisen, unabhängig sein. Im Stall aber fand er Tilman. Eingerollt lag er im Stroh, nur eine Armlänge vom schnarchenden Stallburschen entfernt. Claes weckte ihn ungeduldig.

»Wir müssen los! Wo ist dein Pferd?«

Schlaftrunken rieb sich Tilman die Augen.

»Jetzt mach schon!«

»Weg«, sagte Tilman.

»Was soll das heißen?«

»Verloren«, sagte Tilman und zuckte mit den Achseln.

Das durfte nicht wahr sein. Jeden Moment könnte Agnes drüben aufwachen, oder ihr Vater. Verdammt, sie müssten fort von hier, so schnell wie möglich. Claes betete, der störrische Gaul würde mal einmal keine Zicken machen, und als hätte er verstanden, dass es diesmal wirklich drauf ankäme, ließ er sich widerstandslos aus dem Stall führen, ohne auch nur einmal zu schnauben. Tilman und Claes banden ihr Reisegepäck fest und ritten gemeinsam auf diesem Klepper davon. Noch war es still im Gasthaus, aber Claes trieb den Gaul und schnell hatten sie den Wald erreicht.

Erst nachdem sie mehrere Dörfer hinter sich gelassen hatten, wagten sie am Mittag eine erste kleine Pause. Das Pferd schnaufte, und sie beschlossen, von nun an abwechselnd zu reiten. Bis Münster konnte es nicht mehr weit sein.

»Hätte es nicht gereicht, um Geld zu spielen?«

»Reingelegt haben die mich. Geschummelt. Mit falschen Karten gespielt. Was weiß ich, auf jeden Fall ging das nicht mit rechten Dingen zu.«

»Was waren das überhaupt für Typen?«

»Holländer. Die Schweinebacken haben mir das Fell über die Ohren gezogen. Ich hab keinen einzigen Taler mehr.«

»Schöne Scheiße.«

»Kann man wohl sagen. Und das Pferd hat mir mein Bruder geliehen.«

Sie aßen ein paar Früchte und beobachteten die Waldameisen, die sich an Blättern und toten Käfern abschleppten.

»Aber was war mit dir? Wieso sind wir da eigentlich ohne Frühstück abgehauen?«

»Vergiss es«, winkte Claes ab.

Tilman grinste breit. »Die Kleine, stimmt's? Erzähl mal!«

»Da war nichts.«

»Ach komm schon, ich halte dicht!«

»Du wirst es vielleicht nicht glauben, aber ich erinnere mich gar nicht.«

»Jammerschade. Ist n heißer Feger, die Kleine.«

»Hast du was mitbekommen?«

»Sie war laut, stimmt's?«

»Hast du eigentlich nichts von dem Brot gemerkt?«

»Das war ein ziemlicher Rattenfraß, das ganze Essen.«

»Ich glaube, es war nicht in Ordnung.«

»Dass sie uns da was reingetan haben? Ich glaub, ich spinne, jetzt kapier ich auch, warum ich verloren hab! Die Karten waren nämlich ganz gut, normal hätte ich gar nicht verlieren können.« Tilman schleuderte einen Kieselstein davon. »Scheißbergvolk! Ich sag's ja immer, denen kannst du nicht trauen, die fressen sogar ihre Kinder.«

»Wir haben aber wohl Glück. Wenn sie uns verfolgt hätten, wären sie schon hier.«

Es gibt da eine Geschichte von einem Stein, der die Einsamkeit auf dem Berg nicht mehr ertrug. Er nahm seine Kraft zusammen und ließ sich hinunterrollen, bis runter in die Stadt, auf die er von oben neidisch hinab gesehen hatte. Nun lag er da, zwischen den Pflastersteinen, den Backsteinen, im Rinnstein. Die Menschen traten auf ihm herum, die Pferde und Hunde beschmutzten ihn mit ihrem Kot, die Wagenräder rumpelten über seinen Rücken, und er begann sich zurück auf seinen Berg zu sehnen, zurück in die Einsamkeit. Aber natürlich trug ihn niemand zurück. So erging es Claes auch immer. Es kam zwar nur selten vor, dass er sich Gesellschaft wünschte, aber sobald er Umgang mit Menschen hatte, war er auch schon enttäuscht von ihnen und sehnte sich zurück in seine Einsamkeit. Wenn er sich das auch alles selbst eingebrockt hatte, nervte ihn das Geplapper von Tilman. Der Gaul zuckelte durch den Wald, sodass sie bequem nebenher gehen konnten. Um seine Kräfte zu schonen, muteten sie ihm jetzt nur noch das Gepäck zu. Ohnehin müssten sie bald die Stadt erreicht haben. Claes fühlte den leinenumwickelten Knochen in der Tasche. Die Alte beschwor eine Vergangenheit, die er am liebsten vergessen hätte. Der Geschmack von Harz an dem Stück Brot, das Claes umklammert hatte, als er durch das Dickicht lief. Caterina hinter ihm. Blut an ihren Beinen. Die Dornen der Brombeerbüsche, Brennnesseln, Disteln.

Ihr Kleid war zerrissen. Sie waren zunächst dem Hohlweg gefolgt, der an der alten Landwehr entlang führte. Bis sie glaubten, verfolgt zu werden. Sie verließen den Weg, sie glaubten, sich auszukennen. Die Insekten zerstachen sie, Zecken verbissen sich in Caterinas Hals und Claes zog sie ihr heraus. Sie waren erschöpft, noch bevor das eigentliche Abenteuer, ihr neues Leben, begonnen hatte. Die Alte gab ihnen zu essen und ein Lager für die Nacht, sie kannten noch kein Hundebrot, sie bekamen davon Albträume. Die Hütte der Alten war eng und verräuchert, zwischen den Holzritzen steckten Glimmspäne, und sie schippte Torf in den Ofen. An den Wänden befanden sich lange Reihen von Brettern, darauf Gläser gefüllt mit Kräutern, Beeren, Federn, Steinen, Knochen und Dingen, die in Öl eingelegt waren, Schnäbel und Entenfüße und Mäuseschwänze. Jeden Abend verließ die Alte die Hütte, um in der Nacht mit merkwürdigen Dingen zurückzukommen. Sie trug sie unter Tüchern und doch sah Claes einiges, am schrecklichsten war das kleine Kind, das sie anschleppte, es rührte sich nicht. Nun, es war warm, sie bekamen zu essen, tranken viel von dem warmen Bier, und wenn die Alte abends fort war, rückten sie aneinander, sie waren schläfrig und fühlten sich schwer, sie machten sich keine Sorgen, wenigstens solange nicht, bis sie das tote Kind gesehen hatten. Von da an aßen sie weniger, sie schütteten das Bier weg, sie täuschten die Alte. Und als sie eines abends auf einem ihrer Streifzüge war, hauten sie ab. Sie hatte die Tür nicht abgeschlossen, sie glaubte, sie schliefen. Als sie schon draußen waren, kehrte Caterina noch einmal um. Claes trampelte von einem Fuß auf den anderen, mach schon, und Caterina kam mit dem sprechenden Raben zurück. Was wollen wir damit?, er wird uns nur verraten, aber Caterina wollte ihn dabeihaben. Sie liefen die ganze Nacht, solche Angst hatten sie, die Alte würde sie suchen. Sie hatten Glück, sie erreichten Münster, und doch hätten sie den Raben nicht mitnehmen sollen.

Sie fanden eine Anstellung im Hause des Tuchhändlers Knipperdollinck. Sie gaben sich als Eheleute aus und man stellte sie ein als Knecht und Magd und gab ihnen eine Kammer unter dem Dach. Sie arbeiteten von morgens bis abends. Nicht, dass sie es sich so vorgestellt hatten. Sie träumten davon, ganz weit fortzugehen, Caterina wollte ans Meer, aber sie hatten kein Geld, der Kaufmann behielt ihren Lohn. Sollten sie zu alt zum Arbeiten werden, würde er ihnen den gesamten Betrag aushändigen und sie wären versorgt. Stadtluft macht frei, sagten die anderen Dienstboten, und Claes und Caterina wiederholten es, um sich nicht verdächtig zu machen, aber sie glaubten das schon lange nicht mehr.

Unten am Fenster stand der sprechende Rabe, und es war im Oktober, als der Schulze aus Rorup am Haus vorbeikam. So ein sprechender Rabe war wie ein Edelstein, das sah der Geizkragen sofort, und als er klingelte, um sich nach dem Preis des Raben zu erkundigen, erfuhr er, dass er dem Dienstbotenpaar Caterina und Claes gehörte. Der Vater hatte demjenigen eine Belohnung versprochen, der die beiden aufstöberte. Der Schulze reimte sich die Geschichte zusammen und kassierte zusammen mit der Belohnung auch noch den Raben ein. Die Kinder als Dienstbotenpaar, das war ein Skandal. Sie hatten die Familie befleckt. Aus Scham verließ die Mutter das Haus nicht mehr. Die Leute aus dem Dorf umkränzten nachts die Haustür mit stinkendem Holunder und legten tote Hühner auf die Schwelle, um das Böse zu bannen. Die Familienehre musste so schnell wie möglich wieder hergestellt werden, und so brachte der Vater Caterina ins Kloster und schickte Claes zu einem Meister nach Köln.

Jetzt näherten sich Tilman und Claes Münster und mit jedem Schritt wuchs Claes' Angst. Er hatte versprochen, sie ans Meer zu bringen. In der stickigen Kammer unter dem Dach hatte er ihr die Hand darauf gegeben. Um dann zuzusehen, wie der Karren sie fortbrachte.

Die Zeit hatte er mit Arbeit erstickt, sich dem Holz und den Skulpturen gewidmet, und während ihm die Frauen Modell saßen und er die Formen ihres Fleisches nachbildete, fragte er sich, wie es unter ihren Häuten aussehen mochte. Die Knochen, die Muskeln, die Adern. Das Zusammenspiel zwischen Muskeln und Knochen. Wie unterirdische Landschaften stellte er es sich vor, unberührte Natur, Bäche, Ströme, Organe wie Kontinente, miteinander verbunden, zusammenspielend, ohne dass jemals eine Menschenhand in diese Vorgänge eingegriffen hätte.

Claes fing Frösche. Er trennte ihnen den Kopf ab, und sie lebten weiter. Er entfernte ihren Darm, schnitt ihnen die Eingeweide heraus und häutete sie. Dennoch lebten sie weiter. Es war wie ein Fieber, das ihn gepackt hatte, immer neue Frösche schleppte er ins Haus. Schließlich fand er heraus, dass sie auf der Stelle starben, wenn man ihnen eine Nadel ins Rückenmark stach. Dort also, im Rückenmark, musste das Zentrum der Bewegung und des Lebens sein. Er war fasziniert und wiederholte das Experiment an verschiedenen Tieren und – seine Beobachtung stimmte! Mäuse, Ratten, Katzen. Er hatte Respekt für all diese Kreaturen (wenn sich irgendwo ein Gott verbarg, dann im Lebendigen), und doch untersuchte er ihre Körper, nahm ihren Tod in Kauf, denn der Sinn stand ihm nach höheren Dingen, der Zweck heiligte die Mittel, und wenn die Kirche sein Treiben als schändlich propagierte, offenbarte sie nur ihre Angst, und wenn sein Tun sie ängstigen konnte, musste sich dahinter Wahrheit verbergen und so war er auf der richtigen Spur. Die Kirchenmänner versuchten, die medizinischen Schriften geheim zu halten, die Gelehrte vor rund fünfhundert Jahren in den Ländern des Orients verfasst hatten. Diese Schriften waren schwer aufzutreiben und das Lesen war bei Strafe verboten. Dennoch gelang es Claes, solche Manuskripte aufzustöbern. Er scheute kein Risiko, um die Wahrheit über das Leben aufzudecken. Aber je mehr er sich damit beschäftigte, umso mehr Fragen taten sich vor ihm auf, und besonders interessierte ihn der Mensch, dieser wundervolle, komplizierte Körper, den er am Tage abzubilden versuchte. Er versuchte, dem Holz Leben einzuhauchen, er wollte Figuren erschaffen, aus Holz und gleichzeitig so lebendig, dass man glaubte, das Blut in der Halskuhle pulsieren zu sehen. Er wollte die Grenze aufheben zwischen totem Material und lebendigem Menschen. Fieberhaft füllte er die Seiten der Notizbücher. Warum schlief der Mensch bei Abschnürung der Arterien ein? Wie wurde die Nahrung durch die Venen verteilt? Woher kam der Harn? Woher die Vergiftung? Das Brechen? Die Tränen? Das Seitenstechen? Und woher das Träumen? Das Fantasieren? Immer weiter wagte er sich in die gefährlichen Bereiche vor.

In seiner Tasche befingerte er das Bündel mit dem Knochen. Der Knochen des Heiligen Wolfgangs, seines Schutzpatrons. So ein Blödsinn, die Alte hatte ihn ganz schön um den Finger gewickelt, dass er bereit gewesen war, ihr das zu glauben. Sie musste es irgendwo aufgeschnappt haben, dass er Bildschnitzer war, vielleicht hatte sie es an seinen Händen und seiner leicht gebeugten Haltung gesehen. Wahrscheinlich war es ihre Art, mit Knochen herumzulaufen, einzig um eine Mahlzeit im Tausch dafür zu erbetteln. Nichts verabscheute Claes mehr als das Reliquien-Getue, da stahlen sie den Toten ihre Knochen und verlangten horrende Preise dafür, und noch im Reiten wickelte er das Leinen ab und schleuderte das verfluchte Ding ins Dickicht. Das nutzte dem armen Kerl zwar wenig, aber wenigstens war er jetzt kein Komplize der Knochendiebe mehr.

Aber statt sich erleichtert zu fühlen, überkam Claes ein Gefühl von Mattigkeit. Vielleicht hätte er den Knochen doch behalten sollen, er wog ja nicht viel, und womöglich hatte es die Alte gut gemeint, ihm einen Talisman mit auf die Reise gegeben, um ihn zu stärken, und er hatte nichts als falsche Arroganz bewiesen, indem er ihn wegwarf.

Sie erreichten Münster am späten Nachmittag. Es war ein Sommertag, an dem sich bereits der Geruch des Herbstes unter die Wärme mischte. Die Wildgänse flogen in großen Formationen über den Himmel, es war mit einem frühen Kälteeinbruch zu rechnen. Das Wetter hatte sich in den letzten Jahren verändert, die Winter wurden länger und kälter, und mit Ausnahme weniger Tage blieben selbst die Sommer kühl. Die Ernten waren schlecht und die Leute hatten Angst, dass die Welt aus den Fugen geriet, das war sie bereits, nichts war mehr so wie vorher, auf nichts konnten sie sich mehr verlassen, nicht auf den Kalender und nicht auf die Menschen. Claes hatte sich nie auf sie verlassen wollen, aber inzwischen waren sie ihm noch fremder geworden. Bauern zerschlugen Kunstwerke, Mönche verließen das Kloster und vermählten sich mit Nonnen, an jeder Ecke lungerten falsche Propheten herum, Knochenhändler, Sternleser, Scharlatane, wo man nur hinsah. Claes hatte das Gefühl, sich in der Welt nicht mehr auszukennen.

Die Stadtmauern ragten schon von Weitem auf, sandfarben und sehr bleich im Sonnenlicht erinnerten sie an Knochen. Die Kirchtürme, der Dom, das alles zeichnete sich schon früh am Horizont ab. Münster war eine Stadt, die der Reisende lange vor Augen hatte, bis er sie erreichte. Wie eine Fata Morgana schwebte sie am Horizont, beinah wünschte sich Claes, die Mauern würden vor ihnen zurückweichen.

Tilman staunte mit offenem Mund. »Was für eine Stadt!«, und knuffte Claes in die Seite. »Und du wolltest mich nicht mitnehmen!«

Claes schwieg. So viele Erinnerungen. Aber was waren schon Erinnerungen? In sehr jungen Jahren hatte er versucht, die Vergangenheit aufzuzeichnen. Er hatte über die alte Kate im Wald geschrieben und erfahren, wie das, was sie ehrfürchtig Erinnerung nannten, sich veränderte. Die Holztür schien ihm jetzt mächtig, wahrscheinlich sehr viel mächtiger, als sie gewesen war. Das Holz dicker und verwaschener, der Geruch des feuchten Waldbodens intensiver. Vielleicht waren die Wände der Hütte nicht feucht gewesen. Vielleicht würde er heute über die Gläser lachen, die ihm damals solchen Schrecken eingejagt hatten. Was waren Erinnerungen anderes als Trugbilder, die sich je nach persönlicher Wetterlage veränderten? Und so war es vielleicht gut, zurückzukehren an den Ort, an dem er gelitten hatte, um zu sehen, dass seine Dämonen in Wahrheit kleine Irritationen gewesen waren, die der Wind mal hierhin, mal dorthin trug.

Dennoch zögerte er vor dem Tor. Die Wachmänner stützten sich auf ihre Hellebarden und blickten ihnen feindselig entgegen. Ob sie Claes erkannten? Er fingerte das Geleitschreiben des Bischofs aus der Wamstasche und streckte es einem der Männer entgegen. Mit gerunzelter Stirn betrachtete er den Umschlag, inspizierte das Siegel und gab ihm den Brief zurück. Sie durften passieren.

Natürlich hatten sie ihn nicht erkannt, was hatte er denn erwartet? Er hatte Angst, Caterina gegenüberzustehen. Seinetwegen war sie ins Kloster gebracht worden, und er hatte ihr nicht geholfen. Wie eine Fremde hatte sie den Hof verlassen, mit geradem Rücken und starrem Blick, verkleidet in ihrem Sonntagsstaat, ihr Gesicht wie unter einem Schleier, die Miene unbewegt. Als die Pferde sich in Bewegung setzten, wandte sie ihr Gesicht ab, und er hatte gewusst, dass sie weinte. Für einen kurzen Moment glänzten zwei Linien auf ihrer Wange, zwei Linien, die ihr Gesicht zerschnitten, und Claes ballte die Fäuste und lief hinaus auf die Wiese, und dort schrie er, das war alles, was er für sie tun konnte, und das war sehr wenig, das war nichts. Er hatte versagt.

Sie gaben das Pferd in einem der Ställe nahe den Stadtmauern ab, es hatte sich den Hafer verdient, und gingen zu Fuß durch die Gassen. Die Stadt bebte unter Trommelschlägen. Sie war wie ein Herz geformt, eingeschnürt von Mauern, und die Aa war die pulsierende Lebensader, aus der man die Gräben speiste, die sich sprudelnd und glucksend durch die Stadt zwängte, die Stadt in zwei Hälften zerschnitt. Je näher sie dem Zentrum kamen, umso lauter wurden die Trommelschläge. Diese Stadt. Die Raben in den Giebeln. Die fleischigen Gesichter hinter den Fenstern. Nichts hatte sich verändert.

Der Rhythmus der Trommel trieb die beiden Männer ins Zentrum der Stadt. Die Bogenhäuser mit den hohen Staffelgiebeln und den breiten Hallengängen vor den Eingängen waren geschmückt, an Holzstangen vor den Fenstern baumelten bunte Stoffe, Bänder und Blumengirlanden. Auf dem Marktplatz vor dem Rathaus waren überall Stände aufgebaut. Weißgerber, Rotgerber, Seiler, Riemer, Büttner,

Eisenkrämer, Welschkrämer, Lebkuchner, Strumpfmacher, Lodenmacher, Nusskrämer, was will man sich die Mühe machen, sie alle aufzuzählen, es war einfach alles da, was man sich nur denken konnte.

»Wir hätten uns keine bessere Zeit aussuchen können!«, rief Tilman.

Sie schlenderten entlang der Stände, und natürlich waren nicht nur die ernsthaften Händler, sondern auch die Scharlatane vertreten. Ein Zahnbrecher drohte Claes mit seiner Zange und ein Zigeunerpaar hielt ihnen einen Tiegel Elefantenschmalz unter die Nase. Ein Mann zerrte einen Zwerg am Seil hinter sich her. Gaukler schleuderten Bälle in die Luft, Feuerspucker, Bänkelsänger und Geschichtenerzähler wurden umringt. Ein Wanderkomödiant stand vor seinem Stofftheater, »Tretet ein in die Welt!«, und ein Mädchen duckte sich unter der blauen Plane hindurch und verschwand hinter den Vorhängen.

»Fremder, gib mir eine Münze und ich sage dir, was die Zukunft bringt!« Ein kahlköpfiger Mann baute sich vor Claes auf, der am liebsten weiter gegangen wäre, ohne ein Wort zu sagen. In seiner Jugend war er oft mit solchen Männern in Streit geraten, weil er es nicht lassen konnte, ihnen zu widersprechen. Inzwischen war er schlauer. Dafür aber mischte sich Tilman ein. Die Zukunft wäre ein Rätsel, das noch keiner gelöst hätte, sagte er und verzog spöttisch die Lippen.

»Oh, hier habe ich zwei Männer, die es ganz genau wissen wollen, hä?«, rief der Kahlköpfige laut und sofort wurden sie von Neugierigen umringt. »Ihr haltet mich wohl für einen Scharlatan, was? Da täuscht ihr euch, Fremde, ich bin ein Künstler auf dem Gebiet der Chiromantie, kein einfacher Handleser! Weise Männer haben mich unterwiesen, und weise Männer schätzen meine Kunst. Und ich sehe, dass ihr zwei meine Ratschläge nötig habt.«

Warum ließen einen diese Kerle nie in Ruhe? Wie die Stechfliegen summten sie einem um die Ohren, hefteten sich an einen und ließen sich nicht abschütteln. Claes seufzte, hob seine Hände und hielt sie dem Kahlköpfigen vor die Augen. »Fünf Finger habe ich an einer Hand«, begann er.

Die Menge rückte noch näher heran, ein Flötenspieler drängte sich zu ihnen in den Kreis, wurde aber von dem Kahlköpfigen mit einer ungeduldigen Handbewegung vertrieben.

»Ich habe zehn Finger an beiden Händen.« Claes drehte seine Handflächen und merkte, wie gespannt die Leute ihn beobachteten. Etwas musste sich verändert haben, so aufgeschlossen kannte er die Münsteraner gar nicht, und verwundert wurde ihm klar, dass es ihm nicht unangenehm war, diese plötzliche Aufmerksamkeit, und er zögerte es noch ein bisschen hinaus, bevor er dem Kahlköpfigen seine Theorie erklärte, von den zehn Fingern und den sieben Planeten. »Sollten die fünf Finger an jeder Hand und die sieben Planeten je miteinander verglichen werden, so müssten die Planeten untereinander würfeln, welche zwei leer ausgehen sollten und welche fünf die Finger beteiligten. Soweit ich weiß, können die Planeten aber nicht spielen, da sie weder Würfel noch Karten am Firmament haben, und da frage ich mich doch, wer sich anmaßen will, für sie gewürfelt zu haben. Wer bestimmt, dass Venus dem Daumen, Jupiter dem Zeigefinger, Saturn dem Mittelfinger, Sol dem Goldfinger und Merkur dem Kleinfinger zugeeignet ist? Und wer nimmt sich die Freiheit, Mars und Luna ihren Anteil zu nehmen? Und was die Linien betrifft, ist es so, dass sie sich im Laufe der Jahre verändern, etwa kleiner oder größer werden oder sich an andere Stellen versetzen, so wie eine Straße von einem fallenden Berg überdeckt oder durch Wasser zerrissen wird und deshalb nebenher eine neue Straße gebaut wird. Und jetzt lass uns vorbei!«

»Oh, willkommen in der Stadt der falschen Propheten, willkommen in der Stadt der Dummschwätzer, Herr Besserwisser! Du wirst schon sehen, was du von deiner Überheblichkeit hast. Deine Hände jedenfalls verkünden vom Galgen!«

»Halt dein verdammtes Maul!«, rief Tilman.

»Komm, lass uns gehen!«, sagte Claes.

»Passt auf, dass ich euch eure Mäuler nicht gleich stopfe!«, rief der Kahlköpfige.

Claes fasste Tilman vorsorglich am Kragen, das aufbrausende Temperament des Jungen war ihm gut bekannt und hatte ihn schon öfter in Schwierigkeiten gebracht, zuletzt hatte er in Köln eine größere Summe für Tilman hinterlegen müssen. In einem Wirtshaus hatte man ihn beschuldigt, ein Messer gestohlen zu haben, und Tilman hatte alles abgestritten und sich furchtbar über die Beschuldigung aufgeregt, so sehr, dass es zu einer wüsten Schlägerei gekommen war, wobei mehrere Stühle und Tische zu Bruch gegangen waren. Claes war bereitwillig für den Schaden aufgekommen und hätte die Hand für Tilman ins Feuer gelegt. Später allerdings fand er jenes fremde Messer versteckt unter einer Kiste in der Werkstatt.

Und nun riss sich Tilman los und ehe Claes weiter eingreifen konnte, hatte er dem Kahlköpfigen einen Kinnhaken versetzt, auf den dieser anscheinend nur gewartet hatte, denn schon holte er aus und schlug auf Tilman ein und im nächsten Moment ging es rund, andere Männer mischten sich mit ein und auch Claes, der sich üblicherweise aus Prügeleien heraushielt, blieb nichts anderes übrig, als Tilman mit Fäusten zu unterstützen. Es stellte sich schnell heraus, dass die beiden keine Chance hatten, nicht nur, weil die anderen in der Überzahl waren, und erst als Claes und Tilman am Boden lagen, ließen der Kahlköpfige und seine Freunde von ihnen ab.

Ächzend rappelten sie sich auf, schüttelten sich den Staub von der Kleidung und die anderen sahen zu, wie sie sich den Weg durch die Menschenmenge bahnten, die jeden Faustschlag neugierig mitverfolgt hatte.

»Rattenpack!«, rief der Kahlköpfige ihnen nach. »Ich kann euer Ende sehen! Das Bürschchen hat die Kehle durchgeschnitten und du, Angeber, baumelst am Galgen!«

Die Leute wichen vor ihnen zurück und aus den Augenwinkeln sah Claes, wie sich einige Frauen bekreuzigten. Diese lächerliche Geste beruhigte ihn auf verrückte Weise, denn genauso kannte er die Menschen dieser Gegend, hatten sie sich also doch nicht völlig verändert. Immer schon hatten sie Holzspäne aus den Skulpturen gerissen, um darauf herum zu kauen, etwa auf den Spänen des Heiligen Leonhards, um sich damit gegen Epilepsie zu schützen. Oder sie bissen auf die Splitter der Apolloniafiguren, um das Zahnweh zu lindern, was ja vielleicht noch einen Sinn machte, da das Kauen möglicherweise vom Zahnschmerz ablenkte, wenn es auch keine Löcher schließen konnte. Auf diese Weise waren viele wundervolle Figuren bereits soweit zerstört worden, dass man sie kaum noch erkennen konnte. Dabei gab es gerade gegen Zahnweh ein ganzes Spektrum an Methoden, eine unsinniger als die andere. Dazu gehörte das Einreiben des schmerzenden Zahns mit Froschfett oder das Zerkochen von Regenwürmern zu Asche, die sie sich dann in ihre hohlen Zähne stopften und mit Wachs verschlossen. Oder aber sie legten sich heiße Knoblauchzehen auf die Zähne und gleichzeitig in die Ohren.

»Jetzt weißt du, warum ich dich nicht mitnehmen wollte«, sagte Claes zu Tilman, der sich keine Schmerzen anmerken ließ, solange sie sich in der Nähe des Marktes befanden. Kaum hatten sie aber das Tor zum Domhof passiert und waren außer Sichtweite der Leute, begann Tilman zu jammern und rieb sich seinen Arm.

»Ich glaub, die Drecksäcke haben mir den Arm gebrochen!«

Claes blieb stehen und schob Tilmans Ärmel hoch. Er tastete den Knochen ab, worauf Tilman laut aufstöhnte.

»Wenn wir gleich da sind, werden wir ihn schienen«, sagte Claes. »Kein Problem.«

Er nickte Tilman aufmunternd zu und versuchte, zuversichtlich auszusehen. Dabei hatte er überhaupt kein gutes Gefühl, und je näher sie dem Kloster kamen, umso stärker rumorte es in seinem Magen. Die Worte des Kahlköpfigen hatten ihn nicht weiter beunruhigt, die Botschaften der Jahrmarkthellseher interessierten ihn nicht, aber irgendetwas hatte sich verändert in dieser einst so gemütlichen Stadt. Die Straßen und Plätze waren voller als sonst, die verschiedensten Dialekte waren zu hören, es lag eine aufgeregte Erwartung in der Luft, vergleichbar mit der Stimmung an einem heißen Sommerabend, wenn der Himmel noch blau ist und kein Lüftchen weht, aber doch ein Gewitter kurz bevor steht.

Die hohen Linden und Eichen spendeten Schatten und es war angenehm still zwischen den Mauern der Kirchen. Es waren immerhin fünf, vier bildeten die Grenzpfeiler zu den Bezirken der Bürger, die fünfte, ganz aus Marmor, stand mitten auf dem Platz vor dem imposanten neuen Dom, der mit seinen beiden Türmen die übrigen Kirchen überragte. Der alte, ausgediente Dom wirkte daneben fast schäbig. Claes und Tilman überquerten den menschenleeren Platz und hatten bald die schmale Brücke erreicht, die über das Flüsschen führte. In den zurückliegenden Jahren hatte er nur flüchtig an Caterina gedacht, so wie man einer Toten gedenkt, nun war er ihr so nah, dass sie ihm zufällig auf der Straße begegnen könnte.

Die Natter trägt den jähen Tod in ihren Zähnen, und um Zauberweisen nicht zu hören, verstopft sie sich die Ohren mit dem Schwanz. Das hatte Claes mal in sein Notizbuch geschrieben. Egeon, hieß es, das Zauberwort, das man sich auf die Stirn schreiben sollte, hätte man eine Wunde, die nicht mehr zu bluten aufhörte. Man sollte eine Schreibfeder oder einen anderen spitzen Gegenstand in die Wunde stechen und das Wort mit seinem eigenen Blut auf die Stirn schreiben. Egeon. Claes hatte es nicht geschrieben, er glaubte nicht an Zauberei. Stattdessen hatte er gedacht, irgendwann wäre die Wunde ausgeblutet und der Schmerz vorbei, und wenn es auch all die Jahre so gewesen war, so war mit seiner Ankunft in Münster die Wunde wieder aufgeplatzt, der Schmerz hatte begonnen.

8

Das Kloster

Kam man von Südosten, verdeckte die Stiftskirche das Kloster, und erst, als sie um den Turm herumgegangen waren, konnten sie das Gemäuer in ganzer Größe betrachten. Es war ein imposantes Kloster mit einem aufwändig verzierten Portal. Dutzende kleiner Fenster öffneten sich zur Straße und auf den massiven Mauern wucherten gelbe Flechten. Tilman war begeistert. Claes sagte nichts, stimmte ihm aber insgeheim zu. In seiner Vorstellung war das Kloster ein düsterer, trostloser Bau gewesen. Dieses Gebäude hier war prachtvoll und strotzte nur so vor Freundlichkeit und Kraft.

Vor der Pforte drängelten sich die Leute, vor allem Frauen und Kinder, die mit Tonschüsseln in den Händen auf eine Mahlzeit warteten. Es ging nur langsam voran, die Pförtnerin musterte jeden einzelnen von ihrem vergitterten Fenster aus, bevor sie ihn zu einem weiteren Fenster vorließ, durch das eine Nonne Suppe ausschenkte. Als Claes und Tilman sich zur Pförtnerin vorschoben, bekamen sie von mehreren Seiten Ellenbogen in Rippen und Brust gerammt und eine Frau zischte ihnen zu, sie sollten sich gefälligst hinten anstellen, und dreimal nannte Claes der Pförtnerin seinen Namen und zeigte auf Tilmans gebrochenen Arm, bevor sie sich bereit erklärte, die beiden Männer in die Eingangshalle zu lassen und sie der Äbtissin zu melden.

»Aber wehe, es geht euch um Almosen!«, sagte sie, »Dafür hat die Äbtissin keine Zeit und ohnehin sind unsere Mittel ausgeschöpft.«

Die Eingangshalle war ein schlichter, weißgetünchter Saal mit hoher, gewölbter Decke. In die Wände waren Nischen eingelassen, in denen Figuren aus Stein oder Holz standen, so auch die Pieta aus Nussbaum, die Claes' Aufmerksamkeit erregte. Der Bildschnitzer hatte durchaus sein Handwerk verstanden, außer dass Marias Finger ein wenig wurstig geraten waren, fand Claes nichts daran auszusetzen. Der Fassmaler allerdings hatte für seinen Geschmack die Farben viel zu dick aufgetragen. Es schien eine Arbeit der Brabender zu sein, Claes kannte ihre Werkstatt in der Wegesende noch von damals, als er mit Caterina bei dem Kaufmann gearbeitet hatte. Einmal hatte er Heinrich Brabender besucht und dabei auch die Söhne Franz und Johann kennen gelernt, die zu der Zeit bereits kleinere Aufträge ausführten, aber noch lange nicht den Titel des Statuarius tragen durften. Claes wusste, sie beschäftigten sich mit Dürers Theorien und versuchten sich an Perspektivkonstruktionen, ohne dass es ihnen überzeugend gelang, und auch die Kunst des italienischen Reliefs beherrschten sie nicht wirklich. Immer verglich Claes alles mit der Kunst der Italiener und wie sollten diese Brabender, die doch niemals Westfalen verlassen hatten, zu echten Einsichten gelangen, wenn sie nicht mit eigenen Augen gesehen hatten, wie die Italiener es schafften, dass ihre Figuren mit dem Bildraum in Beziehung traten, ja, diese Figuren bewegten sich innerhalb des Raumes, sie traten vor und streckten die Arme und sie verschmolzen zu einer Szenerie. Von all dem waren die Brabender weit entfernt.

Tilmans Gejammer riss ihn aus seinen Gedanken. Die Pförtnerin hatte gesagt, sie möchten sich gedulden, bis die Äbtissin sie empfangen würde, und Claes war davon ausgegangen, dass das wohl nicht allzu lange dauern könnte.

Nun ärgerte er sich, dass man sie wie Bittsteller warten ließ. Tilmans Arm musste geschient werden, und er selbst blutete an der Schläfe, wie er erst jetzt bemerkte.

»Warte hier auf mich!«, sagte er zu Tilman, der sich auf einer der Holzbänke niedergelassen hatte. Claes schob sein Reisegepäck darunter und begab sich auf einen Erkundigungsgang durch die Flure. Irgendwo müsste doch hier jemand sein, der ihnen weiterhelfen könnte, und er klopfte an die erstbeste Tür und als ihm keiner öffnete, drückte er die Klinke hinunter. Ein schlauchartiger Raum mit einem kleinen Fenster geradeaus, an den beiden gegenüberliegenden Wänden waren Kleiderhaken angebracht, an denen schwarze Gewänder und Umhänge aufgereiht hingen. Es roch intensiv nach Mottenpulver. Claes schloss die Tür und wandte sich der nächsten zu. Dies war ein Waschraum, mehrere Schüsseln und Krüge standen auf Holzbrettern, zusammen mit Tüchern. Davon nahm sich Claes zwei, kehrte zurück auf den Flur und sah endlich jemanden durch den Gang kommen, das heißt, zunächst erkannte er nur einen Schatten und im nächsten Moment erschrak er, weil er glaubte, Caterina vor sich zu haben. Sie war es aber doch nicht, es war nicht einmal eine vage Ähnlichkeit vorhanden, seltsam, welche Streiche das Gehirn manchmal spielte, und Claes fragte nach der Krankenstation und die Nonne, Sophia von Langern, wie sich später herausstellte, begleitete Tilman und ihn bis zum Ende des Flures, wo sich ein lichtdurchfluteter Raum anschloss, in dem mehrere einfache Betten aufgestellt und Gläser und Flaschen voll Tinkturen in Regalen aufbewahrt waren. Eine dicke Nonne beugte sich über eins der Betten, auf dem ein blasses Mädchen mit Lederriemen festgeschnallt war. In ihrem Arm steckte ein langer Schlauch, durch den Blut in einen Eimer floss. Das Mädchen röchelte leise, und Tilman wollte sich schon wieder umdrehen und schnell den Raum verlassen, als die Dicke die beiden Männer entdeckte.

»Patienten?«, fragte sie barsch, und Claes meinte, er bräuchte nur ein paar Schienen und Bänder und etwas gegen die Schmerzen und würde sich dann selbst um Tilman kümmern, wie es aussähe, wäre es nur ein einfacher Knochenbruch, so würde er keine weiteren Instrumente oder Schrauben benötigen.

Sophia von Langern entfernte sich, und die dicke Nonne ließ Claes nicht aus den Augen, der Tilman auf einem der Betten Platz nehmen ließ und ihm dann mit einer Schere den Ärmel auftrennte.

»Jetzt wird es kurz weh tun«, warnte Claes, nahm Tilmans Arm in beide Hände und richtete den Knochen an der gebrochenen Stelle wieder ein. Tilman brüllte vor Schmerz, und das Mädchen warf sich gegen die Riemen und stimmte in seine Schreie mit ein. Claes rieb die Nahtstelle mit einem Öl ein, das ihm die Nonne brachte, legte die Schienen an und gab Tilman zuletzt noch einen Löffel Medizin gegen die Schmerzen. Stöhnend sank Tilman auf das Bett zurück, und Sophia von Langern kehrte zurück, um ihnen auszurichten, die Äbtissin wäre nun soweit, die Reisenden zu empfangen.

»Ruh dich jetzt aus, ich bin gleich zurück«, sagte Claes.

Sein erster Eindruck war, dass Ida von Merveldt von der Physiognomie her einer Gottesanbeterin entsprach. Alles an ihr war lang und hager, das Gesicht, die Nase, die Finger. Wie eine schlecht proportionierte Skulptur, manieriert und überlängt, dazu mit harten Gesichtszügen, beinah männlich, und wirklich hatte er sie sich genauso vorgestellt. Ihre

Lippen waren zusammengepresst und gaben ihrer Mimik etwas Unerbittliches. Überflüssig zu sagen, dass er sie nicht mochte.

»Wie schön, dass Sie den weiten Weg auf sich genommen haben, um zu uns zu kommen!«, begrüßte sie Claes, aber ihre Augen blickten kein bisschen freundlich. Sie wies ihn an, auf dem Stuhl vor dem Schreibtisch Platz zu nehmen.

Zum Glück verschonte sie ihn mit Höflichkeitsfloskeln, erkundigte sich weder nach dem Verlauf der Reise noch nach seinem Befinden und so konnte er gleich zur Sache kommen und nach Caterina fragen.

Statt zu antworten, ging Ida zum Fenster und öffnete es.

»Was für eine Luft! Alle warten auf Regen.« Sie zeigte in den Garten. »Drüben habe ich ein Haus für Sie herrichten lassen. Es ist einfach, aber zweckmäßig. Ein stiller Ort, umgeben von Pflanzen. Sie mögen doch Pflanzen? Wir beherbergen in unserem Garten eine Sammlung seltener Gewächse, die von den Kreuzrittern mitgebracht wurden und bei uns dank besonderer Pflege gedeihen. Sie werden sich an den Süden erinnert fühlen.«

»Ich bin nicht wegen Blumen gekommen.«

»Wir besitzen eine umfangreiche Bibliothek. Wie Sie vielleicht wissen, gab es ein Feuer in der Dombibliothek. Wir haben Abschriften von einigen der vernichteten Manuskripte. Fragen Sie, wenn Sie etwas zu lesen wünschen!«

»Erst möchte ich meine Schwester sprechen.«

»Ich fürchte, das werden wir erst einmal verschieben müssen. Schwester Anneke wird Sie jetzt zum Gartenhaus bringen, und morgen reden wir weiter. Entschuldigen Sie mich, aber meine Zeit ist begrenzt.«

Ida gab sich alle Mühe, entschlossen zu wirken, aber ihre unruhig hin und her flatternden Hände verrieten ihre

Unsicherheit. Mal nestelte sie am Saum eines Ärmels, mal kratzte sie sich im Nacken. Sie war eine alte Frau mit tief herabhängenden Mundwinkeln und einer steilen Falte zwischen den Augen, eine Frau, die gewohnt schien zu befehlen, und doch musste sie etwas verunsichern.

An sich kam es Claes gar nicht ungelegen, dass seine Begegnung mit Caterina noch einen Aufschub bekam, aber dennoch gefiel es ihm nicht, wie die Äbtissin ihn abwies, so leicht wollte er es ihr nicht machen und er bedrängte sie, nur ein kurzes Gespräch am Abend, versuchte er sie umzustimmen.

»Sehen Sie den Fasan dort? Wer ihn erlegt, der darf ihn braten. Der Vogel selbst kann keinen Handel mit seinem Fleisch und den Federn betreiben. Genauso ist es mit dem Ampfer. Wer ihn gießt, darf seine Blätter pflücken, und wer den Kohl sät, hat das Recht, sich eine Suppe davon zu kochen. Es ist nicht der Kohl, der darüber bestimmt. Im Grunde ist es eine einfache Sache, oder nicht?« Idas Falte zwischen den Augen hatte sich vertieft und um ihren Mund zuckte es nervös.

Noch einmal versuchte es Claes: »Und wo finde ich Dorothea von der Recke?«

»Sie sind in einem Kloster, vergessen Sie das nicht. Unser Tagesablauf ist möglicherweise strenger organisiert, als Sie es sich überhaupt nur vorstellen können. Da platzt niemand einfach herein. Sie können sich glücklich schätzen, dass ich Sie empfange, das ist keinesfalls selbstverständlich.« Damit läutete sie und wendete sich ab, und als Claes das Zimmer verließ, sah er, wie ihre aufrechte Haltung in sich zusammenfiel und Ida sich auf den Tisch stützte.

Das Gartenhaus stellte sich als ein winzig kleines Backsteingebäude heraus, ein Bau aus neuerer Zeit, umringt von

Kräutern und Blumen. Zur Tür führten zwei gesprungene Steinstufen, durch deren Ritzen Gräser wuchsen. Schwester Anneke drehte den Schlüssel im Schloss, aber zunächst passierte nichts. Erst, nachdem Claes mit der Schulter kräftig gegen die Tür stieß, ließ sie sich öffnen. Sie standen in einem dunklen Raum. Das Fenster war mit hölzernen Läden versperrt, sodass nur wenige Streifen Licht hereinkamen. Dennoch sah Claes, dass der Boden mit Erdklümpchen und verwelkten Blättern übersät war. Anneke schob die Holzläden auf. Vor den Fenstern wuchsen mannshohe, so gut wie verblühte Stockrosen. Die dunkelroten Blätter knüllten sich um die Samenstände.

Im Raum befand sich ein Tisch mit mehreren dreibeinigen Stühlen sowie eine große Truhe. In den Bretterregalen entlang der Wände standen tönerne Gefäße, ein paar Becher, ein Krug, eine Schale. Alles war voller Spinnweben.

Anneke versprach, jemanden zu schicken, der sauber machen sollte. Sie legte den Schlüssel auf den Tisch und ließ die beiden Männer allein. Diese heruntergekommene Hütte passte so gar nicht zu dem prachtvollen Kloster. Das mochte Idas Art sein, ihnen zu zeigen, wie wenig sie willkommen waren. So schlecht hatte Claes noch nie gewohnt, gehaust war das passendere Wort, wenn man von dem Unterschlupf damals im Wald einmal absah. Seltsam, dass ihn jetzt alles an diese lang zurückliegende Episode erinnerte. Er hatte das Gefühl, in seine eigene Vergangenheit zu reisen. Erst die Nachricht von Dorothea von der Recke, dann die Alte mit ihrem Knochen und jetzt diese Unterkunft hier. Missmutig schnippte er ein paar Spinnweben beiseite und lud seine Reisebündel ab. Hier würden sie nicht lange bleiben, versprach er Tilman, der noch ganz käsig um die Nase war und ihn zweifelnd ansah. Die Ernüchterung war nun auch bei ihm eingetroffen.

Sie schauten in die Schlafkammer: zwei Betten gegenüber, an der Wand ein schlichtes Eichenkreuz. Eine Tür führte zu einer Abstellkammer, in der Handfeger, Besen und Schaufeln ordentlich an Haken aufbewahrt wurden. Es stank so fürchterlich, dass Claes die Tür gleich wieder verschloss.

»Was glaubt diese Äbtissin eigentlich, wer wir sind?«, schnaubte Tilman. »So quartiert man höchstens Bettler ein.«

Claes überlegte, wie er es anstellen könnte, Caterina noch heute Abend zu treffen. Oder wenigstens Dorothea von der Recke. Er hatte ein ungutes Gefühl. Nein, das war zu milde ausgedrückt. Beschissener konnte es ihm gar nicht gehen, irgendetwas braute sich hier zusammen, wie ja schon Dorothea geschrieben hatte, aber er hatte das Gefühl, dass sie die Lage beschönigt hatte. Irgendetwas war hier faul.

Um sich abzulenken begann er, seine Reisebündel auszupacken. Er kramte die Kleidung heraus, das Werkzeug, die paar Teile seiner Sammlung, die er hatte mitnehmen können, es war wenig genug. Jetzt ärgerte er sich, dass er soviel verschenkt hatte. So richtig verstand er immer noch nicht, was überhaupt geschehen war. Wie hatte sich das Blatt so schnell wenden können? Gerade noch der geschätzte Künstler, jetzt kaum mehr als ein Landstreicher. Aber er hatte den materiellen Dingen nie viel Bedeutung beigemessen. Wichtiger war ihm das Wissen, und das steckte in seinem Kopf. Und in seinen Tagebüchern, er kramte bereits danach. Seine Finger tasteten zwischen den einzelnen Dingen, sie konnten sich gar nicht verstecken, die Notizbücher, sie mussten doch gleich greifbar sein, hatten sie nicht oben gelegen, bereit, um jederzeit zur Hand genommen zu werden, um hineinzuschreiben oder etwas nachzuschlagen? Immer aufgeregter wurde Claes, bis er schließlich die Bündel auf dem Boden ausleerte. Verflucht, wo waren sie? Sie mussten da sein! Er konnte nicht aufhören zu suchen, er wühlte zwischen den Kleidungsstücken herum. Er fragte Tilman, aber er hatte die Bücher nicht gesehen. Das durfte nicht wahr sein.

»Was hast du den Bärtigen erzählt? Los, sag schon, haben sie dich ausgehorcht? Ach, bestimmt haben sie das, und du sollst ihnen wohl alles erzählt haben, ich kenne dich doch. Verdammt, Tilman, meine Notizbücher, ausgerechnet meine Notizbücher! Hätten sie das Werkzeug genommen, oder mein Geld, aber meine Aufzeichnungen, ausgerechnet meine Aufzeichnungen.« Es konnte nur in diesem verdammten Gasthaus passiert sein. Nachdem er von dem Hundebrot gegessen hatte.

Der Verlust war unfassbar, seine Aufzeichnungen, seine Forschungen, die vielen Gedanken, Zeichnungen, all das, was ihm wichtig war, und jetzt fiel ihm ein, dass der Junge in sein Notizbuch gezeichnet hatte, jeder in diesem gottverdammten Wirtshaus hatte also seine Bücher sehen können, und man könnte sagen, was bedeutet das schon, sie wussten doch nicht, was an Geheimnissen darin geschrieben stand, aber so war es nicht, denn der Mensch ist immer nur Mensch und jede seiner Gesten verrät ihn. Ein unbewusstes Streicheln des Buchdeckels, eine solche Kleinigkeit konnte reichen, um anderen über die Wichtigkeit dieser Aufzeichnungen Aufschluss zu geben. Jemand musste bemerkt haben, wie sehr ihm diese Bücher am Herzen hingen. Aber wer? Und was mochte inzwischen geschehen sein?

Wie oft war er früher nach Hause gerannt, weil Feuergeruch in der Luft lag und er glaubte, es wären seine Tagebücher, die da brannten. Jetzt waren sie nicht nur einfach fort, sondern auch in die Hände eines Fremden gelangt.

Der nächste Tag begann mit warmem Hirsebrei, den ihnen Anneke ins Gartenhaus brachte. In diesen ersten Tagen nahm Claes an, dass man ihnen das Essen brachte, um die Nonnen nicht in die Verlegenheit zu bringen, mit ihnen gemeinsam das Essen einnehmen zu müssen. Vielleicht auch, um Tilman zu schonen, der sich matt und elend fühlte und dem Claes dreimal am Tag Medizin gab. Erst später erfuhr er, dass die meisten der Stiftsdamen in ihren Kammern speisten.

»Die Äbtissin wünscht Sie nach der Terz zu sprechen«, sagte Anneke beiläufig, während sie die Schüsseln auf den Tisch stellte.

Claes gähnte. Die halbe Nacht hatte er nicht geschlafen, die andere Hälfte sich mit Alpträumen herumgeschlagen. Er fühlte sich wie betäubt. Das ganze Ausmaß des Verlustes der Notizbücher war ihm noch gar nicht bewusst, das sollte erst noch kommen.

Claes wartete nicht ab, bis die Glocken verklungen waren, sondern machte sich sofort nach dem Frühstück auf den Weg zum Zimmer der Äbtissin. Die Tür war verschlossen. Würde er eben warten, bis Ida aus der Kirche kam. Heute wirkten die Flure noch düsterer als gestern, sie schienen ihm wie Schluchten, die sich im Unendlichen verloren. Es roch nach Kampfer.

Claes ging ein bisschen auf und ab und spähte in die Flure. Wo sich wohl Caterinas Zimmer befand? Schritte hallten, ohne dass jemanden zu sehen war, und dann stand Ida von Merveldt vor ihm, so plötzlich wie eine Geistererscheinung.

»Ich möchte Ihnen die Wahrheit sagen«, begrüßte sie ihn, hantierte umständlich mit dem Schlüssel und führte ihn ins Zimmer. »Die Luft ist voll von Ahnungen, Sie müssen es gespürt haben, auf dem Weg hierher.«

Sie sah Claes prüfend an. Heute wirkte sie gefasster als gestern, und er konnte sich gut vorstellen, wie die Novizinnen unter diesem Blick zu frösteln begannen.

»Lassen Sie uns wie vernünftige Menschen miteinander reden. Die Welt hat sich verändert, die Stadt hat sich verändert, das Kloster ändert sich. Ich habe schon viele Winter erlebt, aber noch nie lag das Land bis weit in den Mai unter solchen Schneemassen begraben. Die Vögel wissen nicht mehr, wann sie brüten sollen, sie fallen tot aus den Bäumen, noch nie habe ich so viele verendete Vögel im Garten gefunden. Und nehmen Sie einen Spaten und graben Sie in der Erde, Sie werden kaum Würmer finden, es ist, als seien sie in tiefere Schichten gekrochen oder ganz verschwunden, wie man es von den Schlangen aus dem Land des König Minos erzählt, die vor dem Erdbeben flohen. Im Süden brannten die Kirchen und Klöster, angezündet von Bauern, und wie die Pilze schießen die Prediger aus dem Boden, Männer, die ihre Sinne nicht mehr beisammen haben. Seit Kolumbus die neue Welt entdeckt hat, dreht sich die Erde schneller. Über unseren Köpfen braut sich etwas zusammen, Kaplan Martin hat die Zeichen am Himmel gesehen, die vier apokalyptischen Reiter, gnade uns Gott.«

Sie sprach mit gelassener Stimme und ihre langen, altersfleckigen Hände lagen diesmal ruhig auf dem Tisch, ein bisschen trügerisch ruhig, fand Claes, so als stelle Ida lediglich eine vorgebliche Ruhe zur Schau.

»Es gibt zwei Arten von Menschen. Schon bei den ganz jungen Mädchen ist es so. Die einen sind dankbar, gehorsam und haben Demut. Wir können sie formen. Die anderen bleiben schwierig. Die Mädchen kommen mit sieben Jahren her, sie können sich glücklich schätzen, dass wir sie aufnehmen, wir lehren sie lesen und schreiben, rechnen und Latein. Die meisten von ihnen verlassen uns nach

Ende der Schule, ein paar wenige entscheiden sich für ein Leben bei uns als Braut Christi. So ein Mädchen muss sich öffnen für ein Leben für Gott, sie muss bereit sein, das weltliche Leben hinter sich zu lassen, es muss Maria als seine einzige Mutter annehmen, es muss sich einfügen in die Gemeinschaft. Wir gehen zum Aderlass, um die drei starken Klosteradern zu stärken, ganze Keuschheit, demütiger Gehorsam und willige Armut. Caterina passte nicht hierher und nun hat sie uns verlassen.«

Sie bemerkte Claes erschrockenes Gesicht und hob beschwichtigend die Hände.

»Nein, nicht wie es sich anhört, nein. Sie hat bloß das Kloster verlassen.«

Das Kloster verlassen? Claes hörte wohl nicht richtig. Er hatte sich Caterina als eine Gefangene vorgestellt, hatte sie den Kreuzgang auf und ab schreiten sehen, ihr Gesicht hinter dem Gitter des Nonnenchors, ihre gefalteten Hände, er hatte sich vorgestellt, wie sie lateinische Verse aufsagte, wieder und wieder, ohne Entrinnen, und nun sollte sie fort sein?

»Die Türen standen ihr offen.«

Claes starrte die Äbtissin an.

»Glauben Sie, wir haben es nötig, unsere Damen einzusperren?«

Claes streckte seine Beine unter dem Tisch. Wenn es stimmte, was Ida sagte und sich Caterina tatsächlich frei bewegen konnte, bräuchte er kein schlechtes Gewissen mehr zu haben. Die Frage war nur, warum sie nicht schon viel früher gegangen war, wenn sie doch nie her gepasst hatte. Und die nächste Frage, wo sie hingegangen war. Das fragte er nun auch die Äbtissin, die ein bisschen übertrieben die Handflächen gegeneinander drückte, so als wollte sie beten, die Augen zur Zimmerdecke richtete und zugab, darauf keine Antwort zu haben.

»Ihr braucht euch um sie keine Sorgen zu machen. Ich sage es nicht gern, aber sie hatte sich mit den falschen Leuten eingelassen, Sie wissen schon, wovon ich rede. Die neuen Aufständischen, die alle Tradition über den Haufen werfen wollen. Sie regieren neuerdings in Münster. Wir haben Caterina vermisst, aber gedacht, sie kommt in ein paar Tagen zurück, und genau das glaube ich noch immer.«

Seit Johanni wäre sie fort, erfuhr Claes. Seit Johanni, das waren acht Wochen. Zuletzt hatte man sie im Garten gesehen, wie sie Kräuter und die Blüten des Johanniskraut schnitt, sie hatte den Korb zwischen den Malven stehen gelassen und war verschwunden und das klang nicht so, als hätte sie es geplant gehabt, das klang eher so, als wäre etwas vorgefallen.

Nachlässigkeit wäre keine Tugend, sagte Ida. Caterina wäre oft dadurch aufgefallen. So sollte sie ihr Taschentuch auf der Empore vergessen haben, sie sollte Bücher aus der Bibliothek genommen haben, die sie nicht wieder zurückgegeben hatte.

So kannte er Caterina nicht. Wie oft war sie über seine Schuhe gestolpert, die er vor der Treppe von den Füßen geschleudert hatte und vergessen hatte wegzustellen. Caterinas Schuhe standen ordentlich aufgereiht, so wie auch ihre Kammer immer penibel aufgeräumt war. Sie musste sich sehr verändert haben. Doch Taschentücher und Bücher konnte man leicht vergessen, Kräuter zu pflücken und den Korb stehen zu lassen, das schien etwas anderes zu sein. Und Claes verstand nicht, wieso es Ida nicht interessierte.

»In dieser Stadt geht so vieles vor. Von überall her strömen Fremde her. Es ist der reinste Hexenkessel geworden«, sagte Ida.

Vor dem Fenster schaukelten die schweren Köpfe von Sonnenblumen. Claes Blick glitt zu dem Kruzifix an der

Wand. Verrückt, in den unpassendsten Momenten klammert sich der Verstand an die unwichtigsten Details. Der Fassmaler hatte den Lendenschurz des Gekreuzigten vergoldet, die Blutmale leuchtendrot gemalt. Wahrscheinlich Lindenholz. Der Bildschnitzer verzichtete auf die Glättung der Figur, der Körper war übersät mit kurzen, sich kreuzenden Schälschnitten von schmalen Hohleisen. Im geöffneten Mundspalt waren drei Zähne angedeutet. Wadenmuskulatur und die Knöchel hatte er realistisch abgebildet, die halbkreisförmige Hautfalte über dem Bauchnabel mit Flach- und Hohleisen bearbeitet. Das Werk musste wohl bald hundert Jahre alt sein, darauf ließen die unstrukturierten Haarwülste und der nur im Umriss angedeutete Bart schließen. Eine gute Arbeit, wenn sie auch nicht mehr dem Zeitgeschmack entsprach. Sie zu betrachten tröstete Claes auf eine unsinnige, unverständliche Weise, vielleicht weil es etwas war, mit dem er sich auskannte, wo ihm langsam alles aus den Händen rutschte.

»Ich möchte ihr Zimmer sehen«, sagte er schließlich.

»Machen Sie sich erst einmal mit dem Kloster vertraut. Sie werden sich bestimmt wohlfühlen bei uns.«

»Ich habe nicht vor, lange zu bleiben, aber bevor ich abreise, möchte ich Dorothea von der Recke sprechen. Wo finde ich sie?«

Ida zog die Augenbrauen zusammen. »Die Stiftsjungfern sind mit ihrem Tagewerk beschäftigt, sie dürfen dabei nicht gestört werden, und außerdem wird Sie Ihnen nicht viel sagen können, die Freundschaft der beiden hatte sich in den Wochen vor Caterinas Weggehen abgekühlt.«

Claes betrachtete den gemarterten Jesus am Kreuz, sein schmerzverzerrtes Gesicht, die Krone, in der kleine Holzstiftchen steckten.

»Als Bruder einer unserer Stiftsdamen sind Sie selbstverständlich willkommen. Mir ist schon zu Ohren gekommen, dass Sie auch in der Medizinkunst bewandert sind, und da wird sich bestimmt so einiges für Sie zu tun finden. Sagen Sie, woher haben Sie Ihre Kenntnisse?«

Idas Blick war durchdringend, und Claes begann, auf dem Stuhl herumzurutschen. »Meine Kenntnisse sind nicht der Rede wert«, wiegelte er ab. Der Gedanke war ihm gekommen, dass ihm sein Tagebuch womöglich vorausgeeilt sein mochte, und wenn Ida wüsste, dass er Untersuchungen an Leichen vorgenommen hatte, um den menschlichen Knochenaufbau zu studieren, würde sie es sicher dem Bischof melden. Für solche Dinge hatten sie wenig Verständnis, obwohl sie ja sahen, dass es nicht nur der Kunst diente, sondern durchaus praktischen Nutzen hatte.

Claes war froh, als er wieder auf dem Flur stand. Sobald Tilman wieder gesund wäre, würde er weiterreisen.

Auf dem Weg zurück zum Gartenhaus machte er einen Abstecher in den Kreuzgang. Zwischen den Säulen und dem Rippengewölbe klemmten romanische Dämonen, ein Sammelsurium von Schreckgespenstern und Bestien, die ihm entgegen glotzten. Die Ärmsten hatten auf ewig die Last der Steinkonstruktionen zu tragen, und während er sie genau betrachtete, begann er sich selbst leichter zu fühlen. Der Gabriel fiel ihm ein, für den ihm von Wied eine lächerlich geringe Summe versprochen hatte, dabei war er so etwas wie sein Meisterwerk geworden. Seitdem die Reformatoren in den meisten Städten die Oberhand gewonnen hatten, war die Lage für ihn schwierig geworden. Luther und seine Anhänger lehnten die Kunstwerke ab, für sie galt nur die Schrift, das nackte Wort, und aus den reformierten Kirchen ließen sie jeden Schmuck entfernen.

Was blieb für ihn noch zu tun in diesem Land? Er dachte an Italien. Dort liebten sie die Kunst und ihre Künstler, dort würde die Reformation nie Fuß fassen können, allein schon aus diesem Grunde nicht, und er nahm sich vor, bald nach Florenz zurückzukehren.

Die Steine hier waren alt und verwittert, wie auch der Fußboden aus den unregelmäßig geformten Sandsteinen. Claes hatte sich angewöhnt, jede Gelegenheit zu nutzen, um seine Fantasie zu schulen, indem er aus allem, was ihm vor die Augen kam, Bilder herauslas. Jetzt erkannte er auf dem Boden die Umrisse einer Frau, die einen Krug auf dem Kopf trug. Etwas weiter war ein Flecken in der Form eines dreibeinigen Raubtieres, sein Maul weit geöffnet. Daneben ein Bär, ein Vogel, ein langhaariger Mann. So in die Betrachtung der Steine versunken, schritt er voran, bis er zu dem Steinkreuz kam. Der Stein war bröckelig und vor allem das Podest aus den beiden übereinander gelegten Blöcken war porös und so altersschwach, dass jeden Moment mit dem Einsturz des Kreuzes gerechnet werden konnte. Das Stift war prachtvoll und wirkte auf den ersten Blick wohlhabend, aber bei näherer Betrachtung haperte es überall an den Kleinigkeiten, so als wäre das Geld ausgegangen.

Die Kreuzinschrift war kaum zu entziffern. Claes fuhr mit den Fingerspitzen durch die Vertiefungen, um die eingemeißelte Jahreszahl zu entschlüsseln.

»1042«, sagte eine Stimme hinter ihm.

Claes wirbelte herum.

»Das Grabmal der Bertheidis, die erste Äbtissin. Sie starb kurz vor Weihnachten des Jahres 1042, keine zwei Jahre nach Gründung des Stifts. Eine traurige Geschichte.«

Die Stiftsjungfer betrachtete ihn neugierig. Ihre Augen unter dem hellen Stirntuch waren sehr dunkel, fast schwarz. Nicht wankelmütig, nicht furchtsam, sondern beherzt und wahrhaft, das war, was die Kunst der Physiognomie über den Menschen mit dieser Augenfarbe sagte.

»Unsere Äbtissinnen sind wohl alle nicht besonders begünstigt.«

»Wieso das?«

Sie schwieg einen Moment, zog die Unterlippe zwischen die Zähne und kaute darauf herum. »Nun, Sie haben unsere Äbtissin kennen gelernt. Machte Sie einen glücklichen Eindruck?«

»Das nicht gerade.«

»Schade, dass Sie Caterina verpasst haben. Sie haben sicher schon gehört, dass sie weg ist?«

»Sind Sie Dorothea von der Recke?«

»Gehen wir woanders hin«, sagte sie und ohne sich nach ihm umzudrehen, huschte sie durch den Kreuzgang, schlüpfte durch einen Torbogen und stieß eine schmale Pforte auf. Sie durchquerten einen Flur, gingen durch mehrere Türen, bis Claes völlig den Überblick verloren hatte und erstaunt war, als sie sich im Klostergarten befanden, nicht weit vom Gartenhaus entfernt. Er folgte der Stiftsjungfer in den Gemüsegarten. Große Kirschbäume warfen Schatten auf den Weg. An einem Beet mit Kresse, Engelwurz und Steckrüben blieb sie stehen.

»Um diese Zeit wird uns die Köchin wahrscheinlich nicht stören, aber wir sollten zumindest beschäftigt aussehen.« Sie bückte sich nach den Blättern. »Es wimmelt hier nur so vor Schildläusen. Die Weibchen haben weder Flügel noch Beine und nicht mal Augen, bedauernswerte Geschöpfe, sie tun mir Leid. Trotzdem, wir müssen sie töten. Wo sie auftauchen, machen sie die Pflanzen ungenießbar. Sehen Sie, man erkennt sie an der mehligen Schicht auf dem Rücken.« Sie zerrieb einen der kleinen Körper zwischen den Fingern, warf einen Blick über die Schulter und flüsterte: »Glauben Sie, dass es Gebäude gibt, die das Böse beherbergen?«

Claes hatte sich zu ihr auf den Boden gekniet und begonnen, die Blätter der Kresse umzudrehen. Doch, er glaubte an solche Orte, an Gebäude, die auf negativen Böden errichtet waren, auf unterirdisch dümpelnden Gewässern, aber er mochte jetzt nicht darüber reden. Er wollte wissen, was sie über Caterina wusste, warum sie ihm den Brief geschrieben hatte.

»Caterina ist mir eine gute Freundin geworden in den langen Jahren. Wir waren damals sehr gespannt auf sie, und als Ihr Vater sie brachte, standen wir hinter den Fenstern, Schwester Thordis drückte ein Auge zu an dem Tag.« Dorothea knipste mit dem Fingernagel ein paar Blätter von den Stielen und legte sie auf den Weg. »Sie sind voll mit den Larven der Schaumzikade. Es ist kaum zu glauben, aber aus so einem bisschen Schaum können Hunderte von Zikadenlarven schlüpfen.« Sie fuhr mit leiserer Stimme fort. »Ich bin froh, dass Sie da sind. Caterina war etwas Besonderes. Wir spürten es alle, damals, als sie herkam, es war ein Leuchten, das sie umgab. Wie eine Aureole. Nein, es waren nicht einfach ihre blonden Haare, das Leuchten kam von innen.« Dorothea blickte sich um, während ihre Hände über die Blätter glitten. Sie nestelte an der Seitentasche ihres Gewandes, zog ein weißes Taschentuch hervor und schnäuzte sich. Als sie das Tuch zurückstecken wollte, verharrte sie plötzlich in der Bewegung. »Haben Sie das gehört?«, wisperte sie.

Claes hatte nichts gehört.

Dorothea rutschte auf den Knien hinüber zur Buchenhecke und bog vorsichtig die dichtgewachsenen Zweige auseinander. Dann seufzte sie und kehrte zum Beet zurück, rutschte näher an Claes heran. Ihre Stimme war kaum hörbar.

»Ich habe Caterina gewarnt, aber sie fühlte sich so stark, sie wollte nicht auf mich hören.« Dorothea nahm einen Marienkäfer vom Wegrand auf und brachte ihn zur Kapuzinerkresse, deren runde Blätter schwarz vor Blattläusen waren. »Einmal die Woche kochen wir einen Sud aus Brennnesseln und übergießen die Pflanzen damit. Das hilft sonst immer, aber in diesem Jahr ist das Ungeziefer überall, wir werden überhaupt nicht Herr darüber.« Sie spähte noch einmal über die Schulter. »Ich möchte Ihnen eine Geschichte erzählen. In meiner Kindheit kam es zu einem tragischen Unglücksfall. Es passierte bei einem Ausritt. Es war ein Mädchen in meinem Alter, wir waren noch nicht in der Schule damals, sie war meine Freundin. Greitgin. Wir waren gemeinsam ausgeritten, galoppierten über die Wiesen um Drensteinfurt, als ein Rebhuhn aus dem Gras stob, genau vor ihrem Pferd. Das Pferd erschrak, es bäumte sich auf, es kam so plötzlich, dass Greitgin die Zügel losließ und herunter stürzte. Unglücklicherweise schlug sie mit dem Kopf auf einem Stein auf. Ich sah zu, wie das Blut ihre blonden Zöpfe durchtränkte, ganz langsam, erst färbte sich das Haar über der Schläfe, dann sickerte das Blut in die geflochtenen Zöpfe, Zentimeter für Zentimeter, wie man einen gläsernen Becher mit Wein füllt, bis das Haar schließlich bis in die Enden rot war. Sie starb. Wir beerdigten sie und in der folgenden Nacht wurde ich wach, als mich jemand an den Schultern rüttelte. Der Mond schien durch das Fenster meiner Kammer und ich erkannte eine Gruppe von Menschen um mich herum, fremde Menschen, von denen ich noch nie zuvor jemanden gesehen hatte. Sie zogen mir die Bettdecken fort und befahlen mir, ihnen hinunter in die Küche zu folgen. Dort waren noch mehr Menschen versammelt. Sie saßen um den Tisch herum. Vor ihnen stand der große Krug mit Wasser, und sie brachen von dem Brot, das die Köchin am Vortag gebacken hatte, tunkten es in das Wasser und schlürften die Flüssigkeit daraus. Ich war verwirrt, aber einer der Männer nahm mich beiseite. Ob ich noch nie von den Nächten der Quatemberwoche gehört hätte. Wir ziehen umher und lassen es uns gut gehen, sagte ein anderer und nahm mich mit zur Haustür. Durch den Spalt sah ich eine lange Prozession Menschen am Rande des Waldes gehen. Unter ihnen war Greitgin. Es geht ihr gut, mach dir keine Sorgen um sie, sagte der Mann. Sie brachten mich daraufhin zurück in mein Schlafzimmer und deckten mich gut zu. Am nächsten Morgen erzählte ich der Köchin davon, sie musste ja schließlich auch das Brot vermisst haben, aber sie herrschte mich an, den Mund zu halten, bekreuzigte sich und warf mich aus der Küche. Erst sehr viel später erfuhr ich von den Benandanti, wie sie sie in Italien nennen, es gibt in der Bibliothek des Kaplan Schriften darüber.« Sie sah sich noch einmal um. In diesem Moment schlug drüben im Kloster die Glocke, und Dorothea richtete sich auf und strich sich hastig über den Rock. »Ich muss gehen, sie rufen uns zum Gebet.« Ihre Stimme war im Klang der Glocken kaum zu hören.

Sie lief schon Richtung Kloster, dann zögerte sie und kam noch einmal zurück. Sie reckte sich und hob ihren Mund dicht an sein Ohr. »Was ich damit sagen will«, flüsterte sie, »Ich habe Caterina gesehen.« Sie drehte sich um und als der neunte Glockenschlag verstummt war, hatte sie die Pforte zum Kloster erreicht.

Nachdenklich kehrte Claes zum Gartenhaus zurück. Wollte Dorothea ihm mit dieser Geschichte sagen, Caterina wäre etwas zugestoßen? Aber hatte nicht Ida angedeutet, Caterina hätte sich dem neuen Glauben angeschlossen und wäre deshalb fort gegangen? Das schien ein plausibler Grund zu sein. Vor allem kam ihm diese Möglichkeit ganz gelegen, so brauchte er sich nicht lange aufhalten, könnte bald sein Bündel packen und nach Italien aufbrechen. Und wenn Dorothea Recht hatte und Caterina doch etwas zugestoßen wäre? Andererseits, wenn sie sich dem neuen Glauben angeschlossen hatte, müsste das nichts Schlechtes bedeuten, überall traten neue Prediger und Reformatoren auf, und so viel er gehört hatte, waren die Täufer nicht die Schlimmsten. Melchior Hofmann, der Gründer einer neuen täuferischen Sekte, der Melchioriten, war durch seine Lehre von der Nächstenliebe bekannt geworden. Zunächst hatte seine Religion vor allem in Ostfriesland und Holstein regen Zulauf erfahren, bis man die Taufgesinnten von dort vertrieb und sie sich in den Niederlanden ansiedelten, vor allem in Amsterdam, wo man sie jedoch genauso wie in Norddeutschland verfolgte. Nun hatte man allerdings im Mai Melchior in Straßburg gefangen genommen, noch immer saß er im Kerker, und es hieß, es gäbe einen neuen Propheten, den Bäcker Jan Mathys aus Haarlem, der von der Religion der Liebe abgewichen war und stattdessen ähnlich wie der Züricher Reubli die Vernichtung der Ungläubigen und Gottlosen predigte, wenn es denn stimmte, was die Flugblätter verbreiteten.

Tilman lag auf dem Bett und ruhte sich aus, sein Arm war angeschwollen und hatte sich oberhalb der Fraktur bläulich verfärbt, er hatte jedoch kein Fieber und es sah alles danach aus, als würde der Bruch rasch verheilen.

Das Gartenhaus war in einem erbärmlichen Zustand, entgegen Annekes Versprechungen war niemand zum Saubermachen gekommen, und so blieb Claes nichts anderes übrig, als die Spinnweben und den Mausekot selbst zu entfernen. Inzwischen war ihm ein Gedanke gekommen, den er am liebsten weit von sich schob, der sich aber im Laufe des Tages mehrmals ihm in den Kopf gedrängt hatte. Angenommen, Tilman hätte das Tagebuch den Bärtigen angeboten, um damit seine Spielschulden zu begleichen. War das so abwegig? Hatte Tilman ihn nicht in der Vergangenheit bereits mehrmals hintergangen, wie damals bei der Sache mit dem Messer? Zugegeben, meist war es um Kleinigkeiten gegangen, wie um das Brot, das eines Morgens vom Tisch verschwunden war, von dem Claes später Krümel unter Tilmans Kopfkissen gefunden hatte, nachdem der Junge bei der Muttergottes geschworen hatte, das Brot nicht angerührt zu haben.

Claes fand Besen und Handfeger in der Abstellkammer, bloß Putzlappen fehlten. Während er die Kammer auf den Kopf stellte, hatte sich Tilman vom Bett erhoben und war in der Tür stehen geblieben, presste sein Taschentuch vor die Nase und pustete. Tatsächlich war der Gestank kaum auszuhalten, aber an üble Gerüche war Claes gewöhnt, davon ließ er sich nicht abschrecken, und schließlich wurde es Zeit zum Saubermachen, und hoffentlich fände er auch ein paar Fallen. Es gab hier kein Fenster, und Claes leuchtete mit der Kerze. Auf den Brettern standen Körbe in verschiedenen Größen. Einer voll mit Gartenscheren, ein anderer gefüllt mit Bändern. In einer Ecke lagerten Bündel Weidenruten und Claes entdeckte Behälter mit Sand zum Scheuern von Pfannen. Nur keinen Lappen. Er zog eins der Kistchen hervor, leuchtete hinein und schnappte überrascht nach Luft. Da waren feine Messer, Skalpelle, Nadeln; lauter Dinge, die er für seine Forschungen benötigte, Dinge, die er in Köln zurückgelassen hatte. Während er die feinen Werkzeuge befingerte, sie waren tatsächlich scharf!, dachte er an seine Aufzeichnungen. Nicht nur, dass sie von unvorstellbaren Wert waren, sie konnten ihn auch leicht an den Galgen bringen. Vorsichtig stellte er das Kistchen auf den Boden. Kein einziges Messer hatte Rost angesetzt, sie waren in bestem Zustand, und anders als die anderen Dinge, die er zutage gefördert hatte, kein bisschen verschmutzt. Das Schicksal winkte ihm in letzter Zeit verdammt oft, oder wie sollte er das sonst verstehen?, und während Tilman jammerte, Claes sollte sich doch beeilen, lehnte er sich an die Wand zwischen den Borden und das war keine Wand, sondern ein Vorhang und im nächsten Moment war er in einem Nebenraum gelandet. Zum Glück hatten sich seine Augen bereits an das Dunkel gewöhnt und er konnte sehen, dass er sich in einem schmalen Raum befand, in dem ein langer Tisch stand, genau richtig für Operationen und Forschungen. Und wie passend, es gab nicht einmal ein Fenster.

Nachdenklich kehrte Claes in die Abstellkammer zurück, zog den Vorhang sorgfältig zu und fand jetzt komischerweise sofort ein Kästchen mit Lappen. Ohne Tilman von seiner Entdeckung zu erzählen, rückte er dem Schmutz zu Leibe.

Claes hatte über die Alten geschrieben. Diejenigen, die eine rüstige Gesundheit hatten, starben an Nahrungsmangel, und das geschah, weil bei ihnen der Durchgang zu den Gekrosevenen immer enger wurde, eben wegen der Verdickung der Haut dieser Venen, bis sich die Kapillargefäße vollkommen schlossen und keine Nahrung mehr hindurch gelangte. Daher fürchteten die Alten auch die Kälte mehr als die Jungen, und diejenigen, die im hohen Alter starben, hatten eine Haut von der Art trockener Kastanien, weil der Haut die Nahrung fast völlig entzogen wurde. Und untersuchte man die Adern, stellte man fest, dass die Hülle der Adern sich verhielt wie die Pomeranzen, bei denen die Schale umso dicker und das Fruchtfleisch umso weniger wurde, je älter sie würden. Es war aber nicht wahr, dass das Blut nicht mehr so recht durch die Gefäße floss, denn es wurde nicht dick in den Gefäßen, weil es fortwährend starb und sich erneuerte.

In den Jahren in Florenz hatte Claes mit den Forschungen begonnen. Erst waren es nur Frösche gewesen, aber bald schon stellte er am Ufer des Arnos Rattenfallen auf, sammelte tote Katzen, Hunde und Schweine. Je mehr er forschte, umso mehr Geheimnisse entdeckte er. Immer neue Rätsel tauchten auf, immer neue Fragen. Alle Künstler in Italien taten, was er tat, jeder wusste davon und billigte es. Und so bezahlten sie die Kirchenmänner, dass sie sie nachts auf die Friedhöfe ließen, oder es kamen Angehörige und verlangten für ihre Verstorbenen ein paar Münzen. Wie sollte er auch sonst den Menschen abbilden, wenn er nicht verstand, wie der Körper funktionierte, und war es nicht nur menschlich, diesen Körper ergründen zu wollen? Die ganze Zeit, während Claes Spinnenweben und Staub beseitigte, trauerte er um seine Aufzeichnungen, aber vielleicht könnte er hier, an diesem abgeschiedenen Ort, wieder mit den Forschungen beginnen.

Claes wusch sich mit dem kühlen Wasser, das ihnen Anneke im großen Krug brachte. Tilman schlief auf dem Lager, daran war sicherlich die Medizin schuld. Er selbst war viel zu unruhig, vor allem nach seiner Entdeckung hinter der Abstellkammer, und da er im Kloster niemanden antraf, man hätte meinen können, sie wären alle gestorben, beschloss er, sich die Stadt anzusehen, natürlich in der Hoffnung, eine Spur von Caterina zu finden.

Münster hatte sich verändert, das merkte er sofort. Er hatte die Stadt für beschaulich gehalten, hier brummten die Fliegen lauter als anderswo, sie waren schwerer und behäbiger und die Gesichter der Menschen runder, ihre Nasen fleischiger, ihre Nasenlöcher größer. Ihre Augen lagen halb unter den schweren Lidern verborgen, es waren Menschen mit kräftigen Händen. Schweigsame Menschen. Unzugängliche, schwerfällige Menschen. So war das bisher gewesen. Jetzt aber hatte sich die Stadt beschleunigt. Selbst das Wasser der Aa sprudelte schneller, gurgelte lauter, es jagte nur so unter der Brücke dahin. Die Leute auf den Straßen rempelten Claes an und drängten sich ohne ein Wort der Entschuldigung vorbei, und am Markt war es so voll, dass er kaum von der Stelle kam. Das war nicht das Münster, das er kannte. Das stellte er übrigens nicht ohne Erleichterung fest, denn wenn sich alles verändert hatte, bräuchte er nicht mehr zu befürchten, dass sich die Leute an ihn erinnerten.

Überall waren Fremde unterwegs, darunter Prediger und selbsternannte Propheten, die je nach Ausdruck und Stimmgewalt von mehr oder weniger Zuhörern umringt wurden. An die Reformatoren hatte man sich inzwischen gewöhnt. Man erwartete viel von ihnen, jetzt, wo das Elend durch die Schuld des Lehenstaates und der Misswirtschaft geistlicher und weltlicher Fürsten ein solches Maß angenommen hatte. Meist stammten die Reformatoren aus den Kreisen der Bauern und Handwerker, sie wollten gegen die bestehenden Gesetze das alte natürliche und göttliche Recht wieder durchsetzen. Aufhebung der Leibeigenschaft und des Viehzehnten, Säkularisierung der geistlichen Stifter, Gleichheit, Gütergemeinschaft und Anerkennung von Münze, Steuern und Abgaben als Regal des Kaisers – das schlugen die Reformschriften zur Linderung der Not vor. Aus ihnen erhofften die angeblich von Gott erleuchteten Propheten die Errichtung eines tausendjährigen Friedensreiches auf Erden. Besonders die Süddeutschen sehnten sich nach der Wiederkehr des Kaisers Friedrich. Luthers starke Persönlichkeit wandelte die soziale Frage in eine religiöse um und gab den Reformern die Bibel, aus deren missverstandenen Worten die neuen Propheten, der Zwickauer Tuchweber Nikolaus Storch, der Prediger Thomas Müntzer, die Züricher Konrad Grebel und Genossen ihre zum Teil seltsamen Anschauungen schöpften, die das Merkmal dieser Weltverbesserer bilden sollten. Taufe und Ehe, das waren die Hauptthemen, und schon Müntzer hatte zumindest theoretisch die Kindertaufe verworfen, gegen die besonders die Züricher wie Reubli zu Witikon und Brödli zu Zollikon predigten. Kein Wunder, dass die neuen Sekten unter Verfolgungen zu leiden hatten.

Am Stand eines Weinhändlers blieb Claes stehen, er hatte Durst und stürzte einen Becher verboten sauren Rotwein hinunter. Sein Magen zog sich zusammen, kurz wurde ihm übel und um den Brechreiz zu unterdrücken, bestellte er gleich noch einen Becher Wein, den er diesmal allerdings langsamer leerte. Das Zeugs brannte auf der Zunge, aber es entspannte ihn, und er begann sich sicherer zu fühlen und betrachtete die Leute. Ein hübsches rotwangiges Mädchen lächelte ihm zu und er tippte an seine Kappe und nickte.

Sie verstand es als Einladung.

»Du gehörst zu Rothmanns Leuten, stimmt's?«, fragte sie und legte kokett den Kopf schief.

»Wie kommst du darauf?«

»Na, die Mütze!«

Claes lachte. »Die habe ich aus Florenz.«

»Na also, eine spanische Kappe, wusste ich es doch, du bist fremd in der Stadt.«

Er beließ es dabei. Sie hätte auch gern so einen Saft, sagte sie und zeigte auf den Becher, und etwas an ihrem selbstsicheren Auftreten erinnerte ihn an die Frauen in Florenz, das gefiel ihm, und er ließ sich nicht lumpen.

»Was weißt du über Rothmann?«, fragte er, nachdem sie den Becher geleert hatte.

»Kennst du ihn denn nicht?«

»Muss man ihn kennen?«

Sie sah Claes fast schon empört an, aber dann fiel ihr wohl ein, dass er ja fremd in der Stadt war und begann, Rothmann mit leidenschaftlicher Stimme zu beschreiben. Er wäre der Kaplan von St. Martini, aber kein Kaplan der Stadt würde so predigen wie er, wahrscheinlich käme kein Prediger im ganzen Münsterland an ihn heran. Viele würden ihn der Hexerei bezichtigen, angeblich hätte er das Zaubern von seinen Vorfahren geerbt, die aus der Gegend um Stadtlohn oder Gescher stammten, wo man sich bekanntlich auf Hexerei und das Brauen von Zaubertränken verstünde. Sie wüsste nicht, ob das stimmte, könnte aber bezeugen, wie kraftvoll und energiegeladen Rothmann seine Predigten gestalte, mit welchem Ausdruck er seine Reden vorbrachte. Kaum einer konnte sich der Macht seiner Worte entziehen, und entweder man hasste ihn oder man liebte ihn. Zuletzt hätte er sich mit den Lutheranern und den Katholiken wegen der Kindstaufe überworfen, denn er lehnte es ab, Kinder zu taufen, die noch zu klein waren, um sich aus freien Stücken zum Glauben zu bekennen, und deswegen hätte man ihn auch vor einiger Zeit aus der Stadt gewiesen. Aber er wäre zurückgekommen, und nun duldete man ihn und seine Predigten, und Claes dürfe sich es nicht entgehen lassen, er müsse unbedingt eine von Rothmanns Predigten miterleben.

»Rothmann hat Mumm in den Knochen, und obwohl sie ihm das Predigen verboten haben, solange er nicht aufhört, gegen die Kindstaufen zu wettern, lässt er nicht von seiner Meinung. Er gehorcht Gott und nicht dem Stadtrat, sagt er. Er ist so mutig, und im Vertrauen, er sieht auch fantastisch aus.« Sie kicherte. »Sogar die Stiftsjungfern laufen ihm in Scharen hinterher!«

»Auch Caterina aus dem Überwasserkloster?«

»Kennst du die?« Das Mädchen rückte ein Stück von ihm ab und musterte ihn.

»Schon mal von ihr gehört.«

»Ist das bis nach Venedig gedrungen, oder von woher bist du nochmal?«

»Hast du Caterina in letzter Zeit gesehen?«

»Arbeitest du für den Bischof?« Sie kratzte sich im Nacken.

Noch während er überlegte, was er sagen sollte, ohne zu viel preiszugeben, aber doch um Auskunft aus ihr herauszulocken, baute sich ein bulliger Kerl vor ihm auf. Im ersten Moment dachte Claes, es wäre der Handleser, mit dem er am Tag seiner Ankunft Streit gehabt hatte.

»Dich kenn ich doch!«, sagte er mit einer Stimme, der man den vielen Wein anmerkte. Er schob sein gerötetes Gesicht bis dicht vor Claes Nase. »Klar, Mensch, die Fratze vergess ich nicht!«

Genau das hätte Claes auch sagen können. Er war einer der Knechte aus dem Hause Knipperdollincks.

»Hätte nicht gedacht, dass du dich noch mal hertraust!«

Sollte es Claes abstreiten? Der Knecht war schon früher nicht helle gewesen, und der viele Wein hatte in der Zwischenzeit sicher noch einiges dazugetan. Andererseits, was kümmerte es jetzt noch? Wie Claes erfahren hatte, war Knipperdollinck mit dem Stadtrat aneinander geraten und hatte sicherlich genug Wichtigeres um die Ohren.

»Brauchst gar nicht so zu tun, als wüsstest du nicht Bescheid. Der Claes ist also wieder da. Das wird meinen Herrn interessieren!«, und er drehte sich schwerfällig um und trottete in der Menge davon. Claes wollte sich zu dem Mädchen wenden, aber das war nun auch verschwunden.

Am nächsten Abend, als Claes über seinen Zeichnungen saß, klopfte es an der Tür. Er legte den Griffel beiseite und warf einen prüfenden Blick auf die Äpfel, die er gezeichnet hatte. Er hatte das schon besser hinbekommen, fand er. Auf den Stufen stand die dicke Nonne aus der Krankenstation, Hildegardis war ihr Name.

»Ich hab gehört, du willst Caterinas Kammer sehen«, sagte sie und blickte an Claes vorbei in die Stube. »Du darfst aber niemandem davon erzählen, verstehst du?, und du musst dich beeilen und um Gottes Willen leise sein.«

Sie nahm nicht den direkten Weg zum Kloster, sondern ging entlang der Ligusterhecke und gelangte in Bereiche des Gartens, die Claes noch unbekannt waren. Sie trug keine Strümpfe, ihre fleischigen Fersen waren rot und angeschwollen und ragten über die Sohlen der Holzpantinen hinaus. Erstaunlich, wie es ihr gelang, sich auf diesen Pantinen trotz ihres beachtlichen Gewichts beinah lautlos fortzubewegen.

Sie stiegen eine gewundene Treppe hoch und durchquerten verschiedene Flure. Türen waren dicht an dicht, standen sich gegenüber wie Wachposten, in Augenhöhe befanden sich kleine, nummerierte Schilder. Vereinzelt gab es Kerzenleuchter, aber der Lichtschein war zu schwach, als dass Claes die Türschilder hätte entziffern können. Vor einer der Türen blieb Hildegardis stehen, blickte sich um und fischte den Schlüsselbund aus der Schürzentasche. Der dritte Schlüssel passte. Claes Handflächen waren feucht, als er die Kammer betrat, sein Herz klopfte, aber vor allem lag das an Hildegardis heimlichtuerischer Art, so dass er nur enttäuscht sein konnte, als er die Schlichtheit der Kammer erfasste.

Geradeaus befand sich das Fenster, davor stand ein nackter Schreibtisch, links daneben ein Bett. Die braunen Vorhänge waren beiseite gezogen, sodass Claes die glatten weißen Laken sehen konnte. Es gab ein schmales Schränkchen und ein Kruzifix an der Wand. Sonst war der Raum leer, und er wandte sich an Hildegardis und fragte, ob sie sicher wäre, dass es die Kammer wäre.

Hildegardis lehnte im Türrahmen, ihr massiger Körper füllte die Öffnung komplett aus. Was er denn erwartet hätte, gab sie zurück.

Die Kammer verriet nichts, es lagen keine persönlichen Gegenstände herum, es roch ungelüftet, aber auch nicht bewohnt. Erst als Claes den Wandschrank öffnete, fand er die Anzeichen eines bewohnten Zimmers. Ein paar Tücher und vereinzelte Wäschestücke lagen in den Fächern, ganz unten eine schwarze Nonnentracht, am Haken hing ein Umhang aus Wolle. Es war bestürzend wenig für eine junge Frau. Claes zog eins der Tücher heraus und roch daran. Die Erinnerung war so heftig, dass es weh tat. Damals im Hause Knipperdollincks, wenige

Tage, bevor der Schulze Rorup sie verriet, geschah etwas Merkwürdiges, so wie das Unglück oft Schatten wirft, fast immer ist es so, dass sich das Schicksal ankündigt, nur dass Claes damals von diesen Dingen noch keine Ahnung hatte. An diesem Abend begaben sie sich in die Dienstbotenkammer unter dem Dach, Caterina und er, todmüde, wie sie abends waren, verzogene Kinder, die an körperliche Arbeit nicht gewöhnt waren. Claes wusch sich über dem Bottich. Caterina schlug die Laken zurück. Ihr Arm verharrte in der Luft, sie starrte auf das Lager und Claes dachte schon, sie hätte sich eine Krankheit zugezogen, eine dieser Seuchen, die auf den Straßen wüteten, doch als er sie am Arm fasste, sprach sie langsam, Wort für Wort: »Das Bett ist nass.«

»Das Bett ist nass?«

»Das Bett ist nass«, wiederholte sie.

Er nahm das Laken. Es war schwer, Wasser tropfte. Das Lager war völlig durchweicht.

»Die Katze«, sagte Caterina, »es muss die Katze gewesen sein.«

Sie rochen an dem Laken. Feucht. Aber kein Gestank. Sie sahen zur Decke, tasteten die Dachsparren ab. Alles war trocken.

Der Regen müsste durch die Luke gekommen sein, sagte Claes, aber es hatte nicht geregnet, an diesem Tag. Schweigend zogen sie die Laken ab, legten sie über den einzigen Hocker.

»Wer hat das getan? Wer um alles in der Welt tut so was?«

Claes versuchte sie zu beruhigen. Es wäre doch nur Wasser, nur Wasser, aber Caterina war wie erstarrt, und als sie nebeneinander auf dem kalten Fußboden lagen, sich unter die Zipfel der halbwegs trockenen Decke drängten, hatte

Claes einen komischen Traum. Ein hagerer Mann, hohlwangig, mit gelblicher Haut, stand auf dem Bett und hörte nicht mehr auf zu pissen.

Wer auch immer das Wasser ins Bett gekippt hatte, sie fanden es nicht heraus, es schien keinen Sinn zu machen, sie verstanden es nicht.

»Sie wissen es, glaub mir, sie wissen es«, sagte Caterina, und es gelang ihm nicht, sie zu beruhigen.

»Hast du genug gesehen?«, fragte Hildegardis.

Claes legte das Tuch in den Schrank zurück. Er konnte sich nicht erinnern, dass Caterina jemals etwas nicht aufgeräumt hatte, die unordentliche Tracht auf dem Boden verwirrte ihn, und obwohl er glaubte, Caterinas Geruch an dem Tuch erkannt zu haben, zweifelte er, in der richtigen Kammer zu sein. Er wandte sich dem Schreibtisch zu, zog die Schublade auf.

Briefpapier, zerknickte Umschläge und eine Schreibfeder lagen neben Büchern, das »Handbuch der Gebete und geistlichen Übungen« des Ludwig von Granada und der »Gebetsgarten«, die übliche Erbauungsliteratur für Mädchen.

Die »Odyssee« war nicht da, sie musste das Buch mitgenommen haben, schließlich liebte Caterina ihren Homer. Wie oft hatten sie sich daraus vorgelesen! Besonders die Geschichte von Calypso faszinierte Caterina.

»Die Kammer ist, wie Caterina sie verlassen hat.« Hildegardis trat von einem Fuß auf den anderen. »Hast du jetzt alles gesehen?«

Die Dinge in der Schublade. Das fast leere Tintenfässchen. Die abgenutzte Feder.

»Caterina muss viel geschrieben haben«, sagte Claes.

»Das kann man wohl sagen, ja, das hat sie.«

»Wissen Sie, an wen sie schrieb?« Verdammt, warum brachte er es eigentlich nicht fertig, sie zu duzen? Sie tat das ja immerhin auch.

»Was soll die Frage? Dir hat sie geschrieben, natürlich.«

Die Nonne musste sich irren, er hatte nicht einen Brief von Caterina bekommen, in all den Jahren nicht.

»So, das muss jetzt reichen«, drängte Hildegardis.

Caterina hatte ihren warmen Umhang zurückgelassen. Das konnte nur bedeuten, dass sie nicht die Absicht hatte, lange fortzubleiben. Claes trat ans Fenster. Inzwischen war die Dämmerung hereingebrochen, und der Himmel über den Dächern begann sich dunkelblau zu färben. Nur wenige Armlängen entfernt war ein schmales Fachwerkhaus, die Fenster lagen sich beinah gegenüber, und Claes meinte, für einen Augenblick einen Mann drüben am Fenster gesehen zu haben. Er erkundigte sich, wer dort wohnte, und erfuhr, dass es das Haus der Kapläne war, in dem die Wassenberger Prädikanten Vinne und Straelen untergebracht waren. Der Stadtrat hatte den alten Kaplan seiner Pflichten enthoben und die Äbtissin gezwungen, die beiden neuen Prediger aufzunehmen. Kein Wunder, dass Ida verunsichert war, dachte Claes. Üblicherweise waren die Klöster soweit autonom, dass sie, wenn überhaupt, nur dem Bischof unterstanden und sich um Anordnungen von Magistrat und Bürgermeister nicht zu scheren hatten.

Hildegardis klimperte mit dem Schlüsselbund und jetzt hatte er auch wirklich genug, er dankte ihr und ließ sich auf Schleichwegen zurück zum Gartenhaus bringen.

9

Verkehrte Welt

Man erzählte sich von einem jungen Dechanten, der vor gut zweihundert Jahren im Augustinerkloster Walldurn die heilige Messe gefeiert hatte. Dabei stieß er versehentlich den Kelch um, wodurch sich auf dem Leintuch der gekreuzigte Jesus und elf Veronika-Häupter Christi bildeten. Natürlich erschrak der Dechant nahezu zu Tode, und er versteckte das Tuch. Erst fünfzig Jahre später, als er auf dem Sterbebett lag, wagte er den Vorfall zu beichten. Darauf fand man das gut erhaltene Tuch, und das Blutwunder sprach sich herum. Man brachte es schließlich nach Rom, wo Papst Eugen IV. das Wunder bestätigte. Immer wieder waren Claes solche Geschichten erzählt worden. Er hörte sie mit Begeisterung, ohne sie zu glauben. Die Reisen des Odysseus, die Erzählungen aus Tausendundeiner Nacht, selbst die Geschichten des Alten Testaments, er liebte Geschichten, Gleichnisse, Fabeln. Sie waren eine andere Art von Bild, ähnlich einer Wandmalerei, verwandt mit der Skulptur. Letztendlich schaffen Künstler Bildnisse, um sich eine Meinung von der Welt zu machen und diese anderen mitzuteilen. Was der andere daraus macht, war Sache seiner Erfahrung. Ich zeige dir ein Bild, und in deinem Kopf entsteht ein anderes Bild. So wuchsen die Bilder und Geschichten von einem zum anderen über sich hinaus, wurden aufgegriffen und vervollständigt und zogen als losgelöste Wesen durch die Zeiten, freie Vagabunden, die sich jedem öffneten, der ein offenes Ohr und ein vorurteilsfreies Auge hatte. Als Claes in den nächsten Tagen zu Ida von Merveldt gerufen wurde und sie ihm ausgerechnet vom Walldurner Blutwunder erzählte, war er allerdings misstrauisch.

»Ich habe die Hoffnung noch nicht aufgegeben, dass auch in Münster noch Wunder möglich sind«, sagte sie.

»Sie halten es für ein Wunder, wenn Caterina wieder auftaucht?«, fragte Claes entgeistert.

»Ich vergaß, dass Sie wenig von Münster wissen. Es ist ja erst wenige Jahre her, da polterten die schwarzen Karren durch die Gassen. Hinter den Vorhängen stapelten sich die Toten, meist waren sie achtlos übereinander geworfen, unter den Tüchern baumelten manchmal Arme und Beine heraus. Immer wieder rutschten Körper während der Fahrt heraus und fielen auf das Pflaster, und fluchend hievte der Leichensammler sie zurück auf den Karren. Die Toten mussten schnell verscharrt werden, es war wie bei der Pest, eine schreckliche Krankheit griff um sich und die ganze Stadt war in Angst vor dem Englischen Schweiß. Morgens lagen die Toten mit aufgedunsenen Gesichtern in den Rinnsteinen, ich habe sie mit eigenen Augen gesehen. Und das Ganze war umso schrecklicher, als keiner wusste, woher die Krankheit kam. Die Leute versteckten sich in ihren Häusern. Sie gaben ihre Arbeit auf, sie verschlossen die Türen und wenn es klopfte, hielten sie den Atem an, sie verdächtigten sich untereinander. Hatte nicht der Schmied am Abend zuvor gehustet? Man mied die Gaststuben, man kümmerte sich nicht mehr um die Kühe im Stall, sie schrien und muhten, aber man vergaß sie zu melken, lieber hungerte man als dass man sich am Ende ansteckte. Die Leute liefen verwirrt herum, manche waren nicht richtig angezogen, sie hatten Angst, sie hetzten durch die Straßen, sie blieben nicht stehen. Niemand wusste ein Gegenmittel, wir fühlten uns an die Pest zurückerinnert, wir verbarrikadierten uns im Kloster, schickten die Laienschwestern nach Hause, beteten, und wirklich hörte der Spuk auf, so schnell er gekommen war. Beten wir, dass es auch diesmal so rasch vorbei sein möge.«

Warum erzählte sie ihm das alles? Sollte das etwas mit Caterina zu tun haben? Und auch wenn er es inzwischen kannte, dass ihm niemand im Kloster eine Antwort gab, so hatte er die Hoffnung darauf doch noch nicht aufgegeben.

»War Caterina krank?«

Ida sprach nun wieder langsamer. »Wie soll ich es nennen? Sie hat sich verändert, Ihre Schwester. Vermutlich hat sie nichts mehr gemein mit dem Mädchen, das Sie in Erinnerung haben mögen. Wie lange ist es her, seit Sie sie zuletzt gesehen haben?«

Ohne eine Antwort abzuwarten, fuhr sie fort. »Es ist eine verkehrte Welt. Erst diese Schneemassen, die den Frühling unter sich begraben, und nun brechen bereits die Zugvögel auf. Am Himmel sind seltsame Zeichen erschienen und überall im Land verlassen Stiftsdamen die Klöster. Wir brauchen ein Wunder, ein Zeichen, nennen Sie es, wie Sie wollen. Erinnern Sie sich, wie es vor einigen Jahren im Süden geschehen ist? Dort haben die Bauern die Klöster geplündert, sie haben alles ausgeräumt, die Webstühle, die Kreuze, sogar die Teller und die Messer haben sie mitgenommen und als wäre das nicht genug, haben sie die Klöster angezündet, und Gott sei Dank fanden die Schwestern und Brüder aus dem Süden Zuflucht in anderen Häusern. Münster ist Gottlob von diesen Zuständen verschont geblieben, aber keiner weiß, was noch kommen wird. Gerade erst mussten wir dem Stadtrat eine unerhörte Summe aushändigen, als Steuer für den Türkenkrieg. Und dann diese schreckliche Sache an Weihnachten, als diese ungehobelten

Burschen unter Führung von Knipperdollinck die Zusammenkunft in Telgte überfielen und mehrere Domherren und Ritter gefangen nahmen. Ich hatte auch erst vorgehabt, wie in jedem Jahr daran teilzunehmen, aber in letzter Minute ließ ich den Wagen ohne mich fahren.«

Ida hatte an Claes vorbeigeblickt, als hätte sie seine Anwesenheit vergessen. Nun aber sah sie ihn an. »Wann werden Sie mit Ihrem Jungen weiterziehen?«

»Nun, sein Arm heilt gut ...«

Sie unterbrach ihn: »Üblicherweise gilt unsere Gastfreundschaft unbeschränkt. Nun sind aber wie gesagt die Zeiten sehr schwer, wir bekommen kaum Unterstützung vom Bischof und unsere eigenen Reserven zehren sich so langsam auf. Türkenkriege, Bauernkriege, demnächst wird es noch Kriege in den einzelnen Städten geben, die Adligen knausern mit ihren Spenden. Kurzgesagt, auch wir müssen den Gürtel enger schnallen.«

An sich hätte Claes nichts dagegen gehabt, das Gartenhaus zu verlassen. Und Ida von Merveldt und ihre Gefolgschaft gefielen ihm auch nicht besonders. Aber er wurde das Gefühl nicht los, dass Ida doch mehr über das Verschwinden Caterinas wusste, als sie zugeben wollte. Außerdem schien sie es nicht abwarten zu können, bis er endlich weiterzog, und das kam ihm verdächtig vor. Und wenn es stimmte, was Dorothea gesagt hatte? Vielleicht war Caterina nicht freiwillig gegangen, vielleicht hatte man sie aus dem Weg geräumt. So kam es, dass Claes der Äbtissin einen Vorschlag machte, den er schon kurz darauf bereuen sollte, der ihm spontan in den Kopf gekommen war und den er ebenso spontan und leider ohne zu überlegen ausgesprochen hatte, manchmal war er so impulsiv, auch wenn er geglaubt hatte, diesen Charakterzug längst überwunden zu haben. Er schlug Ida vor, während seines Aufenthalts eine Figur für das Kloster zu fertigen.

»In schwierigen Zeiten braucht es Zeichen, die den Menschen Mut machen. So wie ein Brief ohne Signatur nichts wert ist, so ist es überall nötig, Signaturen zu setzen«, erklärte er. Der Bischof von Köln wäre mit seiner Arbeit sehr zufrieden gewesen, auch die Medicis hatten sein Werk gefördert, ihn bei seiner Abreise fürstlich entlohnt. Er bräuchte nicht viel mehr als einen guten Stamm und Zeit und könnte ein Kunstwerk von solcher Kraft fertigen, das womöglich den abtrünnigen Stiftsjungfern den Weg zurück weisen könnte. Claes übertrieb, er schwatzte das Blaue vom Himmel herunter, er war sich nicht sicher, ob sie ihm sein Gerede abnahm, aber er hatte doch nichts zu verlieren. Und bald hatte er sie soweit, dass sie zumindest einräumte, vom Geschick seiner Hände gehört zu haben.

»Haben Sie die steinerne Marienfigur am Portal der Pfarrkirche gesehen?«, fragte sie.

Claes wusste, worauf sie anspielte. In der rechten Schulter steckten die Reliquien der Äbtissinnen des 14. Jahrhunderts.

»Ich könnte ein prachtvolles Gebeinfach ganz nach Ihren Wünschen schnitzen.« Claes kannte die Eitelkeit der Kirchenoberhäupter. Sie alle wollten sich ein Denkmal schaffen, und gerade Ida litt unter dem Schatten ihrer Vorgängerin, von der man ehrfürchtig als die Äbtissin der Reformen sprach. Ida hatte kein Profil, und Claes freute sich, etwas gefunden zu haben, womit er sie ködern konnte.

»Gut, Sie sollen Ihren Stamm bekommen und ich werde Sie weiterhin beköstigen und Ihnen Unterkunft gewähren.« Sie zögerte einen Moment. »Ich stelle mir eine Figur vor, bei deren Anblick die Menschen auf die Knie sinken. Mir ist zu Ohren gekommen, dass man von Ihren Figuren sagt, sie würden leben. Die Figuren der Brabender sollen nichts gegen Ihre Kunstwerke sein. Nun bin ich gespannt, ob die Gerüchte wahr sind. Dennoch muss ich Ihnen Bedingungen stellen.«

Nachdem sich Ihre Stirnfalten für einen Augenblick entspannt hatten, kehrte nun der strenge Blick zurück in ihr Gesicht.

»Sie lassen meine Stiftsjungfern in Ruhe. Ich wünsche keinerlei Fragen, keinerlei Bedrängnisse. Sagen Sie das auch Ihrem Jungen. Sollte ich erfahren, dass Sie sich an unsere Abmachungen nicht halten, ist Schluss mit der Gastfreundschaft und ich werde auch dem Bischof Meldung erstatten.«

10

Mauern

Es ging Claes nicht aus dem Kopf, wie dicht das Haus der Kapläne Caterinas Kammer gegenüber lag. Von einem Zimmer konnte man ins andere sehen, und vielleicht konnten ihm die Wassenberger Prädikanten irgendetwas über Caterina verraten, hatten sie möglicherweise etwas gesehen, das Claes weiterhelfen würde, und so ging er geradewegs nach dem Gespräch mit Ida hinüber. Er klopfte an die grüngestrichene Haustür und war überrascht, als ihm Schwester Hildegardis öffnete. Sie ließ mit keiner Miene erkennen, dass sie ihn kannte, sondern fragte kühl nach dem Grund seines Besuchs. Straelen und Vinne übten ihre Predigt, ob er warten wollte?

Hildegardis trat zur Seite und zeigte auf einen Stuhl neben der Treppe. Eine rotgetigerte Katze tauchte aus dem Dunklen auf und als sich Claes setzte, begann sie zu miauen und strich um seine Beine. Auf der Burg waren immer viele Katzen gewesen, Caterina hatte sie manchmal mit Küchenabfällen gefüttert, verbotenerweise, schließlich sollten sie sich um die Mäuse kümmern, und Claes erinnerte sich, wie Caterina geweint hatte, als die Küchenmagd die neugeborenen schwarzen Kätzchen erschlug. Willst du, dass das Unglück ins Haus zieht?, hatte die Magd gefragt. Na also! Sie können doch nichts dafür, dass sie schwarz sind, hatte Caterina versucht, die Kleinen zu retten, aber natürlich fand sie damit kein Gehör.

Hildegardis war hinter einer der Türen verschwunden und klapperte mit dem Geschirr. Eine Spinne seilte sich von der Decke. Claes sah zu, wie sie auf dem Sandsteinboden landete und entlang der Wand wieder nach oben lief. Kaum war sie oben, begann dasselbe Spiel noch einmal. Sie schien seltsam konfus. Bald war Claes das Warten leid und er ging in dem quadratischen Eingangsraum umher, lauschte an den vier Türen, bis er sich sicher war, die Wassenberger müssten sich im oberen Geschoss aufhalten. Das traf sich gut, es war sowieso die obere Etage, die ihn interessierte. Leise stieg er die Treppe hoch. Stimmen drangen durch die angelehnte Tür, Straelen und Vinne standen sich an zwei Schreibpulten gegenüber und übten ihre Predigt, eine ungewöhnliche Art der Predigt, sie schrien die Worte heraus, fuchtelten mit den Armen in der Luft herum und rollten die Augen. Sie wirkten wie Schauspieler in einem Theaterstück, Claes schaute ihnen mit Skepsis zu und wusste doch gleich, dass sie das Volk mit dieser Sorte Predigt beeindrucken würden. Der Raum, den er suchte, musste auf der linken Seite liegen, und vorsichtig schlich er auf die Tür dort zu, drückte die Klinke und betrat das Zimmer, das bis auf einer schmalen Liege und einem Tischchen leer war. Gegenüber lag Caterinas Kammer, aber die Aussicht hatte er sich anders vorgestellt. Das Licht war so ungünstig, dass es auf den Scheiben blendete. Es war rein gar nichts zu sehen.

Als Claes aus dem Raum kam, stand Hildegardis im Flur und sah ihn streng an.

»Für einen Fremden nimmst du dir viel heraus«, sagte sie.

Claes tat, als hätte er sich im Raum geirrt, dabei war ihm klar, dass er Hildegardis nicht täuschen konnte, aber was kümmerte es ihn, und schnell klopfte er an die angelehnte Tür.

Die Wassenberger hatten ihre Predigt beendet und lehnten erschöpft an ihren Pulten.

Als sich Claes ihnen vorstellte, sagten sie, bereits von ihm gehört zu haben, er hätte doch die Figur des Apostel Bartholomäus in der Krefelder Sankt Stephanskirche gemacht.

»Wahrscheinlich verwechseln Sie mich«, sagte Claes und unterdrückte ein Grinsen. Die Brabender hatten sich an Sankt Stephan ausgelassen, er hatte von ihren Figuren gehört. Ohne sie selbst gesehen zu haben, konnte er sich denken, dass dieser Apostel ziemlich rundlich geraten war. Wie alle Figuren der Brabender.

»Sie suchen sicherlich den Kaplan?«, fragte Vinne, dem die dunklen Haare nicht nur wüst vom Kopf standen sondern auch aus Ohren und Nase wuchsen. »Nun, wir haben damit nichts zu tun, Kaplan Martin ist freiwillig in den Turm gezogen, ich glaube, es kam ihm gar nicht so ungelegen, dem alten Kauz.« Er fuhr sich mit den Fingern durch die Haare, wie um sie zu kämmen, aber sie blieben widerspenstig.

»Auch wenn man nicht willkommen ist, legt man doch keinen Wert auf Feindschaften«, ergänzte Straelen, dessen riesiger Adamsapfel beim Sprechen auf und ab hüpfte. »Aber wir können uns wirklich nicht beschweren, wir haben alles ganz prima vorgefunden. Besser als in Münster hätte man uns nirgendwo aufgenommen, stimmt's?«

Vinne kratzte sich am Knöchel. »Nur diese elendigen Mücken, aber gut, die gab es am Rhein auch.«

»Und zwar ist es hier so gut, weil Münster doch eine ganz andere Geschichte hat als sagen wir mal das Rheinland. Ich meine den alten Kampf zwischen Patriziern und Plebejern, zwischen den Männern der Vergangenheit und den Männern der Gegenwart. Bis vor kurzem leiteten doch die Nachfahren der Ritter die Geschicke der Stadt, diese Säcke, die auf ihren ererbten Gütern sitzen und im Grunde bettelarm sind. Die Handwerker und Kaufleute dagegen hatten an der Verwaltung der Stadt nicht den geringsten Anteil, obwohl sie doch das meiste Geld besitzen. Ist doch klar, dass das mal irgendwann kippen muss.«

Vinne, der sich jetzt gründlich den Nacken kratzte, warf ein: »Rothmann übrigens hat es unserer Fürsprache zu verdanken, dass er an Lamberti predigen darf.«

Ohne darauf einzugehen, fuhr Straelen fort: »Das hat ja schon lange vorher angefangen. So vor achtzig Jahren, nach dem Tod vom Bischof Heinrich, als die Neuwahlen anstanden, kam es ja schon zu Konflikten zwischen Erbmännern und Gilden, und kurz hatten die Gilden doch auch gesiegt, bis es zu diesem Kampf kam, am Arnulfstag auf den Gefilden von Varlar, und die alte Ordnung wieder hergestellt wurde.«

»Jedes Jahr feiern sie im Dom noch den Sieg der Adelspartei und führen den Gilden immer wieder ihre Schmach vor Augen«, ergänzte Vinne.

Die beiden schienen ihre Geschichtslektionen wirklich gut gelernt zu haben. Claes interessierte eigentlich mehr, ob sie etwas über Caterinas Verbleib wüssten, aber noch waren sie mit ihren Ausführungen nicht fertig.

»Jawohl, es war also keine Forderung rein ideeller Natur, wenn das Volk zur Zeit der Bauernkriege unter anderen Artikeln auch die Aufhebung dieser Feier verlangte. Schließlich ist das ein Symbol der patrizischen Herrschaft, und das ist nicht mehr zeitgemäß, das so ein paar Fatzkes sich über die ehrlich Arbeitenden erheben und sie knechten und klein halten wollen. Wohlgemerkt liegt das Geld bei den Handwerkern und Kaufleuten, was wäre die Stadt ohne sie? Und als der Rothmann dem Volk diese Ungerechtigkeit vor Augen führte und der Knipperdollinck an die Spitze der sozialen Reformer kam, war ein Wandel erstmals möglich.«

»Wobei, von dem Knipperdollinck halte ich nicht viel.«

Straelen und Vinne schienen Claes ganz vergessen zu haben, so sehr waren sie in ihre Diskussion vertieft.

»Nur weil er nicht so ein Draufgänger ist wie der Rothmann?«, fragte Straelen.

»Das muss er ja nicht, aber ganz so ein Saftsack, na, ein bisschen mehr Pfeffer würde dem Knipperdollinck nicht schaden. Der ist so schlaff, pass auf, der Rothmann fegt ihn mit einem Handschlag vom Tisch, sobald er ihn leid geworden ist. Was soll denn das für ein Anführer sein, hä? Einer, der immer den Arsch zukneift, sobald es mal ein bisschen windig wird!«

»Du tust ihm Unrecht und das weißt du auch. Ohne Knipperdollinck hätten die Patrizier immer noch das Zepter in der Hand.« Straelens Adamsapfel sprang ihm wie wild in der Kehle herum

»Da irrst du dich, mein Lieber. Das ist einzig und allein der Verdienst von Rothmann. Ohne den hätte der Knipperdollinck keinen Piep gesagt.«

»Nenn mich nicht mein Lieber, ja?«

»Und du red nicht so einen Stuss daher!«

Claes räusperte sich und stellte nun endlich seine Frage nach Caterina, aber dazu hatten die beiden Prädikanten nicht allzu viel zu sagen. Vielleicht sollte er mal mit dem Kaplan sprechen, ja, das wäre eine gute Idee, der Kaplan, der da wie eine alte Eule im Turm gluckte, der wüsste sicher und wenn nicht, würde er die Sterne befragen oder die Gänseknochen oder den Mäusedreck.

Eine unglaublich dicke Linde versperrte Claes die Stufen zum Gartenhaus. Sie lag so unpassend, als hätte sie ein Sturm gerade entwurzelt. Er hatte sowieso schon schlechte Laune, weil sein Gespräch mit den beiden Wassenbergern so wenig gebracht hatte, und jetzt auch noch das hier, so schnell hatte er noch gar nicht mit Material gerechnet. Widerwillig prüfte er das Holz und ärgerte sich noch mehr. Kaum hatte er ein Stück der Rinde abgenommen, zerbröselte das Holz unter seinen Fingern. Überall waren Faulstellen. Die Dummköpfe hatten die Linde am falschen Ort gelagert und vor allem nicht zur richtigen Zeit gefällt. Da sollte man doch denken, die Klosterleute kannten sich mit den balsamischen Zeiten aus. Zumindest sie sollten Kenntnis haben von den Zeiten, zu denen man die Pflanzen schnitt, nämlich vor Sonnenaufgang und bei abnehmenden Mond und am besten unter einem der Erdzeichen wie Stier, Jungfrau oder Steinbock. Sie mussten doch gesehen haben, wie es um diesen Stamm bestellt war.

Claes ging um den Stamm herum und knibbelte die Rinde von der anderen Seite. Was für eine sinnlose Arbeit hatte er sich da ausgesucht! Als Bildhauer war er abhängig von der politischen Lage, ging es den Kirchenleuten gut, legten sie Wert auf Kunst und ließen sich die Sache was kosten, waren die Zeiten weniger rosig, zählte seine Arbeit nichts mehr. Hätte er nicht Bäcker werden können oder Maurer oder wenigstens Quacksalber?

Dicke, weiße Maden kamen an die Oberfläche, und es war rührend, wie sie sich wehrten, sich ihre dicken Leiber krümmten, und als er sie auf dem Handteller hielt, um sich ihre Zeichnung anzusehen, sie trugen rote Punkte an den Flanken, zwickten sie ihn mit ihren Mundscheren. Er warf sie in Richtung der Raben, die nicht weit entfernt auf der Mauer hockten.

Früher hatte er sich immer Zeit genommen, die Stämme auszuwählen, gerade wenn es um große Figuren ging. Natürlich hatte er das meiste auf dem Holzmarkt gekauft, unten am Hafen, wo die Schiffe aus dem Süden anlegten.

Aber wenn sich die Gelegenheit bot, war er in den Wald gegangen und hatte sich das Holz selbst ausgesucht. Es war Magie, die Rinden zu streicheln und plötzlich zu spüren, das hier ist der Richtige. Manche Bäume trugen Skulpturen in sich, und Claes hatte sich etwas darauf eingebildet, diesen Blick zu haben, den besonderen Blick, mit dem er die Seele des Baums entlarven konnte. Doch, es gab gute und schlechte Bäume, wenn es auch unter den Bäumen viel weniger schlechte Exemplare gab als unter den Menschen. Dieser Lindenstamm war von der Dicke her ausreichend, er könnte die Figur herausschneiden, aber das war nicht alles. Es ging um Rundungen, Verästelungen, um Auswüchse, um den Charakter. Nicht nur dass dieser Baum zur falschen Zeit geschnitten war, auch sonst entsprach er nicht seinen Vorstellungen.

Tilman trat vor die Tür und gähnte.

»Ich hab denen gesagt, du suchst dir den Stamm lieber selbst aus, aber den Kerlen ist wohl der Kerzenwachs in die Ohren getropft, haben den Stamm abgeladen und sind weg. Kamen sich vor wie die Heiligen Drei Könige höchstpersönlich. Sturköppe sind das hier!«

»Ich seh, dir geht's wieder besser.«

»Ich glaub, die Schienen können wir bald rausnehmen, fühlt sich wieder an wie neu.« Tilman schwenkte grinsend seinen Arm. »War sogar in der Stadt. Bier trinken!«

Claes grinste schief zurück. Seit sein Tagebuch verschwunden war, war er Tilman gegenüber vorsichtig geworden, und jeden Tag fielen ihm Dinge ein, die er damals einfach nur achselzuckend abgetan hatte, die ihm aber jetzt ungereimt vorkamen. Wie das mit der Mütze. Er hatte Tilman zum sechzehnten Geburtstag eine gefütterte Kappe geschenkt, ein wunderschönes Teil aus dunkelblauem Stoff, das dem Jungen ausgezeichnet stand und vor allem den Zweck erfüllte, dass es ihn warm hielt, wenn er an den Wintertagen unten am Rhein auf das Holzschiff warten musste. Von Anfang an hatte Claes das Gefühl, der Junge trüge die Kappe bloß widerwillig, und es dauerte nur ein paar Tage, bis Tilman ohne Mütze vom Hafen zurück kam, dafür mit einer abenteuerlichen Geschichte, in der eine schwarze Kutsche eine Rolle spielte. Darin hatte eine Dame in weißer Robe gesessen, die ihn hatte Platz nehmen lassen und dem Kutscher befahl, den Jungen hinzubringen, wohin er wolle. Während der Fahrt dann riss ihm die Dame die Kappe vom Kopf und warf sie aus der Kutsche. Und wo war das genau?, hatte sich Claes erkundigt, und er war mit Tilman zusammen durch die Petri-Gasse gelaufen, bis zu dem Viertel, in dem die Schmiede lebten, und obwohl die Gassen an diesem eisigen Winterabend menschenleer waren und nur wenige Minuten verstrichen sein konnten, war die Kappe nicht mehr aufzufinden. Jetzt fiel es Claes schwer, an die Dame in der Kutsche zu glauben. Und einmal hatte das Schnitzeisen zerbrochen unter dem Tisch gelegen und Tilman hatte behauptet, die Nachbarkatze wäre es gewesen, sie hätte das Werkzeug vom Tisch gestoßen.

»Willst du gar nicht wissen, was ich erlebt habe?«, fragte Tilman.

»Du wirst es mir schon sagen.«

»Das ist hier nicht Köln, ich weiß jetzt, was du gemeint hast. Aber zumindest habe ich was über diesen Rothmann rausgekriegt, Stutenbernd nennen den alle, weil er Brot mit sich rumschleppt, der Kerl hält sich für ne Art Jesus oder so. Ist gar nicht einfach, mit dem zu reden, der wird abgeschottet und hat immer einen Pulk von Anhängern um sich herum. Dazu gehört auch dieser Hinkelfuß, der große Reden schwingt, von wegen »Keinen Schritt zurück! Eher die eigenen Kinder schlachten und essen.« Verrückt, was?«

»Von wem sprichst du?«

»So ein Kerl mit Bart, nicht mehr ganz jung. Er ist Tuchhändler und Wortführer der Gilden. Hatte Probleme mit dem Bischof, wie ich gehört habe. Seitdem hinkt er.«

Claes wusste, von wem er sprach. Ursprünglich war es Anton Kruse gewesen, der sich mit dem Bischof angelegt hatte; Knipperdollinck hatte öffentlich gegen Kruses Gefangennahme protestiert und war prompt aus der Stadt geworfen worden. Verwiesen, worauf Margarethe, Knipperdollincks zweite Frau, die gerade schwanger war, ihr Kind verlor. Um nach Münster zurückzukehren, bezahlte Knipperdollinck eine hohe Geldbuße, aber als er kurze Zeit später auf Handelsreise in Lübeck war, überfielen ihn die Beamten des Bischofs, folterten ihn und ließen ihn wieder einsperren. Diesmal fiel die Geldstrafe noch höher aus und seitdem hatte er den hinkenden Gang.

»Tilman, du sollst vorsichtig sein mit den Leuten! Sei nicht so vertrauensselig.«

»Warte nur ab, was ich erfahren habe!«, Tilman grinste verschmitzt. »Oder willst du es nicht hören?«

»Lieber wäre mir, du würdest in Zukunft vorsichtiger sein.«

»Sie kennen Caterina!«

»Wer kennt sie?«

Tilman hob die Hände. »Gib mir noch zwei, drei Abende und ich kann dir mehr erzählen, wie gesagt, das ist nicht Köln hier, die Männer müssen sich erst an mich gewöhnen, bisher hab ich noch nicht viel aus ihnen rauskitzeln können, ich musste erst mal mit ihnen Karten spielen, um ihr Vertrauen zu gewinnen, aber bald …«

Immer dasselbe mit Tilman. Warum hatte er ihn nicht in Köln gelassen?

In dem Moment flogen die Raben krächzend auf und jemand kam entlang der Lavendelbüsche geradewegs auf das Gartenhaus zugeeilt. Claes schirmte seine Augen mit der Hand gegen die Sonne und erkannte eine Frau ohne Haube, das helle Haar fiel ihr offen über die Schultern und ihr blaues Kleid wirkte im Sonnenlicht beinah durchsichtig. Ganz sicher war das keine der Stiftsdamen.

Sie war ein wenig außer Atem, als sie bei den beiden Männern angekommen war, streckte Claes forsch die Hand entgegen und stellte sich als Elisabeth vor. Elisabeth Wandscherer, wiederholte sie lachend mit Grübchen in den Wangen. Sie hätte von Claes' Ankunft erfahren und sich gleich auf den Weg gemacht, sie wäre die Strecke vom Drubbel an Lamberti bis hierher gerannt, sie wollte unbedingt sehen, ob es stimmte, dass der Bruder von Caterina im Gartenhaus residierte, wobei sie das Wort unbeholfen aussprach, es klang wie reschiediet, und sie errötete daraufhin leicht und kicherte. Ein paar Strähnen fielen ihr über die Augen und sie pustete sie fort, wie es Mädchen machen, wie es Caterina früher gemacht hatte, dachte Claes.

»Ich bin Caterinas Freundin, weißt du«, sagte Elisabeth und ihr Augen blitzten übermütig, als sie ihren Rock raffte und sich auf dem Lindenstamm niederließ. Sofort begannen ihre Beine zu baumeln.

»Vorsicht, da sind Maden«, sagte Claes, und sie lachte, stand ohne Eile auf und strich sich mit beiden Händen über den Rock. Dann drehte sie sich um und streckte Claes ihren großen Hintern zu.

»Sind da welche?«, fragte sie.

»Setz dich lieber nicht auf das Holz.«

Elisabeth lachte und ihre kleinen, runden Zähne blitzten hervor. »Ist es nicht schön, wie die Sonne scheint?«, sagte sie und reckte das Kinn in die Höhe. »Ah, ich verdanke Caterina so viel. Mein ganzes Leben, ach, alles. Im Ernst, sie tut gut, deine Schwester.«

Tilman verdrehte die Augen, tippte sich an die Stirn und ging ins Haus.

»Ich hab mich immer von den Nonnen ferngehalten, sind ja alles Edelfräulein, deine Schwester natürlich auch, aber was soll ich sagen, sie ist ganz anders, die Caterina, sie hat nie auf mich herabgesehen.«

»Weißt du, wo sie ist?«

»Du kannst wirklich froh sein, dass sie euch das Gartenhaus gegeben haben. Das Kloster selbst, puh, so ein düsterer Ort, da fallen die Fliegen tot von den Wänden und die Spinnen verhungern. Die Luft darin, ich glaub, ich würde da ersticken.«

Claes betrachtete Elisabeth, die während des Sprechens auf den Absätzen wippte und sich jetzt drehte und zum Kloster zeigte.

»Diese Blindschleiche, die sich an Caterina hängt. Du hast sie bestimmt schon getroffen, ja?«

»Die Äbtissin?«

»Nein, nein. So ein Edelfräulein, das über jeden Schritt von Caterina wacht.«

»Dorothea?«

»Die weiß, wo Caterina ist, die hält das anders gar nicht aus. Puh, wie die sich an Caterina angeheftet hat, und wie sie mich beäugt hat, das hättest du sehen müssen! Wir sind durch den Garten spaziert, Caterina und ich, da hinten haben wir uns über die Lilien gebeugt und sie hat mir diese fiesen roten Käfer gezeigt, Lilienhühner oder so ähnlich, hat sie gesagt, fressen die Blüte in Nullkommanichts, und wie wir da so hocken, sehe ich die Blindschleiche drüben an der Hecke. Wie sie uns angestarrt hat! Die hätte mich am liebsten erwürgt! Und ich hab mich bei Caterina eingehakt, hab besonders laut gelacht und mich an sie gedrückt, ganz eng, dass die das sehen musste.«

Elisabeth lachte.

»Eigentlich bin ich wegen was anderem gekommen ...«, sagte sie, und dann sprudelte es aus ihr hervor. Sie hatte von dem Auftrag erfahren, sie kannte eine der Laienschwestern, eine Nachbarin von ihr, na ja, nicht ganz, und sie wüsste schon, Schweigen wäre wichtig im Kloster, das sei ihr schon klar, aber man dürfte sich wohl noch etwas erzählen, er würde es doch nicht weitersagen?, und jedenfalls hätte sie von diesem Auftrag erfahren und sich gedacht, dass er ein Modell bräuchte, und da wäre sie sofort gekommen, schließlich sei sie Caterina einen Gefallen schuldig, und wenn schon Caterina fort sei und dafür ihr Bruder gekommen wäre, dann müsste es ein Wink des Schicksals sein, so wie es so viele glückliche Fügungen im Leben gäbe. Wieder lachte sie. Sie wäre gut gebaut, versicherte sie, und sie könnte durchaus still sitzen, auch wenn sie gerade aufgeregt sei, das lege sich mit der Zeit, sie hätte sich noch nicht an die Freiheit gewöhnt, das wäre alles so plötzlich für sie gekommen, und sie schüttelte ihr Haar und warf den Kopf zurück und blinzelte in die Sonne. »Was für ein herrlicher Tag! Was für eine glückliche Zeit, findest du nicht? Ach was, Caterina geht es gut, sie sprach immer davon, dass die Mauern hier Augen hätten, und wenn du dich umblickst, besonders am Abend sieht es tatsächlich so aus, als wären die Fensteröffnungen, na, sieh selbst, wie Augen, überall, rundum. Aber was rede ich? Du willst mich sicher jetzt zeichnen, nicht wahr?«

Sie stieg auf den Stamm und die Sonne schien durch den dünnen Stoff ihres Rockes, so dass ihre Beine in dem Licht bläulich aussahen.

Claes kannte das schon, dass sich ihm die Frauen als Modell anboten, die meisten erwarteten viel Geld dafür und zogen enttäuscht und manchmal auch erbost und laut schimpfend ab, wenn er ihnen verklickern musste, dass er ihnen nichts bezahlen könnte. Er hatte keine Lust, sich mit Elisabeth anzulegen, sie sah ihm aus wie eine, die gut fluchen könnte, und so wiegelte er vorsichtig ab.

»Du kannst mir aber gern von Caterina erzählen. Woher du sie kennst und so.«

»Ja, das werde ich, aber nicht heute.« Elisabeth balancierte mit ausgebreiten Armen über den Stamm. Dann tat sie, als verlöre sie das Gleichgewicht und kippte ihm entgegen, sicher damit rechnend, dass er sie auffinge, was er auch tat. Sie roch nach Wein und war gerade im Begriff, sich an ihn zu drücken, als er sie los ließ und sich abwandte.

»Die Nonnen werden verrückt sein nach dir!«, rief Elisabeth, bevor sie entlang der Lavendelbüsche davon lief, in offenen Schuhen, die ihre nackten Fersen und die kräftigen Fußgelenke zeigten.

Der Garten der Äbtissin wurde von einer roten Ziegelmauer umschlossen. Pflanzen interessierten Claes vor allem aufgrund der Formen, fantastisch, welche Vielfalt die Natur erschaffte. Bevor die Distel erblühte, ähnelte sie der Indischen Pinie, die sie neuerdings »Ananas« nannten, und die Dornen wiederum waren wie feine Nadeln, ganz anders als die Dornen der Rosen, die an Krummdolche erinnerten. Claes mochte die verschiedenen Blattformen, manche waren durchscheinend wie menschliche Häute. Hielt man sie gegen das Licht, schimmerten ihre Adern und traten ihre Poren hervor. Er liebte den Prozess des Zerfallens, die dunklen Gerippe der Blätter im Winter, wenn sie trocken und halb zerbröckelt waren, ihre Bögen wie die Rippen von Kathedralen, und wieder erinnerten sie ihn auch an Menschen, deren Fleisch zu verfallen begann und deren Knochen hervortraten. Idas mauerumschlossener Garten reizte Claes, er war neugierig, welche Pflanzenschätze sich dahinter versteckten, und so ging er um die Mauer herum zum Tor.

Ida von Merveldt kniete auf einem schmalen Holzbrett auf der Erde. Ihre Finger huschten über die Blätter des Estragons. Als sie Claes bemerkte, winkte sie ihn heran.

»Er ist in den letzten Tagen um das Doppelte gewachsen«, sagte sie. Sie zupfte eins der Blätter ab und schob es sich in den Mund, kaute prüfend darauf herum. »Wollen Sie auch?«, und er probierte.

»Einige der Kräuter brachten die Kreuzritter aus den Ländern der Muselmanen mit. Gott sei Dank haben wir diese Pflanzen, mit denen wir die Krankheiten bekämpfen können. Sehen Sie, ich habe hier einen ganzen Korb voll Heilpflanzen, Ingwer, Königskerze, Thymian. Medizin für Kaplan Martin.«

»Sie haben mir ja schnell einen Stamm gebracht.«

»Sie sehen, ich lass mich auch manchmal überzeugen.« Sie ging vom Beet der sonnenhungrigen Pflanzen zu dem der feuchtigkeitsliebenden. Mit dem Messer schnitt sie Blätter vom Sauerampfer, nur die Herzen, wie sie sagte, und legte sie in den Korb. Sie nahm eine Schnecke vom Boden und klemmte das Vorderteil zwischen Daumen und Zeigefinger, das Hinterteil zwischen Mittel- und Ringfinger der linken Hand, mit der rechten Hand tastete sie nach der Schere, die an einem Bändchen innen in ihrem Rock befestigt war, und schnitt die Schnecke in der Mitte durch. »Das einzige, das hilft«, sagte sie, sammelte noch ein paar in der Hand und durchteilte sie in der gleichen routinierten Art.

»Sie hatten Besuch, habe ich gesehen, und ich glaube, ich warne Sie besser. Diese Person hat Ihrer Schwester nur

Unglück gebracht. Ich an Ihrer Stelle würde mich nicht zu sehr mit ihr abgeben. Wo sie auftaucht, vermehren sich die Schnecken.«

»Das glauben Sie doch nicht wirklich?«

Zwei Regenwürmer lagen auf der geharkten Erde. Sie klebten an einander, während ihre anderen Enden noch in der Erde steckten, sie hatten sich aneinander festgesogen und wirkten wie ein einziger, langer Regenwurm. Ida stippte dagegen und die Würmer lösten sich voneinander und jeder sauste in die Erde, der eine rechts, der andere links, so schnell, als hätte sie der Boden eingesogen. Ida schüttelte den Korb mit den Kräutern. »Das soll wohl reichen. Entschuldigen Sie mich bitte!« Sie begleitete ihn zum Tor und schloss hinter ihm ab.

Spät am Abend, als die Lichter im Kloster verloschen waren und Ida längst den Garten verlassen hatte und in ihrem Haus verschwunden war, saß Claes auf den Stufen vor dem Häuschen und lauschte auf die Geräusche der Nacht. Ein Hund bellte ein merkwürdiges Stakkato. Vor Claes lag der Lindenstamm, entrindet und glatt. Morgen könnte er mit den Skizzen beginnen. Der Mond stand als Sichel am Himmel und alles war übersät mit Sternen. Claes bezweifelte, dass die Sterne das Schicksal der Stadt voraussagen konnten. Doch, er glaubte an eine gewisse Macht der Sterne, er war unter dem Zeichen des Widders geboren, und so wie man es den Menschen dieses Sternzeichens nachsagte, war er begeisterungsfähig und impulsiv. Oft schon hatte ihn allerdings mitten bei der Arbeit die Kraft verlassen. Es gab von ihm viel mehr angefangene Skulpturen als beendete, immer wieder hatte er Arbeiten aufgegeben, um sich anderen Dingen zuzuwenden, und einfache Aufgaben reizten ihn sowieso nicht, er wollte etwas Großartiges schaffen, sonst hatte er das Gefühl, seine Zeit zu verschwenden. Um nichts in der Welt wollte er mittelmäßig sein. Er zerrieb die Blüten des Lavendels zwischen seinen Fingern, Florenz, vor den Toren der Stadt war der Duft betörend gewesen, die Hummeln und Bienen, die Luft hatte vibriert, er hatte vibriert, vor Spannung, vor Tatkraft, er war kaum zu bremsen gewesen in jenen Jahren, keine Erinnerung, die ihn geplagt hatte, er war ein junger Baum gewesen, in den Jahren, bevor man die Medicis aus der Stadt vertrieb. Er hatte die Werke von Leonardo da Vinci, Botticelli und Michelangelo studiert, letztendlich überzeugten ihn nur die von Leonardo. Die Arbeiten des Tönnchens, wie sie Botticelli in Florenz nannten, waren ihm zu oberflächlich, Fassadenmalerei, nett anzusehen, nichts weiter. Michelangelos Arbeiten strotzten vor Kraft und Besessenheit. Claes wusste, dass er bis zum Umfallen arbeitete, er schlief vor seinen Leinwänden, im Schmutz der Farben und Ölreste, und wenn er erwachte, malte er weiter. Nichts störte ihn dabei, keine Fliege, die ihn ablenkte. Genau das warf Claes ihm vor. Seine Arbeiten sollten alles enthalten, wie die Essenz des Lebens, und zum Leben gehört auch die Fliege, die sich auf dein Essen setzt, und der Frosch im Tümpel, der unablässig quakt, und der Nachtfalter, der in der Öllampe verbrutzelt, und die Horneule, die in der Nacht schreit, und der Wind und der Regen und die Berge und die Bäume und das Meer, das Wasser, vor allem das Wasser, das durch die Länder fließt wie durch den menschlichen Körper, der Atem, der durch die Lungen streift, das Klopfen des Herzens, das alles gehört zusammen und muss Eingang finden ins Kunstwerk, muss sich widerspiegeln, damit es gut wird. Wer das Leben aussperrt, kann keine Kunst erschaffen. Nur Leonardo hatte das verstanden.

Claes hatte keine Lust, mit der Skulptur zu beginnen, Tilmans Arm war verheilt, sie könnten aufbrechen und das alles hinter sich lassen, diese unerfreuliche Suche, und wenn er auch nicht wusste, wo Caterina steckte, so konnte er doch froh sein, dass sie ihr Leben in die Hand genommen hatte und damit machte, was sie wollte. So war es schließlich richtig.

11

Der Turm

Claes Entschluss stand fest, er würde den Stamm Stamm sein lassen und sich aus dem Staub machen, aber als er anfing, seine Bündel zu packen, machte er die nächste Entdeckung, die nicht weniger schrecklich war als die Entdeckung, dass sein Tagebuch verschwunden war. Diesmal war es seine Geldbörse, die sich anscheinend in Luft aufgelöst hatte. Er hatte ohnehin nicht mehr viel Geld gehabt, der Bischof hatte ihn um sein Honorar betrogen und einiges war für die Reise draufgegangen, aber es hätte gereicht, um von hier zu verschwinden und in der nächsten Stadt, und wenn es auch nur Hamm gewesen wäre, einen neuen Anfang zu wagen. Claes verbrachte einen halben Tag damit, das Gartenhaus auf den Kopf zu stellen, er suchte sogar draußen zwischen den Beeten, aber die Geldbörse blieb verschwunden und diesmal fiel es ihm sogar leichter, den Verlust als Tatsache zu akzeptieren.

Mitten in die Aufregung platzte Anneke mit der Nachricht ins Gartenhaus, Kaplan Martin wolle Claes sprechen, er würde ihn oben im Turmzimmer erwarten.

Der Raum erinnerte an eine Höhle, er hatte acht Ecken und die Fensteröffnungen waren kaum größer als Schießscharten. In der Mitte befand sich ein Schreibtisch, über und über mit Papieren bedeckt. An den Wänden standen Regale voller Bücher. Es roch nach Kampfer. Der Kaplan war nicht da, und Claes blieb unschlüssig vor dem Schreibtisch stehen, auf dem ein Stadtplan ausgebreitet lag. Claes blickte sich noch einmal im Raum um, wartete ein paar

Minuten, und als der Kaplan noch immer nicht aufgetaucht war, beugte er sich über diesen Plan und erkannte schnell den Grundriss des Doms.

»Was tun Sie da?«, ließ ihn eine Stimme herumfahren.

Das konnte nur der Kaplan Martin sein, der im bodenlangen Gewand vor ihm stand. Sein Gesicht hatte die Physiognomie eines Jahrmarkthandlesers, und so wie er Claes musterte, gab er ihm das Gefühl, bei einer ungehörigen Tat ertappt worden zu sein, und er beeilte sich, sich ihm vorzustellen.

Kaplan Martins Miene hellte sich auf. Seine Augen waren von einem unnatürlichen Hellblau, Schwester Hildegardis hatte Recht gehabt, der Kaplan mochte fast blind sein.

»Sie ahnen nicht, wie glücklich ich mich schätze, dass die Äbtissin Sie, Euch, in diesem unserem Kloster beherbergt. Einsam ist es hier, seit, nun, vor allem in den neuen Zeiten. Gebildete Männer, ja sie scheuen den Weg in die Stadt, zumal es sich herumgesprochen hat, die Gestirne, sie verkünden Unheil.«

Kaplan Martin seufzte. »Verändert, verändert hat sich die Welt, Gott hat sie verlassen, diese Stadt. Meine Knochen, ich spüre es in den Knochen, ich bin ein Relikt geworden. Wenn ich nicht aufpasse, man wird mich in eins dieser Kuriositätenkabinette verbannen, ja, so ist das, wenn man in das Alter, und sich die Erde immer schneller, immer schneller dreht. Hinter meinen Schläfen pocht es, eine Uhr hinter meinen Schläfen. Meine Zeit läuft ab, ganz einfach. Seitdem Luther geheiratet, die Welt ist unberechenbar geworden, und ich frage Sie, was gilt noch, was? Luther, der lässt kein gutes Haar mehr an den Klöstern. Verlasst die Klostermauern!, ruft er den Nonnen zu, und Katharina von Bora, die spottet über die Frauen, die mit ihr das Gelübde abgelegt hatten. Die Klöster sind keine Orte mehr der Stille, das Brodeln von den Straßen, das ist durch die Mauern gebrochen, und ich frage, was für eine Welt, was für eine Welt! Wenn ich durch die Flure gehe, ich spüre es, ich sehe es, die Schritte der Novizinnen, die stolpernde Unsicherheit der Beine, wie Rehe sind diese Mädchen, sie kommen aus dem schützenden Wald, machen einen Schritt auf die Lichtung und plötzlich, ja sie erschauern angesichts der Weite der Wiesen. Ich kann mir vorstellen, es ist nicht leicht, aufzuwachsen in einer wilden Gegend, umgeben von Wald und Tieren, den Wölfen, ohne die Mauern der Stadt als Schutz. Das Land, das bringt einen besonders zähen Menschenschlag hervor, ist es nicht so? Ihre Schwester, nun ja, sie ist nachlässig, leider sehr nachlässig, was die Ordnung anbetrifft vor allem, da hat Ida ihre liebe Not, immer schon gehabt. Ein Kloster, das lebt von der Gemeinschaft, und schwierig, wenn sich eins der Mädchen, nun, nicht einfügen will, oder kann, oder, nun, ich sage Ihnen nichts Neues, ist es nicht so? Ich bin ihr Beichtvater, ihr einziger Vertrauter in diesen schwierigen Zeiten, in diesen Zeiten des Teufels, muss man wohl sagen, und Caterina, wie soll ich es sagen, sie ist den Dämonen eine passende Beute. Ihre Schwester, Sie kennen sie, sie, nun ja, sie hat etwas Mitreißendes an sich, wie soll ich sagen, man kann, die anderen können sich ihr nur schwer entziehen, und Ida und ich, wir waren besorgt, über diese ihre Entwicklung, die sie nahm. Sie wird zurück kommen, sicher, Ihre Schwester und die Überraschungen, wie oft haben wir, wie oft haben wir Überraschungen mit ihr erlebt. Sie werden eine Weile bei uns bleiben, und ich, ich möchte Ihnen sagen, ich stehe jederzeit für Sie bereit. Ich möchte, dass Sie sich wohlfühlen, in diesen schwierigen Zeiten ist die Gastfreundschaft, Sie verstehen schon, ich war es übrigens, der Ida das Gartenhaus vorgeschlagen hat, Sie sollen sich Ihren Aufgaben widmen können, in Ruhe und mit Sorgfalt, verstehen Sie, Sie sind hier sicher. Ich selbst, ich habe mir hier oben mein Reich geschaffen, hier über den Dächern der Stadt, für meine Studien ist es der ideale Raum, ich zeige Ihnen, was ich meine.« Er trat an eins der Fenster. »Die Stadt, hier, ich kann in alle Richtungen sehen, nichts, das mir entgeht, dort, das Domviertel, dieser Blick, der ist mir von allen der liebste, die beiden Türme, die Giebel, die Aainsel. Das Wasser, sehen Sie, es sieht aus von hier oben wie ein Spiegel.«

»Sie wollten mich sprechen? Geht es um Caterina?«

»Caterina, ja, Caterina. Vermutungen, die habe ich schon, ich würde sagen, bei diesem Prediger ist sie untergeschlüpft. Ein Teufel ist er, ein Teufel, der lügt, wenn er den Mund aufmacht, beten Sie für Ihre Schwester, für ihre Seele. Der Teufel hat eine Giftmischerin zur Frau, eine Mörderin, die ihren letzten Gatten aus dem Weg geräumt hat um frei zu sein für den Teufel. Ach, diese Typen, die scheren sich nicht um so was, Anstand und Ehre, das kennt der Kerl nicht. Ein Weiberheld! Sie rennen ihm nach, die Frauen, in Scharen, und es tut mir Leid, ich muss es sagen, Ihre Schwester, sie ist keinen Deut besser als die Stadtweiber, und das als Stiftsjungfer, das ist traurig, ja das ist bitter.« Er schritt durch den Raum und setzte sich an den Schreibtisch. »Und am Palmsonntag, Sie wissen, was am Palmsonntag geschehen ist? Es war der siebte Vers, den sie angestimmt hat, und das war das Zeichen, verstehen Sie, das Zeichen, und die anderen Jungfern sind außer sich geraten, haben alles vergessen, die Frauen, was sie in den Jahren gelernt haben, die ganze gute Erziehung vergessen. Gesungen haben sie, gegrölt und getobt und es fehlte nicht viel, dann hätten sie auch noch mitgemacht, die Bildwerke zu zerstören, immerhin, sie haben zugesehen, die Bilderstürmer angefeuert mit ihrem Gesang. Caterina war die Schlimmste, ohne sie hätte der Teufel nicht so viel bewirken können, an diesem Tag, niemals, aber das Schlimmste ist, sie hat es geplant, als Schachzug gegen Ida, und das hat sie nicht verdient, bei Gott nicht, und wenn sie auch manchmal streng zu den Mädchen ist, nein, das hat sie nicht verdient. Mit Dorothea von der Recke verließ sie die Kirche, Caterina, sie zog die arme Frau hinter sich her, mitten auf die Straße, ins Sonnenlicht, und sie sang dabei, immer noch den siebten Vers, das Lied von den gesprengten Fesseln, wir sind frei, schrie sie, und wie sie sich dabei gebärdete, sie kreiselte und ihr Rock, der flog hoch, und dann, dann riss sie der guten Dorothea die Tracht vom Kopf, und sie zerzauste ihr das Haar, und das ist noch nicht alles, nein, kaum stehen die beiden im Licht, da sehe ich, wie der Teufel auf sie zukommt, und er legt Caterina den Arm um die Schulter und, nun, wie soll ich sagen, ich muss zusehen, wie er sie küsst, auf den Mund! Ja, unglaublich, und jetzt verstehen Sie auch, Ihre Schwester, sie wird bei ihm sein, und wenn nicht in seiner Wohnung, so in einer der anderen Behausungen, der Teufel und seine Männer haben viele Wohnungen, ach was, Schlupflöcher in der ganzen Stadt. Rattenpack. Kaum stöbert man sie auf, schlüpfen sie in der anderen Ecke unter. Den ganzen Sommer geht das schon so, ach, was sage ich, viel länger.« Kaplan Martin knetete seine Hände. »Ihr erster Tag, ich erinnere mich, als wäre es gestern gewesen, sie war zu alt und Ida wollte sie gar nicht aufnehmen, jedes Jahr können wir nur zwei Mädchen aufnehmen, die Plätze waren schon vergeben und außerdem, wir ziehen die Mädchen vor, die wir aus der Klosterschule kennen. Caterina, ja das war ein Fehler, sie aufzunehmen, wir ahnten das und hatten Recht, sie ist eine Gefahr geworden, ich denke, Sie wissen, was ich meine.« Er schwieg. »Wie Sie sehen, ich habe genügend Bücher, Ihnen die Zeit nicht lang werden zu lassen. Ein Mann wie Sie, der sich für die Schriften interessiert, sehen Sie sich um, es sind Schätze, wahre Schätze, in diesen meinen bescheidenen Räumen. Wussten Sie, Münster hatte schon im letzten Jahrhundert die erste Druckerei, und dennoch, ich habe auch Manuskripte zusammengetragen, seltene Manuskripte. Lassen Sie sich Zeit, schauen Sie sich in Ruhe um!«

Es waren tatsächlich Schätze hier versammelt. Die Schriften des Paracelsus wollte Claes beizeiten gern näher betrachten und verschiedene medizinische Bücher, es war etwas von Aristoteles dabei und das Buch von den Reisen des Sir John Mandeville, jenes Buch, das er auswendig kannte, so sehr hatte es ihn damals fasziniert, vor allem die Seiten über die Menschenfresser von der Insel Dondina. Als er sie das erste Mal las, traute er seinen Augen kaum, und er musste die Seiten wieder und wieder lesen. Claes zog das Buch aus der Reihe.

Kaplan Martin verzog die Lippen. »Auch mich fragen die Leute manchmal, ob ihre Angehörigen wieder gesund werden, und manchmal befrage ich die Orakel. Aber selbst wenn das Orakel von Tod spricht, so rede ich doch den Leuten zu, die Hoffnung zu bewahren und zu beten. Die Barbaren von Dondina rauben den Menschen die Seelen.«

Das genau war die Frage, über die Claes lange nachgedacht hatte. Für die Menschen aus Dondina stand es außer Zweifel, dass sie ihren Angehörigen halfen, ins Paradies zu gelangen, gerade weil sie deren Fleisch aßen.

»Weder die Toten noch die Angehörigen, keiner kommt jemals ins Paradies, denn du sollst nicht töten, so steht es geschrieben, und indem sie den Kranken ersticken, vergehen sie sich an ihnen, unverzeihlich«, sagte Kaplan Martin.

»Vielleicht ist es menschlicher, dem Kranken mit einem geweihten Tuch den Atem zu nehmen, als ihn lange und in Qualen dahinsiechen lassen.«

Kaplan Martin sah Claes empört an.

»Sie halten es für menschlich, das Fleisch des Toten zu essen?«

Claes wusste, Kaplan Martin war ein Mann der Kirche, es wäre klüger, seine Vorstellungen für sich zu behalten, wollte er nicht Ärger auf sich ziehen. Aber er hatte sich so lange mit dieser Geschichte auseinandergesetzt, so viele Stunden darüber nachgedacht, und so sehr er erst erschrocken gewesen war über die Gebräuche von Dondina, so sehr verständlich erschienen sie ihm inzwischen. Für ihn lag viel Menschenliebe in dem Handeln dieser Wilden, wie man sie nannte. Anstatt den Leichnam des Angehörigen in eine Kiste zu legen und ihn von den Elementen abgeschirmt in der Erde zu bestatten, schnitten sie den Körper in Stücke, luden alle Freunde und Verwandte ein und gemeinsam aßen sie den Toten. Anschließend nahmen sie seine Knochen und begruben sie unter Gesang und Trommelmusik. Sie feierten ein ausgelassenes Fest, und alle Freunde, die nicht bei der Feier waren, wurden verstoßen und litten an Scham und Schmerz, weil sie nicht mehr für Freunde geachtet wurden. Sie sagten, sie aßen das Fleisch, um den Toten von seinen Qualen zu befreien. Wenn das Fleisch zu mager war, sagten die Freunde, sie hätten eine große Missetat begangen, dass sie ihn ohne Grund so sehr hatten entkräften und Pein leiden lassen. Und beim fetten Fleisch sagten sie, er sei wohl zubereitet und dass sie ihn alsbald ins Paradies geschickt und er keinerlei Qualen gelitten habe. War das nicht sehr viel menschlicher, als den Verstorbenen in eine dunkle Kiste zu legen und ihn mit Erde zu bedecken? Kaplan Martin beobachtete Claes scharf, und ihm war klar, er durfte sich seine Gedanken nicht ansehen lassen, wobei, was hätte er schon vor diesem alten Mann zu befürchten, der seiner Privilegien enthoben war und wie ein Ausgestoßener in seiner Turmkammer hauste, zusammen mit seinen Schriften? Dennoch warnte ihn etwas, und er fuhr fort, mit den Fingern über die Buchrücken zu tasten. Für einen kurzen Moment hatte Claes nicht mehr an Caterina gedacht, aber als er auf den Homer stieß, zog sich ihm das Herz zusammen. Sie hatte ihren Odysseus geliebt. Wie oft hatten sie miteinander über die Geschichten des Homers gesprochen? Ob es tatsächlich Zyklopen gäbe, hatte Caterina gefragt, natürlich gab es das, berichtete nicht John Mandeville von viel abstruseren Geschöpfen? Aber was wussten denn sie, wo sie sich nicht einmal mit sich selbst auskannten, mit ihrem eigenen Wesen? Sie sahen nur die Oberflächen und blickten sich nicht unter die Häute, sie wussten nicht einmal, wie es geschah, dass sie atmeten, wie sich ihre Herzkammern immer wieder mit Blut füllten. Genaugenommen waren es die Gespräche mit Caterina gewesen, die Claes dazu brachten, über die Rätsel des Lebens nachzudenken, und über das große Geheimnis des Sterbens. Warum hörte man eines Tages auf zu atmen? Woher würde er kommen, der Tod? Ob es unter diesen Schriften welche gab, die Claes dieses Rätsel entschlüsseln könnten?

Er nahm den Homer aus dem Regal, schlug ihn auf der ersten Seite auf und las überrascht Caterinas Namen.

»Da können Sie es mal wieder sehen«, sagte Kaplan Martin. »Ihre Liederlichkeit. Sie hat sich meins geliehen und ihrs zurückgegeben. So ist sie. Von Anfang an, immer steckte etwas Unbezähmbares in ihr.« Er blickte ins Leere, dann strich er sich über die Stirn. »Dieses Zimmer, wie ich es liebe, der Blick über die Dächer. Südosten, das ist meine Lieblingsrichtung, dahin schaue ich am liebsten, sehen Sie, noch in den Abendstunden kann man die Türme gut gegen den Himmel erkennen, das Westportal, den Domplatz. Hier oben, ich bin dem Himmel nah, verstehen Sie, meine Gedanken können fliegen, in alle Richtungen. Wie froh ich bin, ein Mann von Bildung, in diesen meinen Räumen, ich will Ihnen etwas zeigen.«

Seine Hände zitterten, als er Claes den Plan unter die Nase hielt, den er beim Hereinkommen betrachtet hatte.

»Münster, so wie Ludger es kannte, sehen Sie, wir sind im neunten Jahrhundert, hier sind die Fernstraßen, die Nord-Süd und die Ost-Westroute, die Aa, die vier großen Höfe, der Dombezirk mit den vier Toren. Mimigernaford, die Sachsensiedlung, die Karl der Große zerstörte, ein heidnisches Hügelheiligtum. Dort ihre Bestattungsstätte, da ihr heiliger Wald. Aber jetzt frage ich Sie, wo war Ludgers Dom? Hier? Oder ein Stück weiter? Wo stand der erste Altar? Ach, ich rede und rede, ich vergaß, Sie suchen ja Ihre Schwester.«

»Ich habe gehört, Sie haben das Unglück in den Sternen gesehen?« Im Grunde war das lächerlich. Dieser Mann war nahezu blind. Er hatte sogar das Buch verkehrt herum gehalten.

»Oh, ja, die vier apokalyptischen Reiter. Ich wünschte, ich hätte sie nicht gesehen. Hier stand ich, hier am Fenster und blickte nach Westen.«

»Das Unglück kommt immer von Westen, sagt man.« Die Alte aus dem Gasthaus fiel Claes ein.

Kaplan Martin legte ihm die Hand auf die Schulter. »Wie wahr, wie wahr! Wenn es Sie tröstet, nehme ich Ihnen gern die Beichte ab.«

Vielleicht käme er auf das Angebot zurück, redete sich Claes vorsichtig heraus, momentan wäre er mit allem sehr beschäftigt, mit der Suche nach Caterina vor allem, und mit der Skulptur, die er plane.

»Und Ihre Forschungen?«, unterbrach ihn Kaplan Martin.

»Meine Forschungen?«

Nun ja, Künstler wären doch dafür bekannt, dass sie sich auch mit den Funktionen des menschlichen Körpers auseinandersetzten, mit Anatomie, doch zumindest theoretisch, ähnlich wie die Theologen hätten sie sich doch der Wahrheit verschrieben und versuchten, den Dingen auf den Grund zu gehen, da läge er doch wohl nicht falsch, und wo sie gerade beim Thema wären, seine Augen, nun ja, sie wären nicht mehr so gut wie sie mal waren, um ehrlich zu sein, in letzter Zeit hätte seine Sehkraft bedenklich abgenommen, und er, Kaplan Martin, würde Claes gern ein paar Schriften anvertrauen, vor allem die Notizen des Ammar Ben Ali al-Mausli, die sich mit Augenheilkunde beschäftigten.

Claes bedankte sich und verließ das Turmzimmer mit einem Stapel vergilbter Manuskripte, darunter das »Libellus confortationis visus« von Arnold von Villanova und das »Secreta contra egrotidinem oculorum« des Augenarztes Petrus Hispanus, der im Jahr 1276 zum Papst Johannes XXI. gewählt wurde, Schriften, die Claes zu einem anderen Zeitpunkt brennend interessiert hätten, nun allerdings kreisten ganz andere Dinge in seinem Kopf, vor allem die Frage, wo sein Geld geblieben sein mochte und woher er so schnell neues bekäme.

12

Spaziergänge

Schreiben, das war wie in die inneren Katakomben hinabzusteigen. Jedes Teil, das Claes mühsam dem Dunkel entriss, blendete ihn, ins Licht gezerrt, sodass er die Dinge drum herum nicht mehr erkannte. Er irrte in seinen Erinnerungen herum, dabei glaubte er, alles klar vor Augen zu haben. Caterina. Ida von Merveldt. Kaplan Martin. Elisabeth. Dorothea. Die anderen Nonnen. Die Stadt, die vor Spannung vibrierte.

Die Worte des Kaplans klangen ihm im Ohr und so machte er sich auf die Suche nach Rothmann.

»Sie erkennen ihn an seiner spanischen Kappe«, sagte Anneke. »Er ist ein gutaussehender Mann. Wie Sie.« Sie errötete.

In Florenz hatte Claes seine Spaziergänge durch die Straßen am liebsten in den frühen Abendstunden unternommen. Es war faszinierend, wie das Abendlicht Anmut auf die Gesichter der Menschen legte. Die ganze Stadt war erfüllt von Schönheit, wenn das Abendlicht die Fassaden der Häuser mal violett, mal rosa färbte und die Schatten nicht mehr scharf und dunkel waren sondern goldbraun wurden, wenn sich die Sonne aus den Gassen zurückzog und mehr und mehr der Abend einkehrte. Claes sah zu, wie die Schatten aus den Spalten wuchsen und sich weich um die Häuser schmeichelten, die Gesichter der Männer und Frauen überzog und sich ihre Gesichtszüge entspannten. Er liebte das Abendlicht. In Münster vermisste er vor allem dieses Licht. Er liebte die Wolken, den Himmel, der sich endlos über der Ebene ausbreitete, die aufgetürmten

Wolken, der schmale Streifen Erde, die Weite, die das Land umgab. Er liebte den Nebel, der am Morgen aus den Wiesen kroch, er liebte es, wenn die Pflanzen nach dem Regen dampften, die Schlieren und Schwaden des Nebels, den der Wind über die Ebene trieb. Aber trotz allem vermisste er das Licht.

An diesem Abend in Münster konnte er beim besten Willen keine Grazie in den Schatten ausmachen. Nicht dass es keine schönen Frauen in der Stadt gegeben hätte, aber zu sehr trieb sie alle die Unruhe, ihnen fehlte es an Anmut, sie hetzten umher und in ihren Gesichtern las Claes die fiebrige Erregung, die sich in den nächsten Wochen und Monaten noch steigern sollte.

Am Stand eines Tuchhändlers fragte er nach dem Prediger mit der spanischen Kappe.

»Nimm die Finger von meiner Ware und verschwinde!«, bekam er zur Antwort, und neugierig blieben einige Passanten stehen.

»Wo kann ich ihn finden?«, wandte sich Claes an die Leute, aber sie schoben die Brauen zusammen, senkten die Köpfe und stellten sich taub. Claes unterschied sich von den Münsteranern durch seine Kleidung. Seine grünen Stiefel stammten aus Florenz und seine Wämser waren farbenfroher als die der anderen. Aber trotz allem war er ja Münsterländer, und wenn ihn auch die Jahre in der Fremde verändert hatten, als Fremder sah er die Dinge schärfer, und eigentlich hatte er sich schon immer fremd gefühlt, egal wo er sich aufhielt, nie gehörte er dazu, er hielt sich gern abseits, er hatte sich angewöhnt, die Einsamkeit wie eine chronische Krankheit zu hätscheln, und natürlich merkte man es ihm an, er war im Umgang mit anderen ungelenk, er sprach aus, was ihm durch den Kopf ging, ob es klug war oder nicht, das Verstellen war ihm nun mal fremd.

So ging er durch Münster, gedankenverloren, bog mal hierhin, mal dorthin, wie ein Blatt Papier, das der Wind vor sich herwehte, und nach einiger Zeit war ihm, als wäre das nicht mehr Münster, sondern eine andere, fremde Stadt, ein Labyrinth aus Wegen und Gassen, in dem er nichts Vertrautes mehr erkennen konnte. Einmal klatschte dicht neben ihm ein Brot auf die Straße und oben an einem geöffneten Fenster waren zwei Personen, die miteinander stritten, und er überlegte kurz, das Brot aufzuheben und ließ es dann doch liegen. Mehr und mehr drang er in stillere Bereiche vor, seine Stiefelabsätze klapperten auf den Steinen, hallten auf den Plätzen, die wie ausgestorben vor ihm lagen, wie Friedhöfe, und die Häuser schienen unbewohnt, die Fenster schwarz und leer und das Dröhnen der Stiefel war ihm unanständig und er achtete nun auf seine Schritte und kam sich lächerlich vor, ein gestiefelter Kater in einer Geisterstadt, und die Schatten wucherten aus den Mauern und dann merkte er, dass es nicht seine Schritte allein waren. Er sah sich um, es war dunkel, aber seine Augen hatten sich daran gewöhnt, und in einem der Torbögen lehnte ein Junge. Ihre Blicke trafen sich.

»Was suchst du hier?«, fragte der Junge, und Claes wusste, wie unglaubhaft es klingen würde, er sah das Messer am Gürtel des Jungen und die Ringe unter seinen Augen, ein Vorstadtjunge, mit denen sollte man vorsichtig sein, es waren Jungs wie er, die außerhalb der Stadtmauern mit Steinen warfen, in Florenz hatte er Bildhauer gekannt, die durch die Steinwürfe solcher Jungs ihr Augenlicht verloren hatten, sein Haar war kupferrot, und Claes überwand sein Misstrauen und fragte ihn nach Rothmann.

»Es ist nicht umsonst, wenn ich dich zu ihm bringe«, sagte er und Claes gab ihm die Hand darauf, ohne zu fragen, was er sich genau vorstellte.

Er folgte dem Jungen unter Torbögen hindurch, vorbei an windschiefen Holzhäusern, die aussahen, als würden sie beim nächsten Unwetter auseinanderbrechen, und Kinder hefteten sich an ihre Fersen, die Claes um Münzen anbettelten und eine Frau beschimpfte ihn vom Fenster aus als »einen dieser Halsabschneider! Scher dich zum Teufel!« und leerte einen Napf mit ausgekochten Knochen vor ihm aus. Ein Mann ohne Beine lag nackt auf einem Holzbrett und Kinder mit eitrigen Pusteln hockten im Rinnstein und hatten ein Paar schrumpelige Kartoffeln vor sich liegen, die sie zum Verkauf anboten. In einem zur Straße offenen Hof zog eine alte Frau einer Katze das Fell ab, einige Schritte weiter prügelten zwei Männer so heftig auf einander ein, dass ihre Gesichter bereits blutüberströmt waren. Bald hatten sie die Quartiere der Armen hinter sich gelassen und kamen durch die Straße der Badehäuser, wo halbnackte Frauen ihnen mit Tüchern winkten, und kurz darauf durch die Straße der Metzger, wo in Eimern so unterschiedliche Dinge wie Hasenpfoten, Schweineohren und Katzenschwänze angeboten wurden und größere Tiere an Haken zum Ausbluten hingen. Vor dem Laden eines Alchimisten baumelte eine Girlande aus Mäusekadavern, darunter saß ein alter Mann mit einem Albinoigel auf dem Schoß. Angenehmer war es da in der Gasse der Tuchhändler und allmählich kehrten sie in Gegenden zurück, die Claes bekannt waren, er erkannte die aufwändig geschmückten Staffelgiebel, und hatten endlich den Prinzipalmarkt erreicht, aus den Kellern des Gefängnisses drangen Schreie auf die Straße, vor dem Rathaus pöbelte ein Pulk aufgeregter Frauen, ohne dass Claes wusste, worum es ging, aus dem Wirtshaus schallte Gelächter und schließlich blieb der Junge vor dem Gildehaus der Krämer stehen, dem Schohaus am Fischmarkt.

»Hausnummer 27«, sagte er und streckte die Hand nach Geld aus.

Woher sollte Claes wissen, dass er ihn nicht hereingelegt hatte, aber er gab ihm die Münzen und im nächsten Moment war der Junge auch schon weg.

Das Gildehaus der Krämer. Eine Fackel brannte neben dem Eingang und beleuchtete das Messingschild. Auf sein Klopfen wurde ihm ganz selbstverständlich geöffnet, der Bursche fragte nicht nach seinem Namen und Claes ging durch das dunkle Treppenhaus. Eine Tür war angelehnt und Stimmen quollen aus dem Raum, der viel zu klein für die vielen Männer war, die sich im Feuerschein um den Tisch drängten. Rothmann war an der spanischen Kappe gut zu erkennen und auch sonst unterschied er sich von den anderen. Er hatte einen entschlossenen Zug um den Mund und wache, funkelnde Augen, selbst jetzt, wo er auf der Ofenbank saß und nichts weiter tat als einen Stiefel zu polieren, den er auf dem Schoß hielt. Sein Wollsocken hatte vorne ein Loch und Claes konnte den eingewachsenen Nagel am großen Zeh sehen.

»Das muss ziemlich weh tun«, sagte Claes, und Rothmann blickte überrascht auf und wischte dabei weiter mit dem Tuch über das Leder.

»Ich kenne dich gar nicht. Gehörst du zu den Brabendern?«

Claes schüttelte den Kopf und stellte sich als Caterinas Bruder vor.

»Katharinen gibt es wie Sand am Meer.«

»Ich spreche von der Stiftsjungfer Caterina, aus dem Überwasserkloster.«

»Ah, Caterina«, Rothmann nickte. »Geht es ihr gut?«

»Ist sie nicht hier, unter deinen Anhängern?«

Rothmann legte das Tuch zur Seite und begutachtete den Stiefel. Das Leder glänzte.

»Bernt, wir müssen anfangen!«, rief ein Mann mit dichtem Backenbart, »Die anderen warten schon auf uns!«, und Rothmann erhob sich und zog fluchend den Stiefel an.

»Dieser gottverdammte Fußnagel!«, stöhnte er.

Claes fasste ihn am Arm. »Im Kloster haben sie mir gesagt, du kannst mir sagen, wo sie steckt.«

»Hör zu, ich habe jetzt Wichtiges zu tun. Durch den Glauben allein und ohne Verdienst wird uns von Gott die Sünde vergeben, und wie nichts rechtfertigt als der Glaube, so sündigt auch nichts als der Unglaube.«

»Wo finde ich sie?«

»Der Glaube ist eine feste Gewissheit der Gerechtigkeit und des Heils, die nicht durch Werke, sondern allein durch die Gnade des barmherzigen Gottes erlangt wird. Der Glaube aber, der nicht durch die Liebe tätig ist, ist kein Glaube, sondern eine tote Meinung ...«

»Komm jetzt, Bernt!«, unterbrach ihn der Backenbärtige.

»Die guten Werke sind Früchte des Glaubens, die bösen des Unglaubens!«, rief Rothmann und winkte Claes zu, bevor er die Wohnung verließ.

Nun, nachdem die Männer fort waren, schien der Raum sehr groß. Claes setzte sich auf die Ofenbank und ließ sich die Wärme durch den Rücken gehen. Seine Schultern und die Nackenwirbel knackten. Dieses ständige Schlagen, lange würde er das nicht mehr machen können, und ob Tilman das jemals richtig lernen würde? Claes reckte sich. Auf dem Tisch glitzerte Bierschaum im Kerzenlicht. Ein Teufel sollte Rothmann sein, hatten sie gesagt. Claes' Eindruck war ein anderer, aber er begriff, warum Kaplan Martin ihn fürchtete. Er war keiner dieser Spinner, die für Aufruhr sorgten nur um der Aufruhr willen.

Ein Mädchen, das sich als Grete vorstellte, gab ihm einen Becher Bier.

»Es kann lange dauern, bis sie wieder zurück sind«, meinte sie, aber Claes versicherte ihr, das mache ihm nichts aus, ihm wäre warm und angenehm und er würde noch eine Weile bleiben, worauf sie ihm einige einfach gebundene Schriften reichte, verfasst von Rothmann. Sicher nahm sie an, er wolle sich der neuen Bewegung anschließen und hatte für den Fall Anweisungen erhalten.

Claes begann zu lesen.

Wat dat wort sacramentum hete und eigentyck sy?

Angesehen in gemeyner rede und gebruke beide, Doepe unde Aventmael, mit dem worde Sacrament genoemt werden, bysunderen want oick de gemeyne eynfoeldighe man dit wort baven mate hoich achtet unde wat sunderlinges unde goetlikes dar inne verstehet unde derhalven nicht weynigher dan gades nehmen in groter werde heft unde thom ede gebruket, dar tho de wijle wy achten, dat dit wort, recht verstanden, de gantse sake nicht weynich woert verluchten in sunderheit by den eynfoeldigen, den wi hyr aldermeest medde denen, so willen wi anfencklick van dem wort Sacrament reden vnde, wat das eygentlick sy, koertlick erweghen. Und wo wal dit wort Sacrament van beyden, doepe und aventmael, nergens in der schrift uithgedruckt bevunden woert, so hebben dan doch de olden (so ver men dit wort in synen naturliken verstande verstehet) den verstandt der beyden nicht uneven dar medde bedudeth, wo wi dan nu vort besehen will.

Sacramentum ys eyn latynisch wort, kumpt her van Sacer, dat heth hyllich, dar van nu sacramentum, unde heth sacramentum al dat genne, dat mit edes of dergelicken verplichtynge gehandelt woert, als mit namen dat also gheschuit, dat dar medde wat sunderlynges unde hilliges voergenommen und angherichtet wört, welck werck sölker menunge gheschuyt, als de landesknechte syck oerem hoevetmanne mit uprichtunge der vynger thom stryde verplichten, de pleiten willen, mit hantastunghe, uplantunge doen willen, in den hoit tasten; item dat vrunde syck under malkanderen de hant geven, gastgaven schencken, und wat der geliken handel mit edes, geloves unde truwe ofte der geliken verplichtinge gehandelt werden, mögen Sacramente na synem naturlycken verstande genoemt werden. ...

Claes blickte auf, als die Tür aufgestoßen wurde und Rothmann zusammen mit einigen Männern den Raum betrat. Er stutzte, als er Claes dort auf der Ofenbank sitzen sah, dann lächelte er und zeigte auf die Schriften.

»Ich sehe, du bist ein verständiger Mann. Warum begleitest du uns nicht zu den Predigten?«

Er nahm ein Stück Weißbrot aus der Wamstasche, teilte es in der Mitte durch, gab Claes die eine Hälfte und setzte sich neben ihn auf die Ofenbank.

»Jetzt fällt es mir wieder ein, du«, sagte er beim Kauen. »Ja, die Caterina, die habe ich lange nicht mehr gesehen. Wieso bist du dir denn so sicher, dass sie noch in der Stadt ist?«

Rothmann beugte sich vor und hangelte nach einem Tischchen, das er heranzog, um seine Füße darauf zu legen. Zwischen getrocknetem Bierschaum irrten Ameisen auf der Tischplatte herum.

»Sieh dir die Viecher an!« Rothmann bewegte seine Füße in den Stiefeln, worauf die Ameisen wie kopflos die Richtung wechselten und nervös im Kreis liefen. »Selbst so ein kleines Tier läuft um sein Leben, sobald ihm Gefahr droht. Ein natürlicher Instinkt.«

»Du warst mit Caterina befreundet, nicht wahr?«

»Ach, du, ich bin mit jeder Frau in der Stadt befreundet, sie stehen Schlange, um sich von mir küssen zu lassen, ich greife sie mir wahllos heraus und nehm sie mit nach Hause. Das ist, was sie über mich erzählen, ja?«

»So ähnlich.«

»Sie lügen, bevor sie das Maul aufmachen. Das ist dasselbe wie mit Taufe und Abendmahl. Verlogenes Kirchenpack, guck dir an, was sie aus den Sakramenten gemacht haben! Das hat doch mit Gott nichts mehr zu tun! Ich brauche keinen goldgeschmückten Altar, wo draußen die Leute verhungern, wir brauchen Brot und Hoffnung und du wirst sehen, wie sich die Leute aufrichten werden.«

»Hat sie sich euch angeschlossen?«

»Ich hab sie ein paar Mal bei den Predigten gesehen, sie war auch mit bei den Versammlungen drüben bei Knipperdollinck, ich meine, sie hätte auch irgendetwas mit diesem Jan aus Leiden zu tun gehabt, der den Sommer über hier war, aber vielleicht vertue ich mich da auch. Weißt du, wir werden jeden Tag mehr, es ist wunderbar, wie sich die Leute auf den Weg machen, aus Friesland und aus Holland kommen sie, die Ärmsten nehmen so viel auf sich, verlassen ihre Wohnungen und brechen nur mit dem Nötigsten auf. Und wie verzückt sie den Predigten lauschen. Pass auf, bald wird es ein neues Reich geben, hier in Münster wird Gott zu uns hinabsteigen, und wenn ganz Europa in Schutt und Asche liegt, wird unsere Stadt als einzige errettet werden.«

Schritte polterten auf der Treppe und zwei Männer steckten ihre Köpfe zur Tür hinein. Rothmann nickte ihnen zu, ja, er käme gleich, es gäbe heute Nacht noch eine Predigt im Bispinghof, erklärte er Claes, er dürfte sich ihm gern anschließen, aber Claes winkte ab, es wäre spät und er zu müde, und als er sich von Rothmann verabschiedete, drückte dieser seine Hand und begann ganz unvermittelt von der Grabensäuberung im letzten Jahr zu erzählen. Die Stadt hatte da bereits angefangen, die Verteidigungsanlagen, um die sie sich bis dahin nicht gekümmert hatten, wieder in Schuss zu setzen. Die Äbtissin und der Kaplan hätten verhindern wollen, dass man die Festungsgräben vor Liebfrauen reinigt, konnten aber lediglich durchsetzen, dass der Klosteramtmann bei der Aktion zugegen war. Später machten Gerüchte die Runde über Babyleichen, die man angeblich aus den Gräben gefischt hatte, und wohl nicht nur Babyleichen, wie ihm zu Ohren gekommen wäre.

»Ich drück dir die Daumen, dass du sie findest. Täte mir Leid, wenn dem Mädel was passiert wäre.«

Am Morgen waren die Wildgänse in langen Pfeilen über die Dächer geflogen. Claes hörte ihr Krächzen und sah zu, wie sie sich abwechselten, wie mal der eine, mal der andere die Gruppe anführte, ein ständiger Wechsel. Jedes Jahr bedrückte es ihn, wenn die Zugvögel über das Land kamen. Er mochte den Winter, wenn der Frost die Ebenen überzog, wenn die Kuhlen der Äcker wie Grabreihen dalagen, wenn die Fruchtstände weiß erstarrten, und solange er genug Holz zum Heizen hatte, genoss er seine atemumwölkten Spaziergänge. Und dennoch überkam ihn an diesem Tag die Traurigkeit. In den letzten Jahren waren die Winter immer grimmiger geworden. Das Jahr 29 war Claes besonders im Gedächtnis geblieben. Der Sommer war so kurz, dass es kaum etwas zu ernten gab, und der Winter warf sich ohne Vorwarnung und mit voller Wucht auf die Dörfer und Ortschaften. Im Frühjahr darauf waren manche Dörfer beinah leer und die Friedhöfe dicht in die Wälder gewachsen. Claes' Holzvorräte hatten sich aufgebraucht in jenem Jahr und es war Glück, dass er in der Gunst des Kurfürsten stand und sie ihn gut mit Fleisch und getrockneten Früchten versorgten. Jedenfalls veränderten sich die Jahreszeiten und es war erst Mitte September, aber er fror.

Rothmann war aus der Stadt gewiesen worden, seine Anhänger waren aufgebracht und streikten vor dem Rathaus und es dauerte nicht lange, da war Rothmann wieder da und ließ sich auf dem Marktplatz feiern.

Düsterkeit lag über den Mauern der Stadt und Claes war nicht einmal erstaunt, als Tilman ihm den Karton zeigte, den er vor der Haustür gefunden hatte. Eine tote Ratte lag darin. Jemand hatte ihnen diesen Karton in der Nacht vor die Tür gestellt, und es beunruhigte Claes, weil er es als Warnung verstand. Eine Zeitlang hatte er mit Vorliebe Ratten seziert und so war er sich sicher, dass dieser Karton nur von dem stammen könnte, der seine Aufzeichnungen besaß. Ein Zeichen, um ihn einzuschüchtern.

Er hatte Ida um ein Honorar gebeten, immerhin bekäme sie ja bald eine wunderschöne Figur, sicher, sie gewähre ihm Unterkunft und Essen, aber ein Vorschuss wäre durchaus nicht unangebracht, aber sie unterbrach ihn und wies auf die hohen Steuern hin, die der Stadtrat von ihr verlangte, die teuren Türkenkriege hätten ohnehin schon Löcher in ihre Kassen gefressen, das Kloster stünde kurz vor dem Ausbluten, ob ihm das denn nicht klar wäre?

Nun hatte Claes noch weniger Lust, mit der Arbeit an der Skulptur zu beginnen, und anstatt Skizzen anzufertigen, baute er ein Formicarium. Er zimmerte eine Holzkiste, löste die vordere Wand heraus und befestigte davor eine Scheibe. Seitlich bohrte er ein Loch, füllte feinen, leicht feuchten Sand in den Hohlraum und führte in das Loch einen Darm, der an beiden Enden geöffnet war, band ihn fest, so dass das eine Ende nicht von der Kiste abspringen konnte, das andere Ende führte er durch einen eingeschnittenen Deckel von oben in einen niedrigen, gläsernen Behälter. Nachdem er alles geprüft hatte, löste er den Darm und träufelte ein bisschen Honigwasser auf den Boden des Glases. Dann trat er damit hinaus in den Garten. Er wusste, wo die Ameisen zu finden waren, im Rittersporn molken sie die Blattläuse. Vorsichtig hob Claes die Blätter und stellte den Behälter darunter. Es dauerte nicht lange, da hatte die erste Ameise die Witterung aufgenommen. Sie umkreiste das Gefäß, andere gesellten sich zu ihr, und bald begannen sie, an den Glaswänden empor zu klettern.

Am Abend hatten sich wohl Hunderte im Glas versammelt. Claes verschloss den Behälter und trug ihn ins Haus, schloss den Darm an. Schon bald liefen die mutigsten Ameisen zum Kasten hinüber, begannen den Sand zu untersuchen.

Bereits am nächsten Tag hatten sie angefangen, Gänge in den Sand zu graben.

13

Aufstand der Ameisen

Dann kam es im Kloster zu einem Zwischenfall. Bis dahin waren die Tage der Stiftsdamen in Gleichmäßigkeit verlaufen, sie standen vor Sonnenaufgang auf und begannen den Tag mit Gebeten. Überhaupt waren ihre Tage bestimmt vom Gebet, drei Stunden Arbeit, eine halbe Stunde Gebet, Mittagspause, Gebet, Arbeit, Gebet, so wurden ihre Tage unterteilt, und während Claes nach Caterina suchte, betete und arbeitete man im Kloster, als wäre nichts geschehen. Das glaubte Claes, bis er von Anneke erfuhr, dass sechs Stiftsdamen das Kloster verlassen hatten. Caterina mitgezählt wären es sogar sieben. Die Klosterchronik würde nun nicht mehr fortgeführt, erzählte Anneke, jetzt wo Elisabeth Bridaghes weg wäre. Ida wäre sehr wütend. Das konnte sich Claes gut vorstellen, und wenn sie ihm im Garten über den Weg lief, stand ihr der Zorn im Gesicht geschrieben.

Claes hatte es sich zur Gewohnheit gemacht, nach dem Frühstück durch den Garten zu spazieren, um die Pflanzen auf Spuren der Veränderung zu untersuchen. Manchmal veränderten sie sich im Laufe einer einzigen Stunde. Im Oktober mochte Claes besonders die Spinnennetze, die wie zarte Gewächse über den Pflanzen schimmerten. Tautropfen schlummerten in den Blättern des Frauenmantels, die Kugeldisteln wechselten ihre Farben vom leuchtenden Blau zum matten Violett. An diesem Morgen hörte Claes laute Stimmen im Kloster, obwohl eigentlich Gebetsruhe sein sollte, und so ging er nachsehen, was passiert wäre.

Im Refektorium wurde die Äbtissin von mehreren Stiftsjungfern umringt. Es waren dieselben Frauen, die noch vor kurzem wie ätherische Wesen durch die Flure geschwebt waren. Jetzt wirkten sie sehr fleischlich. Sie umkreisten Ida von Merveldt und sangen Spottlieder. Claes konnte sehen, wie sich Ida um ihre Selbstbeherrschung bemühte. Sie stand da und versuchte, sich soviel Würde wie möglich zu bewahren, und umso grotesker schienen die anderen Frauen. Dorothea und zwei andere schwenkten Holzlöffel und sie stampften mit den Füßen auf und sangen aus voller Kehle. Claes hätte eingreifen müssen, aber er war so überrascht. Bienen wendeten sich nicht gegen die Königin, genauso wenig wie Ameisen, und als etwas anderes hatte er die Stiftsjungfern nie gesehen.

Während er den Frauen verwundert zusah, kam Sophia von Langern herein. Sie bahnte sich ihren Weg durch die Stiftsdamen und stellte sich schützend vor Ida.

»Es wird Zeit, dass euer Verhalten dem Bischof gemeldet wird«, sagte sie ruhig. In Sophias Adern flösse kein Blut, hatte Anneke erzählt, Sophia bestünde aus warmer Milch.

»Sag uns nicht, was wir zu tun und zu lassen haben«, sagte Dorothea und machte mit ihrem Tanz weiter, aber die anderen waren stehen geblieben.

»Noch heute werde ich dem Bischof schreiben. Und dann sollt ihr sehen, was passiert. Ich wette, ihr werdet nach Hause geschickt, allesamt, wie ihr hier steht, nach Hause zu euren Familien.« Sophia fasste Ida am Arm. »Alles in Ordnung?«

Die Äbtissin löste sich aus ihrer Erstarrung und rieb sich die Handgelenke. Sie sagte kein Wort. Mit hocherhobenem Kopf verließ sie den Raum, und Claes sah beschämt zu Boden, als sie an ihm vorbei ging.

»Wir lassen sie erst in Ruhe, wenn sie uns in Ruhe lässt!«, sagte Dorothea, kaum dass auch Sophia gegangen war. »Sie kann sich von nun an ihr Essen selbst besorgen, wir haben sie lange genug beköstigt und bedient.«

Die anderen stimmten ihr zu. Ida solle sich die Essensreste der letzten Tage zusammenklauben, niemand dürfe mehr für sie kochen, damit wäre jetzt Schluss.

In was war Claes da hineingeraten? Er fühlte sich sehr unwohl, als er durch den Garten ging. Auch wenn er die Äbtissin nicht mochte, trotzdem sollte er sich nicht in Intrigen verwickeln lassen. Intrigen hatte er immer gehasst und versucht, sich herauszuhalten. Aber Mitleid hatte er mit Ida ganz bestimmt nicht. Die Nonnen hatten sie in die Strafzelle bringen wollen und das sollte wohl seinen Grund haben.

Die Strafzelle war ein kastiger Bau, den man lieblos an eine abseitige Stelle des Gartens gebaut hatte. Während die flechtenbewachsenen Wände des Stiftes Freundlichkeit ausstrahlten, war die Strafzelle ein Produkt des sechzehnten Jahrhunderts, das Claes für kein gutes Jahrhundert hielt, nein, dieses Jahrhundert trüge nicht dazu bei, den Menschen zu befreien, wie es viele glaubten. Die Entdeckung der neuen Welt, die Verbreitung von Schriften, die Schwächung der katholischen Kirche, das Erkennen des Menschen als Individuum, das alles hätte den Menschen öffnen und die Welt verbessern können. Das Gegenteil war leider der Fall, und niemand, der Verstand im Kopf hatte, würde das Ende dieses Jahrhunderts einmal betrauern. Die Strafzelle mit ihren dicken Mauern war ein Symbol ihrer Zeit, sie erinnerte an eine trostlose Einzellatrine. Ein Zeichen der Angst. Nachdem die Äbtissin Sophia Dobbers verstorben war und man Ida zur Nachfolgerin gewählt hatte, prüfte eine Kommission das Kloster sehr sorgfältig. Jeden einzelnen Raum begutachteten sie. Sophia Dobbers hatte man als Äbtissin der Reformen gekannt. Ihr hatten sie den großen Speisesaal und die neue Mauer rund um das Klostergebäude zu verdanken, und sie hatte sich für einen Friedhof innerhalb der Mauern eingesetzt, sodass die Stiftsjungfern nicht mehr in fremder Erde begraben werden mussten. Sie hatte Bücher, Kruzifixe und Gemälde gekauft und für das Muttergottesbild auf dem Nonnenchor den seidenen Mantel mit den sechsundzwanzig silbervergoldeten Engelfiguren. Der Kirchenvorstand war selten mit ihren Entscheidungen einverstanden gewesen. Sie waren erleichtert, als Ida ernannt wurde, sie stammte aus einem alten Adelsgeschlecht, das seit Generationen eng mit der Kirche verbunden war. Zu einem Kloster unserer Zeit gehörte nun mal eine Strafzelle. Sophia hatte sich gegen diese Vorschrift gewehrt. Ida war anders. Sie ließ die Kommissare das Kloster in Augenschein nehmen und fügte sich den Anweisungen. Die Strafkammer wurde so weit abseits gebaut, dass man die Schreie der Eingesperrten nicht hörte. Sie hatte kein Fenster, nur eine Luke, durch die sie das Essen schieben konnten, sie war wie eine Hundehütte, nur schlimmer. Im Winter kalt, im Sommer heiß. »Es ist zu Ihrem eigenen Nutzen«, erklärten die Kommissare der neuen Äbtissin, »Sie werden sehen, dass Ihre Damen viel gefügiger sein werden.«

In dem Moment, als Claes den angerosteten Riegel zurückschieben wollte, erklang hinter ihm der meckernde Ruf einer Elster. Er fasste es als Warnung auf und beließ es dabei, sich die Strafzelle von außen anzusehen. Das war deprimierend genug.

Später traf er Ida im Klostergarten. Inzwischen war die Verwahrlosung der Gartenanlagen nicht mehr zu übersehen. Die Pflanzen wucherten über die Beete und nahmen sich gegenseitig das Licht. Ida kauerte vor den verdörrten Blättern der Schwertlilien.

»Es ist eine Schande um die Pflanzen«, sagte sie, »schon im August hätten die Rhizome geteilt werden müssen.«

Wo war die starke Äbtissin geblieben? Seit Claes' Ankunft war sie um mehrere Jahre gealtert. Sie lächelte bitter. »Die Stadt verkommt wie der Garten, aber niemanden kümmert es. Wer soll das verstehen?«

»Es wird schon wieder gut werden.«

»Wir werden das nicht mehr erleben.«

Wenn selbst sie nicht mehr an ein gutes Ende glaubte, was tat Claes dann noch hier? Er wartete, ob sie noch mehr sagen würde, als aber nichts mehr folgte, kehrte er zum Gartenhaus zurück. Der Stamm lag entrindet auf der Wiese. Ein dicker Stamm, Arbeit für viele Monate. Sinnlose Arbeit. Wozu sollte er überhaupt anfangen, wenn Ida das Kloster bereits aufgegeben hatte?

Er wandte sich wieder den Ameisen zu. Durch das Vergrößerungsglas betrachtet waren sie Ungeheuer. Wie sehr der Blick die Dinge veränderte, während das Objekt gleich blieb. Die Wahrheit lag irgendwo außerhalb, sie waren weder Ungeheuer noch waren sie harmlos. Es war Claes ein Fehler unterlaufen, als er Ameisen für sein Formicarium auflas, es waren nämlich drei Ameisen eines fremden Stammes mit ins Glas geschlüpft, und seine Ameisen verfolgten die Fremden, bis sie aufgaben, sich zu wehren. Noch lange danach war sein Ameisenstamm beunruhigt. Jeden Winkel suchten sie ab, um herauszufinden, wie es die Fremden geschafft hatten, in ihr Glas einzudringen. Stundenlang herrschte Aufregung, und immer wieder kamen Ameisen durch den Schlauch, um sich die inzwischen so gut wie toten Eindringlinge anzusehen. Eine von den Fremden war in den Honigsee geflüchtet, sie besaß von allen den stärksten Überlebenswillen und solange sie in der Honigpfütze lag, wagte sich niemand an sie heran. Nach einer ganzen Zeit, als Claes schon glaubte, sie wäre im Honig ertrunken, rappelte sie sich auf und schleppte sich ans Ufer. Das sollte sich als Fehler herausstellen, denn kaum an Land, fielen die heimischen Ameisen erneut über sie her, und so voll Honig, wie sie war, war es für die fremde Ameise schwer, sich zur Wehr zu setzen. Ihre Arme und Beine ließen sich kaum bewegen. Eine Weile malträtierten sie die anderen, dann ließen sie von ihr ab, obwohl sie sich noch rührte. Wahrscheinlich rochen sie schon den Tod an ihr. Sie ließen sie allein und suchten noch einmal das Formicarium nach undichten Stellen ab. Bis in den späten Abend dauerte die Unruhe an. Zu zweit kamen immer wieder Ameisen, um sich die Toten anzusehen. Um schließlich die Aufregung zu beenden, hob Claes den Deckel. Es roch sehr süß nach Honig. Er hatte den Ameisen nur einen winzigen Tropfen des kostbaren Honigs gegeben, den die Stiftsdamen wie einen Schatz hüteten. Ein winziger Tropfen, vermischt mit Wasser, war gleichzeitig Rettung und Todesfalle geworden, aber als er nun den Deckel hob und frische Luft in das Glas strömte, kam neues Leben in die fremde Ameise zurück. Sie bäumte sich auf die Hinterbeine, es mochte der Honig sein, der ihre Füße auf dem Boden hielt und ihr diese Stellung ermöglichte, ihr Körper war aufgerichtet und ihre Arme ruderten in der Luft. Sie öffnete den Mund und warf den Kopf herum wie um zu schreien. Noch etwa zwei Minuten und ihr Körper sackte zusammen. Was für ein Überlebenswillen, wo doch so ein Ameisenleben aus nichts als Arbeit und Mühe bestand.

Während die anderen Ameisen Tunnel gruben, als wäre nichts geschehen, lagen drei tote Ameisen am Boden. Die letzte Kämpferin war zu den beiden anderen gekrochen. Was für ein sinnloser Tod. Nur weil sie braun war und nicht schwarz, und ihr Hinterteil nicht rund und gestreift, sondern tropfenförmig und einfarbig. Und dabei war sie doch viel größer als die anderen gewesen.

Es war kaum zu glauben, als Claes sie wegwerfen wollte, kam noch einmal Leben in die Ameise. Ihr feingliedriger Körper rutschte von den anderen fort und sie schleppte sich noch einmal zum Honigsee, und auf einmal war sich Claes sicher, dass sie Caterina getötet hatten. Hatte nicht jeder gesagt, sie wäre anders als die anderen?

14

Labyrinthe

Claes wollte Elisabeth nicht als Modell, sie war ihm zu plump, zu aufdringlich, er fand sie vulgär. Noch zweimal war sie bei ihm gewesen und hatte heiter und offensichtlich angetrunken nachgefragt, wann er mit dem Zeichnen beginnen wollte. Das hatte ihn am meisten geärgert. Die Selbstverständlichkeit, mit der sie davon ausging, dass seine Wahl auf sie gefallen wäre. Sicher, sie war weit und breit die einzige Frau, die sich anbot, Ida hatte Claes verboten, ihre Stiftsdamen zu fragen, und er war sich außerdem sicher, sie würden ihm seine Bitte abschlagen. Sophia schwebte ihm vor, schweben war das richtige Wort für sie, sie war ein Wesen aus Luft, nahezu fleischlos, und es war schwer, auch nur Blickkontakt zu ihr aufzunehmen. Nichts als die Musik existierte für Sophia, hatte Anneke gesagt, sie wäre ein Gespenst, das beim ersten Ton der Orgel zum Leben erwacht. Sophia war es aber auch gewesen, die eingegriffen hatte, als die Stiftsdamen Ida bedroht hatten, sie war erstaunlich präsent gewesen, keine Spur von der Transparenz, aus der sie sonst bestand. Seit diesem Vorfall war Claes noch mehr davon überzeugt, dass nur Sophia als Modell in Frage käme. Elisabeth wäre die schlechteste Wahl, ihre fehlende Sensibilität würde die Arbeit mit ihr schwierig machen. Claes kannte ihren Frauentyp, er hatte Bäuerinnen und Küfnergattinnen gezeichnet, aber das war lange her, inzwischen suchte er sich seine Modelle unter den feinfühligeren Frauen, zumal wenn es um die Darstellung von Madonnen ging.

Er hatte sich so lange dem Schreiben gewidmet, dass er es nicht lassen konnte, er liebte es, die Blätter mit Worten zu füllen, lauter Gedanken, Fragen, die auftauchten und auf die er keine Antworten wusste. Elisabeth kam in sein Zimmer, während er über dem Notizbuch gebeugt saß und Überlegungen über die Behandlung des Stars niederschrieb. Die Abschrift des Buches von Ammar Ben Ali al-Mausli, das im 11. Jahrhundert in Kairo verfasst worden war, befasste sich mit rund fünfzig verschiedenen Augenkrankheiten und deren Behandlung. Die detaillierten Schilderungen faszinierten Claes, besonders die Beschreibung einer neuen Technik der Staroperation. Al-Mausli entleerte die Linse durch Absaugen. Er führt die Extraktion mithilfe einer Hohlnadel durch, die an der Seite eine Öffnung hatte. Das Absaugen besorgte ein Gehilfe mit dem Mund, während der Chirurg die Bewegungen der Nadel im Auge überwachte, um das gleichzeitige Ansaugen der glasigen Augenflüssigkeit zu vermeiden. Claes wusste, Kaplan Martin hatte ihm die Bücher nicht ohne Grund überlassen, tatsächlich hatte er durch Anneke mehrfach ausrichten lassen, dass er auf einen Besuch von Claes warte, und auch auf seine Meinung, was diese Schriften betraf.

Während Claes also seinen Überlegungen nachhing, trat Elisabeth ein. Ohne sich umzudrehen wusste er, dass sie es war, nur sie polterte wie eine Bauernmagd und unterschied sich dadurch von Annekes Tappen.

»Ich möchte jetzt nicht zeichnen«, sagte Claes, ohne sich umzudrehen.

»Ich möchte dir was sagen. Ich bin schuld daran, dass Caterina weg ist.«

Elisabeth nestelte am Saum ihres Ärmels herum. »Weißt du, was mir an Caterina besonders gefiel? Sie hat nicht groß rumgequatscht oder viele Fragen gestellt. Sie war eine echte Freundin, sie kannte mich ja kaum und andere hätten vielleicht Erkundigungen über mich eingezogen. Caterina war nicht misstrauisch, sie war ganz arglos, als sie mir den Kräutergarten zeigte, du weißt schon, den Garten des Alchimisten. Ich glaube, sie hatte wirklich keine Ahnung. Als ich ihr später erzählte, mein Mann ist jetzt tot, war sie ehrlich erschrocken.«

Claes hatte sich ihr jetzt zugewandt und sah sie mit zusammengekniffenen Augen an. »Er ist, wegen der Kräuter?«

Elisabeth biss sich auf die Unterlippe.

»Ich hatte es gar nicht vor, nie hätte ich über sowas nachgedacht, aber als Caterina mir diese Pflanzen zeigte, weißt du, sie war so freundlich, ich hatte ihr die Blutergüsse gezeigt, unter meinem Halstuch, alles war blau und geschwollen und es tat ziemlich weh, aber ich hätte mich nie beschwert darüber, das war ja normal, dass er mich schlug, und als Caterina das sah, war sie so gut zu mir. Sie hatte Mitleid und sie wollte einen Unterschlupf für mich finden, ein neues Zuhause, wo ich sicher wäre vor Franz und seinen Launen, und sie meinte es bestimmt gut mit mir, aber ich bin nicht so, dass ich mich verstecke und kleinbeigebe, das kann ich nicht. Caterina kam von so einer Täuferversammlung und war ganz aufgekratzt, sie hatte Jan van Leiden kennen gelernt, er muss sie ziemlich beeindruckt haben, so wie sie auch von Rothmann ganz begeistert war. Sie brachte mich hier ins Gartenhaus, ich hätte bleiben können, versprach sie mir, aber vorher liefen wir durch den Garten und sie zeigte mir die Alraune. Ich hatte keine Ahnung von solchen Gewächsen. Natürlich hört man hin und wieder was, der eine oder andere Ehemann, der nicht mehr da ist, so wie das auch diese Alte von dem Rothmann mit ihrem ersten Mann gemacht hat, ja vielleicht hat mich das auf die Idee gebracht, und als Caterina davon sprach, wie leicht das wäre, ja wer hätte nicht daran gedacht, in meiner Situation? Und später bin ich in den Alchimistengarten, musste erst ein bisschen suchen, am Tage sah das doch ganz anders aus als in der Nacht, aber ich fand die Alraune und nahm ordentlich was davon mit. Franz erwartete mich schon zuhause, hat mich erst verprügelt und sich dann das Mittagessen von mir kochen lassen, das war sein Fehler, dass er mich unterschätzt hat, und eigentlich war ich dann doch überrascht, dass das Zeug tatsächlich wirkte, auch wenn es länger dauerte, als ich dachte, und es war noch ein ganz schönes Rumpeln, bis er sich schließlich nicht mehr rührte. Ich war so froh, ich dachte, Caterina würde sich mit mir freuen, ich bin dann gleich zum Kloster gerannt, habe sie im Garten getroffen und dann merkte ich, wie ahnungslos sie gewesen war, wo ich doch gedacht hatte, sie hätte mir die Alraunen gerade deshalb gezeigt. Sie war so erschrocken, das wollte ich doch gar nicht.«

»War das an Johanni?«

»Da habe ich sie zum letzten Mal gesehen, danach muss sie weggegangen sein.«

Claes verließ das Gartenhaus in Richtung Stadt, er kümmerte sich nicht weiter um Elisabeth und später sollte er sich nicht einmal mehr erinnern, wohin er tatsächlich gegangen war, die Stadt erschien ihm monströs, eine riesige Schweinsblase, die jeden Moment platzen könnte, und er irrte durch die gewundenen Gassen wie durch Schleifen, wie ein Partikel im Blutstrom, das träge durch die Windungen des Gehirns fließt.

Immer hatte er die Einsamkeit gesucht, am wohlsten fühlte er sich zwischen seinen Figuren, umgeben von Holz, dem lebendigsten Material. Wie der Mensch war auch der

Baum ein Lebewesen, und wenn man bedenkt, dass der Baum ein so viel höheres Alter erreicht als der Mensch, ist es ein Verbrechen, einen von ihnen zu fällen. Ist es anmaßend, sich über den Baum zu stellen und über sein Leben zu entscheiden, seinen Tod zu beschließen, wo wir viel mehr von den Bäumen abhängen als umgekehrt, sie produzieren schließlich die Luft, die wir zum Leben brauchen. Immer hatte er sich als Botschafter der Bäume gesehen. Sie waren die eigentlichen Künstler, während er ja bloß das Überflüssige wegnahm, um der Figur aus dem Material zu helfen, er war sozusagen ein Geburtshelfer. In letzter Zeit aber waren ihm Zweifel gekommen, ob sein Einmischen nicht viel mehr Schaden anrichtete als dass es von Nutzen war. Wem überhaupt nutzte seine Kunst? Hatte er sich nicht immer nur in den Dienst der Kirche gestellt, ihnen geliefert, wonach sie verlangten, ohne sich darum zu scheren, ob der Glauben nun richtig oder falsch war? War seine Kunst nicht immer bloß ein Werkzeug in den Händen der Macht gewesen?

Es ist richtig, Kunst soll den Menschen aufwühlen und ihn beeinflussen, sie soll ihm Bilder zeigen, Bilder und Möglichkeiten, sie soll zeigen, was sein könnte, wenn es keine Begrenzungen gäbe, denn ein Künstler darf die bestehenden Grenzen nicht akzeptieren.

Ihm fiel ein, wie sehr Caterina die Geschichte vom Minotaurus gemocht hatte. Gemeinsam hatten sie die Stelle gelesen, in der Theseus mit dem Faden der Ariadne ins Labyrinth hinabsteigt. Nun war er selbst zu einer dümmlichen Jahrmarktversion des Theseus geworden, wie er ohne Faden im Gassengewirr herumirrte, ohne Hoffnung, ans Tageslicht zurückzukehren.

Bis sich die Sonne herabsenkte, durchstreifte er die Stadt, legte Spuren aus für Caterina, jeder seiner Schritte würde die Fährte markieren, so stellte er es sich vor, seine Fußspuren würden sich Schritt für Schritt ins Pflaster graben, bis ganz Münster davon durchzogen wäre, eine Landkarte seiner Schritte, ein geheimes Wegenetz ähnlich dem Geflecht aus Adern und Nervenbahnen, und so wie er die Markierungen auf den Körpern betrachtete, würde Caterina seine Spuren lesen können, und irgendwann würde er auf diese Weise die Pforten durchschreiten und in die geheimen Kammern gelangen und dort, im Herzen der Stadt, würde sie auf ihn warten. »Hast du mich endlich gefunden?«, fragte sie in seinem Traum, den er Nacht für Nacht träumte.

Es gab verschiedene Ameisenstämme. Die einen errichteten ihre Bauten unter den Bäumen, die anderen blieben unter der Erde und gruben ihre Höhlen. Caterina mochte es, mit einem Stöckchen zu kratzen. Da, wo eine einzelne Ameise an die Oberfläche kam, vermutete sie andere, und sie buddelte, bis sie den ganzen Stamm fand, Hunderte, Tausende von Ameisen. Du störst sie, sagte Claes, aber sie war stur in diesen Dingen, sie erzählte Geschichten von den Oberameisen, die nichts zu verbergen hatten, und von den Unterameisen, die ein Geheimnis vor der Sonne versteckten. Für sie waren die auf dem Hof herumlaufenden Ameisen Boten, deren Aufgabe es war, Nahrung heranzuschaffen für den Minotaurus, den die anderen bewachten. Caterina war ernst, wenn sie davon sprach. Die Ameisen halten den Minotaurus in Zaum mit Wunderdrogen, mit Pflanzen und toten Käfern, sie servieren ihm die feinsten Speisen, sie pflegen ihn als ihren Gott. Deshalb wurden die Ameisen ungeduldig, versperrte man ihnen den Weg. Wie sie vibrierten und sich im Kreis drehten, sie müssten sich beeilen, um den Minotaurus nicht zu erzürnen.

Wehe, wenn er ausbräche, die ganze Welt stünde Kopf! Claes ärgerte sich über Caterina, wenn sie so redete. Erst viel später verstand er, wie ähnlich sie sich waren. Beide beobachteten sie die Ameisen. Während Caterina dabei in einen traumähnlichen Zustand glitt und sich Geschichten zusammen fantasierte, notierte Claes, was er sah. Schon als kleiner Junge füllte er seine Hefte mit Naturbetrachtungen. In einer Welt, in der jeder das Vergessen suchte, rang er mit der Erinnerung und schrieb, um die Dinge dem Vergessen zu entreißen. Nur ist es, dass der Zwang, alles aufschreiben zu müssen, zu der Angst führt, mit den Aufzeichnungen das Gedächtnis zu verlieren, und nicht nur das Gedächtnis, auch die Identität, und genau das war ihm passiert.

»Heute tue ich nicht mehr, als sammelte ich Ungeziefer auf!«, erklärte Dorothea. Triefend vor Nässe stand sie im Gartenhaus, und Claes nahm ihr den schweren Umhang ab und bat sie vor das Kaminfeuer. Draußen toste der Regen, die Tropfen schlugen auf das Dach und gegen die Fenster, als wollten sie ins Haus eindringen.

»Ich bin Caterina so dankbar. Keine von uns rührt mehr einen Finger für Ida, nichts mehr, da steht sie nun und kann nichts machen!«

»Ich verstehe nicht, was Caterina damit zu tun hat.«

»Das verstehst du nicht? Aber das ist doch klar!«

»Hast du Caterina noch mal gesehen?«

»Sie war im Refektorium, sie hat meine Hand geführt, als ich Ida mit dem Kochlöffel eingeschüchtert habe.«

»Ich dachte, du wärst ihre Freundin. Was soll dann dieser Blödsinn?«

Sie bückte sich zu ihren Schuhen und wischte über das Leder.

»Ich muss sie nähen lassen, siehst du, die Naht löst sich.«

Claes interessierten ihre Schuhe nicht, seine Geduld ging langsam zu Ende.

»Was soll der ganze Blödsinn? Was weißt du über Caterina?«, und als sie immer noch über ihre Schuhe strich, ballte er die Fäuste und öffnete sie wieder und seine Fingernägel hatten Kerben in die Handinnenflächen gegraben und ihm wurde heiß und er zog Dorothea die Tracht vom Kopf. Ihre Haare waren fingerlang und dunkel und am liebsten hätte er hineingegriffen und sie daran hoch gezogen, damit sie sich endlich aufrichtete und er ihre Augen sehen könnte, aber gerade noch rechtzeitig kam die Vernunft zu ihm zurück.

Er drehte sich um, ging ein paar Schritte und entschuldigte sich. Er war sonst nicht so unbeherrscht. Er schämte sich.

Dorothea sagte nichts. Sie kniete sich auf den Boden und faltete die Hände.

»Es tut mir Leid«, sagte Claes.

Sie rührte sich nicht, nur ihre Lippen bewegten sich und sie murmelte ein Gebet.

»Warum hast du mir diesen Brief geschrieben, dass ich herkommen soll? Wofür sollte ich mich auf den Weg machen? Was hätte ich denn ausrichten können? Und wogegen überhaupt?«

»Ich wünschte, Caterina wäre da«, flüsterte Dorothea. »Ihr Lied am Palmsonntag. Sie hat uns gezeigt, wie es sein könnte. Sie hat den Stein ins Rollen gebracht. Wie oft hat uns Ida zum Aderlass getrieben. Oft war der Mond noch gar nicht weit genug, manchmal mussten wir vier, fünfmal in einem Monat, egal wie wir uns fühlten, sie fragte nicht danach, auch wenn es in der Klostervorschrift heißt, niemand soll sich zur Ader lassen außer zur rechten Zeit, nämlich nach fünf Tagen des neuen Mondscheins, früher nicht, und auch nicht nach fünfundzwanzig Tagen des Mondes, und wenn doch, dann müsste es nach dem Rat der Ärzte geschehen. Das interessierte Ida nicht. Sie hat uns gequält damit. Vor allem Caterina. Und jetzt ist sie nicht da.«

»Aber wo ist sie?« Claes kniete sich zu ihr. Er sprach behutsam, wie mit einem Verwundeten.

»Es ist alles wegen mir.« Sie schluckte. »Der Schnee lag so hoch und ich hatte auf einmal so ein Verlangen, so eine Lust, etwas Verbotenes zu tun, und da bin ich in die Stadt gegangen und zu Rothmann und das hat sie nicht verzeihen können und sie hat ja auch Recht, ich hätte das nicht tun sollen, nicht ohne sie, wo sie doch meine Freundin war, bis zu dieser Nacht, als ich von Rothmann kam. Ich habe alles kaputt gemacht.«

Tränen rollten ihr über das Gesicht und Claes nahm ein Tuch und tupfte ihr damit über die Augen. Sie drückte ihren Kopf gegen seine Brust.

»Ich habe alles falsch gemacht. Ich habe sie enttäuscht. Wenn ich nur nicht gegangen wäre an diesem Tag, oder wenn ich sie mitgenommen hätte, wenn ich nur überlegt hätte. Wir waren immer zusammen, bis zu diesem Tag, dieser Tag hat alles verändert, sie wäre sonst nie gegangen, ohne mir zu sagen wohin, sie hat es gemacht wie ich und das habe ich jetzt davon.«

»Wir machen alle mal Fehler.«

»Aber doch nicht solche!« Sie schlang ihre Arme um Claes. »Wenn ich es nur ändern könnte«, sagte sie und sah ihn schräg von unten an.

Ihre dunklen Augen waren sehr groß. Wie ein Vogel kam sie Claes vor, er fühlte ihre Rippen durch die Tracht. Er streichelte ihren Rücken. Ein Vogel, der aus dem Nest geplumpst war, und die Meise fiel ihm ein, die vor seinen Augen gestorben war, und diesmal wollte er es besser machen, und er drückte sie an sich und seine Hände strichen an ihrer Wirbelsäule entlang, er fühlte jeden einzelnen Knorpel unter den Fingern, der Nacken, die weiche Haut, der Flaum ihrer Haare, ein Vögelchen, und er pustete ihr über den Kopf, ihre Haare bewegten sich und er kämmte sie mit seinen Fingern.

Der Regen prasselte gegen die Fenster und der Wind pfiff um die Ecke und auf einmal stand Tilman in der Tür. Claes und Dorothea richteten sich auf und Dorothea zog sich die Tracht über den Kopf, Claes gab ihr den Umhang, der noch nass war, und sie verschwand in den Garten.

15

Das Geständnis

»Durchsäge, zwecks anatomischer Untersuchung, einen Kopf zwischen den Augenbrauen, um die Ursache der gleichartigen Bewegung der Augen zu erforschen; denn dadurch wird festgestellt, dass die Schneidung der optischen Nerven die Ursache der Gleichartigkeit der Bewegung ist, wenn die Augen Teile eines Kreises scharf betrachten, und dass die Nerven sie eine Kreisbewegung machen lassen.«

Ich hab das Buch gleich wieder zugeklappt. Nein, ich kann nicht lesen, da wo ich herkomme, gibt es keine Schule, aber doch, die Bilder habe ich gesehen. Ich habe mich sehr erschrocken, diese Knochen waren schon unheimlich, immer wieder waren da Hände gezeichnet, mal steckten die Fingerknochen halb im Fleisch, mal nur noch Knochen, und das gab es auch mit Füßen und dem Kopf, das war ziemlich widerlich, die Augen rollten aus den Höhlen, sie waren wie Kugeln und Bänder baumelten daran, und ich weiß schon, ich hätte es ins Feuer werfen sollen, und das wollte ich auch zuerst tun, aber wissen Sie, ich dachte, nun, er war ein wirklich netter Mann, ich meine, das hätte ich doch gemerkt, wenn er ein Teufel gewesen wäre.

Das Ticken der Uhr, das macht mich ganz verrückt, ich meine, könnten wir nicht den Raum wechseln? Nun, meine Mutter war gestorben und ich hatte ja nur den Vater und vielleicht lag es ja auch an mir, ich konnte die Bierfässer nicht schleppen und ich war oft nicht schnell genug und abends taten mir die Füße weh, und da war es sicher richtig von ihm, und ich kann mich ja auch nicht beklagen, ich bekam zu essen und wir hatten immer genug Holz und selbst im Winter kamen Gäste. Er war bestimmt furchtbar wütend und jetzt sehe ich das ein, ich hätte nicht gehen dürfen, ja, es tut mir Leid. Ich war ja nur ein Mädchen, wissen Sie, wie gesagt, ich hatte ja noch nicht mal lesen gelernt. Wenn ich es hätte lesen können, nein, natürlich, ich hätte das dann ja gewusst, und dann hätte ich es ganz sicher verbrannt.

Ich war früher nicht so, aber sie hätten mich sonst vor die Tür gesetzt oder es gemeldet, und was sollte ich denn tun? Ich wollte nicht mehr zurück in die Berge, mein Vater hätte mich grün und blau geschlagen und das wäre ja auch die richtige Strafe gewesen für mich, aber ich hatte Angst davor. Kann ich wohl einen Schluck Wasser haben? Heute tut es mir Leid, aber ich hatte nichts anderes. Als ich das Buch fand, dachte ich, er würde mir dankbar sein, und ich wollte doch weg, und dann kamen die Holländer und es war auf einmal ganz einfach. Sie waren laut und es waren so viele und sie brachten eine Unruhe mit sich, eine Aufregung, und mein Vater wusste gar nicht, woher er das ganze Bier holen sollte, und der Jan war mir gleich beim Hereinkommen aufgefallen, er hatte so etwas, das haben die Frauen in Münster auch gleich gemerkt. Ich meine, er war Schauspieler, wie er sich bewegt hat! Er hat die Handflächen nach außen gedreht, so, und sich gerade hingesetzt und so ernst geguckt, es hat mich an die Bilder in der Kirche erinnert, nach dem Tod meiner Mutter war ich ein paar Mal unten im Dorf und ich dachte, wenn ich es schaffe, dass er mich mitnimmt, dann wäre ich in Sicherheit. Nein, ich habe nicht gehört, worüber sie sprachen, ich bin nicht neugierig, und außerdem, woher sollte ich auch wissen, was da gerade in Holland passiert war?

Sie ritten noch vor Sonnenaufgang los, und ich hatte mich hinaus geschlichen, eingewickelt in meinen Wollumhang, ich wartete in der Kälte, der Schnee hatte eine gefrorene Kruste und wenn sie nicht so früh aufgebrochen wären, ich glaube, ich wäre da draußen erfroren, aber ich musste fort, und anders wäre es mir nicht gelungen. Dass es auch wirklich der Jan war, der mich auf seinem Pferd mitnahm, das hielt ich für ein gutes Zeichen, ich meine, wer war ich denn schon?

Münster übertraf alles, was ich mir vorgestellt hatte, es war ein furchtbarer Lärm, schon als wir uns der Stadt näherten, all die Wagen und Händler und die Hühner und Ziegen und erst das Gewimmel in den Gassen. Ich meine, ich kannte ja nur das Gasthaus und den Wald, und unser Dorf war schon groß für mich. Der Schnee war platt getreten, obwohl es immer wieder aufs Neue schneite, und die Kirchen stießen bis in den Himmel und die Häuser standen dicht an dicht und ich schaute in die vielen Gesichter und ja, natürlich kennen Sie das alles, für mich war es sehr fremd und neu und aufregend. Noch etwas Wasser, bitte.

Knipperdollinck erwartete uns in einer Wohnung in der Nähe des Marktplatzes. Der Jan hatte ihn bei seinem letzten Aufenthalt in Münster kennen gelernt, das war im Sommer davor gewesen, und Knipperdollinck hatte sich in der Zwischenzeit wohl um Unterkünfte für die Holländer gekümmert. Ich hatte ein bisschen Angst vor ihm, ich meine, er war schon älter und hatte etwas Bulliges an sich und ich glaube nicht, dass er überhaupt irgendwann einmal gelächelt hätte. Das lag wohl an seinen Erlebnissen im Gefängnis. Sie hatten ihn geschlagen und er hinkte seitdem und ich kann das gut verstehen, das muss ihn verändert haben, bis dahin war er sehr angesehen und er hätte sicher nicht gedacht, dass ihm so etwas passieren würde.

Ich blieb die ganze Zeit bei Jan und wir waren vielleicht sieben oder acht, die in einem Zimmer schliefen, und ich war froh, dass es warm war und sie mich bei sich behielten, ich meine, ich hatte ja nur darum gebeten, mitgenommen zu werden, was dann in der Stadt aus mir werden sollte, darüber hatte ich mir nie Gedanken gemacht. Der Jan beachtete mich kaum, zumindest nicht am Tag. Er redete mit den anderen Männern und es kamen auch viele aus Münster zu uns und er sprach sehr laut und manchmal mussten sie ihn bremsen, ich meine, es sollte doch keiner wissen, dass wir da waren, und erst wenn es dunkel war, verließen sie das Haus, und ich blieb allein. Wenn der Jan wiederkam, war er sehr lieb zu mir, ich meine, ich weinte viel, ich weiß auch nicht, ich hatte ja weg gewollt, aber ich fühlte mich so allein, ich kannte ja niemanden außer den Jan. Nein, er hat mir nie weh getan, nicht absichtlich, und ich wusste auch gar nicht, warum wir uns versteckten, woher sollte ich das denn wissen? Die Wohnung war unheimlich, abends, wenn sie alle weg waren, und ich hatte keine Ahnung, wohin sie immer gingen, aber so hatte ich mir das nicht vorgestellt, da hätte ich auch zuhause bleiben können, da hatten die Leute wenigstens mit mir gesprochen, und ich weiß schon, das war nicht richtig, ich meine, das Geld gehörte mir nicht, es war nicht viel, was ich nahm, es half gerade mal für drei Tage und Nächte, und das, obwohl ich wenig aß.

Doch, die Wirtin war freundlich und immerhin reichte mein Geld nicht mehr und ich wollte ja auch arbeiten und es hörte sich ganz einfach an. Nein, ich hatte so etwas vorher nicht gemacht, und dass die Männer der Wirtin so viel zahlten für mich, das hatte ich nicht gewusst. Tagsüber ging ich durch die Straßen, die Stadt gefiel mir, und ich meine, wer hätte sich denn nicht gefreut, plötzlich jemandem über den Weg zu laufen, den man kannte. Sicher, er war mir wegen seiner großen Klappe aufgefallen, und er hatte mir Leid getan, er hatte sogar sein Pferd verloren bei diesem dummen Kartenspiel, und als ich ihn ansprach, wusste er erst nicht, wo er mich zuordnen sollte. Und dann lachte er und gab mir etwas zu essen aus und ich erzählte ihm von dem Buch, das sein Meister wohl schon gesucht hatte. Ich hatte es in meiner Kammer bei der Wirtin und ich wollte es seinem Meister zurückgeben, nein, ich wusste es ja nicht besser, und ich wollte ihn auch gern wiedersehen, Tilman hieß er, und sein Meister hatte mir an sich noch besser gefallen und ich stellte mir vor, ich könnte vielleicht bei ihm wohnen. Tilman wollte das Buch sofort abholen, aber das ging doch nicht, dass er mitkäme in die Wohnung, und dann hätte er ja alles gewusst, und an das andere habe ich da noch gar nicht gedacht, das fiel mir erst später ein.

Es ist kalt hier, finden Sie nicht? Könnten wir nicht doch nach oben gehen? Nun gut, am nächsten Tag ging es mir nicht so besonders, der Söldner, er war grob und ich hatte blaue Flecken, und das Aufstehen fiel mir schwer. Tilman stand wie abgemacht am Markt, er wartete in der Kälte, obwohl ich mich verspätet hatte. Ich meine, ich fühlte mich nicht gut und deswegen hatte ich das Buch im Zimmer gelassen, ich war ein bisschen durcheinander, das war wohl auch die Aufregung, und ich stapfte neben Tilman durch den Schnee, am Domviertel vorbei und über die Brücke zum Kloster. Ich beneidete die Nonnen um den Platz, den sie hatten, es war schon ein großes Gebäude, und erst der Garten. Selbst unter Schnee war er beeindruckend, und die vielen Fenster, die in den Garten hinausgingen, im Sommer müsste es herrlich sein, und es war so still und friedlich und dann sah ich Claes. Er kniete vor der Holzfigur und sein Haar fiel ihm über die Augen und er strich es zurück, und ich blieb stehen. Ich meine, was tat ich da?, ich hatte das Buch ja nicht dabei, was sollte ich sagen, er würde bestimmt wütend auf mich sein.

Das Mädchen mit der Glückshaut, so nannte mich meine Mutter, ich weiß nicht, was das bedeutet, und Glück, das stelle ich mir anders vor, aber nein, er war nicht wütend, er freute sich, dass ich das Buch an mich genommen hatte, dass ich es beschützt hatte, so sagte er es. Er kochte Wasser für den Tee und es brodelte in dem Topf und auf einmal war er ganz in Dampf gehüllt und tauchte mit der Kanne daraus hervor, da wusste ich, dass ich zu ihm gehöre. Tilman ließ uns allein und er erzählte mir von seiner Schwester. Dass sie verschwunden war und er sie schon überall gesucht hätte und dass man ihm Unterkunft und Verpflegung geben würde, solange er an der Figur arbeitete, diese Figur aber vielleicht nie aufgestellt würde, weil schon so viele von den Stiftsdamen das Kloster verlassen hatten und andere zwar noch da wohnten, aber ihre Tracht abgelegt hatten und nicht mehr zu den Messen gingen, sondern in die Stadt zu Rothmann und den anderen Predigern. Einige der Nonnen versuchten wohl auch, die Äbtissin unter Druck zu setzen, also sie sagten, sie kämen nur wieder zurück, wenn Ida ihnen den Besuch der täuferischen Predigten erlaubte. Wie Claes wusste, hatte der Bischof Ida die Wiederaufnahme der Abtrünnigen verboten, sonst würden auch die Treugebliebenen angesteckt, hieß es. Dabei, wer war denn noch treu geblieben? Ich lernte sie kennen, in den nächsten Wochen, und Dorothea war zwar noch da, aber kein bisschen mehr katholisch. Claes' Heiligenbildnis war ganz bezaubernd geworden. Nein, es war noch nicht ganz fertig, an diesem Tag, als ich ihn das erste Mal im Gartenhaus besuchte, aber es war schon so viel zu erkennen, um zu wissen, dass es gut wird. Es war natürlich eine Frauenfigur, aber wie soll ich sagen, sie sah auch ein bisschen aus wie er. Die hohen Wangenknochen, die schmale, gewölbte Nase, das sah ihm schon sehr ähnlich. Ich weiß nicht, worüber wir alles sprachen, an diesem ersten Tag, aber es war gut, er gab mir ein gutes Gefühl. Er wollte mich sogar nach Hause bringen, am Abend, aber das lehnte ich natürlich ab. Was hätte er denn auch von mir gedacht, wenn er das gesehen hätte, das dunkle Loch und die Wirtin, wie eine Spinne kam sie mir inzwischen vor, sie wartete im Flur auf mich, da hatte sie einen Hocker an der Wand, und ihr dicker Bauch schwabbelte darüber, es muss sehr unbequem für sie gewesen sein. Nein, ich habe sie später nicht mehr wieder gesehen, ich weiß nicht, ob sie geflohen ist.

An diesem Abend mochte ich es überhaupt nicht, was die Männer mit mir machten, ich dachte an Claes und an das Gartenhaus und ich stellte es mir schön vor, im Sommer würde ich vom Gezwitscher der Vögel geweckt und vom Duft der Rosen, nein, er hatte mir nichts angeboten, aber ich war mir auf einmal sicher, und ich hatte ja auch sein Buch, das dachte ich, aber am nächsten Morgen kehrte ich in meine Kammer zurück und merkte, dass es verschwunden war. Ja, ich weiß, wie es sich anhört, aber ich schwöre, genauso war es. Das Buch war weg. Das war ein ziemlicher Schrecken für mich, das können Sie mir glauben, und ich beschloss, Claes nie wieder zu sehen. Die Vorstellung war schlimm für mich, aber noch schlimmer die Vorstellung, ihm das alles beichten zu müssen. Ich meine, ich hatte die Gelegenheit gehabt, und ich hatte sie verpatzt, das Boot vorbeischwimmen lassen, und jetzt saß ich in diesem Dreckloch und würde da nie wieder herauskommen.

Ich sage Ihnen bestimmt die Wahrheit, ich weiß, ich habe nicht alles richtig gemacht, aber ich lüge nicht, das müssen Sie mir glauben. Ein paar Tage waren vergangen, in denen ich mich kaum auf die Straße getraut hatte, und dann brachte mir die Wirtin auf einmal den Tilman. Ich schämte mich natürlich vor ihm, und ich hatte doch so etwas auch nie vorher gemacht und jetzt würde er es Claes sagen und sie würden denken, ich hätte sie betrogen und das Buch verkauft, ich war ganz durcheinander, aber Tilman ließ mich gar nicht ausreden, er nahm mich am Arm und zog mich auf die Straße, und die Wirtin wollte mich gar nicht gehen lassen, aber Tilman drohte ihr, ich weiß nicht, womit, und sie ließ mich vorbei. Aber Claes war dann nicht im Gartenhaus, das war leer und dunkel und das Feuer war fast aus. Wir gingen zum Kloster und da waren die Nonnen im Refektorium und Claes war bei ihnen und er ging auf und ab die ganze Zeit und sah ganz schrecklich aus, so bleich und eingefallen, und ich hatte ja keine Ahnung, was passiert war, und dann erfuhr ich, Rothmann war bei ihnen gewesen.

Doch, ich hatte schon vorher von ihm gehört, und er war mir auf dem Markt aufgefallen, mit seiner spanischen Kappe und den Reden, und auch wenn ich nicht verstand, was er meinte, hatte ich doch das Gefühl, es wäre wichtig. Er hatte so eine Art zu reden, das ließ einen nicht unberührt, und deswegen verstand ich auch die Aufregung im Kloster, er war kurz vor uns gegangen und ihnen allen stand die Aufregung im Gesicht geschrieben. Das Gebäude würde einstürzen, in der Nacht, hatte Rothmann gesagt, das wäre eine Vorhersehung, und wer bis dahin nicht gegangen wäre, wer immer noch in diesem Muff ausharre, der würde sterben unter dem Dach, das herabstürzen würde. Die Äbtissin versuchte sie alle zu beruhigen, aber ich meine, sie machte dabei keine gute Figur, die Sorgen sah man ihr an, und Claes ging auf und ab, die ganze Zeit, und sein

Vorschlag war, die Nonnen könnten im Gartenhaus unterkommen, das wäre doch eine Möglichkeit, aber es gingen doch viele und zurück blieben nur Ida und Sophia von Langern und Ludgera von Linteloe, die hatten auch Angst, und sie schliefen wirklich in dieser Nacht im Gartenhaus, wir trugen Schlafsäcke hinüber, als aber am nächsten Morgen das Kloster noch stand, mit dem Dach und allen Mauern und Wänden und tatsächlich überhaupt nichts geschehen war, siedelten die drei wieder zurück und ich blieb bei Claes und Tilman. Die ganze Stadt war in Aufruhr. Am Himmel zeigten sich seltsame Erscheinungen, Wirbel und Schlieren und wir glaubten, es wäre das Ende der Welt, dass alles zusammenbräche und das Tagebuch war Claes jetzt nicht mehr wichtig, zumindest sagte er das, vielleicht um mich zu trösten, ich weiß nicht, er ist ein feinfühliger Mann, er hat mich nicht geschlagen.

Bitte, haben Sie ein Einsehen, er ist so ein netter Mann, er hat die Stiftsdamen sehr unterstützt, und schließlich ist ja auch die Figur fertig geworden, in den letzten Tagen im Februar, es war ein so schöner Anblick, der Ausdruck in diesem Gesicht, so etwas hatte ich noch nie gesehen. Von dieser Figur ging etwas aus, ich meine, wie soll ich es beschreiben, wo ich doch mit solchen Dingen nicht aufgewachsen bin, die Figur sollte die Abtrünnigen zurück auf den rechten Weg bringen und das hätte sie bestimmt auch geschafft, wenn nicht alle bereits gegangen wären. Er hat da seine Arbeit gut gemacht, das kann ich bezeugen, und dass er so spät erst fertig geworden ist, das kann man ihm nicht vorwerfen, ich meine, er hat seine Schwester gesucht und er durfte keine Zeichnungen machen und das alles war sehr schwer für ihn.

Die nächsten Wochen lebte ich bei Claes im Gartenhaus, Tilman war die meiste Zeit in der Stadt, und es war ja auch so viel los, ich meine, jeden Tag kamen mehr Holländer und andere verließen ihre Häuser, es war ein Kommen und Gehen, die Stadt war wie ein Bienenschwarm, ich meine, niemand hatte mehr einen Überblick, welche Familien noch da waren und welche gegangen und überall herrschte Unruhe und dann waren da ja noch die Himmelserscheinungen, ich weiß, ich wiederhole mich, aber es war so eine Aufregung und wir waren gespannt, was der nächste Tag bringen würde. Die Stadt war im Aufbruch, überall waren Redner und die Leute ließen sich auf den Plätzen taufen, es war wie ein großes Fest, und der Jan passte sehr gut her, für ihn war das was, so hatte er sich das vorgestellt, rief er mir einmal zu, als wir uns zufällig über den Weg liefen, nein, ich hatte ansonsten keinen Kontakt zu ihm, und es war auch mehr ein Zufall, dass ich in Münster blieb. Wo sollte ich denn auch hin? Zu dem Vater zurück wollte ich nicht und sonst kannte ich doch niemanden, und ja, ich habe mich wohl taufen lassen, aber das war dann später, es hieß, entweder gehen oder sich taufen lassen und einige redeten auch davon, dass sie die Katholiken töten wollten, nun, das habe ich nur gehört, Rothmann war es, der mich getauft hat, und für mich war das gut, ich konnte bei Claes bleiben und keiner fragte, ob wir verheiratet wären. Aber im Februar wussten wir noch nicht, wohin das alles führen würde. Ida, Sophia und Ludgera wollten auf jeden Fall der alten Kirche treu bleiben, das war gar keine Frage für die drei, Dorothea dagegen zog zu Rothmann, zusammen mit ihrer Mutter und ihrer Schwester, die beiden kamen, um sie mit nach Hause zu nehmen, und als sie sahen, wie Münster plötzlich war, was für Möglichkeiten die Stadt ihnen bot, entschieden sie sich gegen das Leben auf dem Gut und blieben gleich da, der Ritter soll wohl getobt haben, aber das war eben so, viele Frauen verließen ihre Männer und zogen nach Münster. Es war ja auch so, dass es sowieso viel mehr Frauen gab, die Männer hatten sich oft schon vorher verkrümelt, waren von ihren Reisen nicht mehr zurückgekommen und die Frauen fanden das gar nicht so schlecht. Doch, es war sogar so, dass zwei Männer die Stadt als Boten verlassen sollten und Jan die Ehefrauen um Erlaubnis fragte und sie sagten, unter einer Bedingung, und zwar, dass wir uns andere Männer nehmen dürfen, wenn diese beiden nicht innerhalb von sechs Wochen wohlbehalten zurück sind, und da sieht man, was für eine Stellung wir Frauen auf einmal hatten, und ja, ich meine, wir Frauen sind dazu nicht bestimmt, wir sollen dem Mann zur Seite stehen, so ist es immer gewesen und so wird es auch wieder sein und es ist gut so, ich meine, ich habe ja auch gesehen, wohin es uns geführt hat und dass es schlecht ausgegangen ist. Elisabeth Wandscherer, das war die Frau, die Claes Modell gestanden hat, die hat sich der Jan zur sechzehnten Ehefrau genommen, und da konnte sie schöne Kleider tragen, das hat ihr gefallen, aber sie war auch kratzbürstig und der Jan soll sie auf offener Straße enthauptet haben, weil sie ihm widersprochen hat vor allen, und das wundert mich schon, weil zu mir war er nicht so.

Ja, der 24. Februar 34, natürlich erinnere ich mich, wie sollte ich diesen Tag vergessen, es war kalt, der Ostwind schnitt einem ins Gesicht und die Erde war gefroren und die Sonne schimmerte durch den grauen Himmel, es war so ein schwaches Glimmen, wie ein Versprechen, dass es bald Frühling würde, es lag so eine Ahnung in der Luft, und am Nachmittag soll sich dann der Bernard Mumme den Küster von der Domkirche geschnappt haben. Mit den Schlüsseln brach der Mumme mit ein paar anderen Männern zuerst in die Marienkapelle, dann in die anderen Kapellen ein und sie sollen wohl alles mitgenommen haben, was irgendwie von

Wert war, entweder mitgenommen oder an Ort und Stelle zerdeppert. Im Kapitelsaal schlagen sie die Fenster ein und werfen die mit Wappen verzierten Stühle auf den Platz, die Bilder der heiligen Jungfrau und Johannes des Täufers durchlöchern sie, um sie als Abtritte zu gebrauchen, ich habe sie später drüben am Stadtgraben liegen sehen. Aus der Orgel reißen sie die Pfeifen, die Uhr hauen sie kaputt und den Taufstein und die Reliquienbehälter. Ida war ganz außer sich, als sie uns davon erzählte, sie zitterte am ganzen Körper und ich dachte, sie stirbt jeden Moment, ich meine, sie war eine alte Frau, es hat mich gewundert, dass sie es bis Holthausen geschafft hat. Was Claes dazu gesagt hat? Er hatte natürlich Angst um seine Skulptur. Ich kenne seine anderen Arbeiten nicht, aber was er da geschaffen hat, ich meine, das muss sein Meisterwerk gewesen sein, ich kann mir nicht vorstellen, dass er jemals zuvor etwas so Wundervolles gearbeitet hat, und das hat er ja für Gott getan, für Ida und das Kloster, aber letztendlich für Gott, und da hat er gefürchtet, sie kommen als nächstes zu uns und zerschlagen seine Arbeit, und so ist es dann ja auch gekommen, er hat alles verloren, seine Schwester, seine Aufzeichnungen, seine Skulptur. Alles. Ich meine, das müssen Sie doch sehen, er hat es für Gott gemacht, für Ihren und unseren und da können Sie doch nicht so sein mit ihm, ich meine, wohin hätte er denn gehen sollen? Ihm ging es doch nicht anders als mir.

Einen Tag danach, nachdem auch wirklich alles im Kloster kaputt war, hatten wir den Krieg. Die Stadt haben sie dicht gemacht, entweder man ging oder man ließ sich taufen, und wer ging, der durfte nichts mitnehmen, und da haben manche gezögert und sind allein deswegen geblieben, sie wollten das nicht alles den Täufern überlassen. Ida hat unglaubliches Glück gehabt, wenn ich bedenke, wie gut gesichert die Stadt war. Zusammen mit Ludgera und Sophia hat sie sich als Klostermagd verkleidet, sie waren kaum noch zu erkennen, und sie steckten die Urkunden und wertvollen Schriften, die sie aus der Nische oben in der Turmkapelle geholt haben, in Milchkannen und doch, Claes und ich haben uns um sie gesorgt, als sie mit den Kannen auf dem Kopf auf die Straße gingen.

So hat es angefangen und den Rest kennen Sie und ich bitte Sie, Claes hat an all dem überhaupt keine Schuld, das müssen Sie doch sehen, und natürlich, ich bin Ihnen dankbar, dass Sie mich so lange verschont haben, aber es ist doch kalt da unten und ich weiß nicht, wo die Figur hingekommen ist, oder das, was davon übrig war, aber wenn sie gefunden wird, nun, dann müssen Sie mir doch glauben, dass er es für Gott getan hat und dann werden Sie ihn verschonen, habe ich nicht Recht?

16

Die apokalyptischen Reiter

Er hatte am Fenster gestanden und in den Nachthimmel gesehen, schlaflos, mal wieder. Nicht, dass es ihm viel ausgemacht hätte. Am Anfang hatte es ihm gefallen; als er merkte, dass er nun ein Alter erreicht hatte, in dem Schlaf offenbar keine große Rolle mehr spielte, hatte er ein Gefühl von Triumph verspürt, eine Überlegenheit des Alters gegenüber der Jugend, der Sieg des Geistes über den Körper. Dass es nicht so war, ging ihm nach und nach auf, als die Grenzen zwischen Tag und Nacht und zwischen Wachsein und Vorsichhindämmern immer mehr verschwammen. Er war zwar in der Nacht wach, sah aber den Tag wie durch Milchglas. Nachmittags fühlte er sich so ermattet, dass er sein Lesezimmer verlassen musste, um sich auf der Pritsche im Untergeschoss auszustrecken. Mit zunehmender Schlaflosigkeit verloren sich seine Wahrnehmungen, seine Augen waren ohnehin schlecht, und in letzter Zeit war es vorgekommen, dass er merkwürdige Dinge sah, wie die Herde Nashörner, die sich neulich abends am Horizont verlor. War es seine Sehergabe, die nun die Oberhand gewann oder waren es einfach Trugbilder, die ihm seine Augen vorgaukelten?

Mit dem, was er in jener Nacht am schwarzverhangenen Himmel gesehen hatte, hatte das aber nichts zu tun. Die Lichterscheinung war so real wie das Dach des Klosters unter seinem Fenster und wie die Türme des Domes links. Er hatte viel über die vier apokalyptischen Reiter gelesen, natürlich hatte er eine Vorstellung von ihnen gehabt und so war er überrascht, als sich die Figuren am Nachthimmel formierten, aus der Schwärze heraustraten wie helle Nebelschlieren, von innen heraus leuchtend wie die Aureolen der Engel. Ihre gewaltige Präsenz hatte ihn überrascht und erschreckt, sie ritten schnell auf ihn zu. Hatten sie sich zunächst von der schwarzen Wand gelöst, leise herausgeschält, eilten sie ihm plötzlich in aller Heftigkeit entgegen, vier an der Zahl, und ließen keinen Zweifel an der Dringlichkeit ihrer Mission. Deutlich sah Kaplan Martin die Schwerter, die silberne Blitze in alle vier Himmelsrichtungen über der Stadt auswarfen wie zum Zeichen, dass diese Stadt verflucht war. Später sprachen alle vom Neuen Jerusalem, aber Kaplan Martin wusste, dass es ein neues Gomorrha war, eine wahrgewordene Schreckensvision, die sich ihm in jener Nacht angekündigt hatte.

Anschließend war er zum Schreibtisch getaumelt, hatte die Feder ins Fass getaucht und versucht, das Gesehene in Worte zu fassen. Was ihm nicht gelang. Zu sehr zitterte seine Hand und zu sehr war sein Verstand in Aufruhr. Er konnte die Morgendämmerung kaum abwarten, um der Äbtissin zu berichten, aber er hatte an ihren müden Gesten erkannt, wie wenig sie ihm Glauben schenkte, und das kränkte ihn, nach all den Jahren, die er an Überwasser gepredigt hatte, sie hatte ihn geschätzt in all den Jahren und nachdem sie die neuen Prediger eingesetzt und ihn abgesetzt hatten, sprach ihm Ida immerhin Schutz zu, ließ ihn in den Turm ziehen, der ihm genaugenommen sogar lieber war als das Haus der Kapläne. Es war die Aussicht über die Dächer der Stadt, dazu kam die Abgeschiedenheit. Er hörte, wenn ihn jemand besuchte, selten genug, seitdem er nicht mehr für die Beichtabnahme zuständig war, er hörte die Schritte auf der Treppe lange bevor es an der Tür klopfte, und das gab ihm die Sicherheit, sich in seine Bücher vertiefen zu können mit einer Konzentration, die ihm zuvor fremd gewesen war.

Ida von Merveldt tat seinen Bericht als Hirngespinst ab, oder netter gesagt, als Fantasie eines alten Mannes, dessen Tage gezählt waren. Dabei war es nur sein Körper, der langsam nicht mehr mitspielen wollte, die Augen natürlich, aber auch die Beine, sie schmerzten und das Treppensteigen fiel ihm an manchen Tagen so schwer, dass er es aufgab, zu den Mahlzeiten im Kloster zu erscheinen, sondern sich das Essen von Anneke nach oben bringen ließ. Dazu kam eine Kurzatmigkeit, die ihn manchmal erschreckte, sein Atem erinnerte ihn an rasselnde Ketten und er stellte sich vor, wie seine Lungen Rost ansetzten, sein Herz wie eine alte Glocke eher gewohnheitsmäßig schlug, wie auch tatsächlich die Kirchturmglocken nur noch der Tradition wegen geläutet wurden, nicht mehr mit der ursprünglichen Dringlichkeit. Der alte Glauben hatte ausgedient und mit ihm sein alter Vertreter und nicht mal der Bischof hatte mehr die Macht, ihn im Amt zu halten, obwohl Kaplan Martin vermutete, dem Bischof gingen ganz andere Dinge nahe, seine zahlreichen Liebschaften mit den exzentrischen Frauen, die Ausschweifungen des angenehmen Lebensstils, und so spürte Kaplan Martin kein Bedauern, als Friedrich III. von Wied starb und sein Nachfolger Erich von Braunschweig-Grubenhagen ihm nach nur zwei Monaten ins Grab folgte und dann mit Franz von Waldeck ein gleichermaßen unbeliebter Mann die Position bekleidete, ein Mann, dem man eine gewisse Verbissenheit zwar ansah, die aber in einem solchen Maß nicht zu erwarten gewesen war.

Kaplan Martin nutzte die Zeit, die ihm die Schlaflosigkeit schenkte, um sich in die Bücher und Schriften zu vertiefen, mit einem Vergrößerungsglas war es ihm noch möglich, die Buchstaben zu entziffern. Geschichte hatte ihn schon immer interessiert, und er fragte sich, wo Ludgers Dom denn nun gestanden haben mochte, und ob es nicht noch Überreste davon gab, wenn nicht in Form von Mauerresten, dann doch zumindest unterirdisch, in Form von Krypten und Gängen, und an den Tagen oder in den Nächten, in denen es seine Gesundheit zuließ, begab sich Kaplan Martin durch die Kellergewölbe des Klosters, einem Wirrwarr an Fluren, die auf verschiedenen Ebenen ineinander verflochten waren, rüber zum Domviertel, durch die alten Geheimgänge in die Kapitelsäle und Krypten des Doms und entdeckte auf diesen Erkundigungsgängen wenn auch keine Schätze, so doch eine Menge Knochen, Münzen und Papiere, die oftmals so vergilbt und brüchig waren, dass er sie bei aller Anstrengung nicht deuten konnte, sie manchmal wie Staub zwischen seinen Fingern zerfielen.

Er war Ida wegen ihrer Gastfreundschaft verpflichtet, im Grunde war er nichts anderes als ein lästig gewordener Gast, der nur aus einer Art von Lethargie geduldet wurde. Abhängig von ihrer Gnade, und das, wo er sie nicht mal besonders schätzte, nicht nur, weil sie sich wegen der apokalyptischen Reiter über ihn lustig machte, insgeheim, wie er wusste.

Nachdem die Dinge einmal ihren Lauf genommen hatten, ließen sie sich nicht mehr aufhalten, und das wurde Kaplan Martin in jenen frühen Morgenstunden klar, als er hilflos seine mit nichts als Gestammel beschriebenen Papiere sah und sich drei Raben vor seinem Fenster niederließen, ohne sich nur im Geringsten durch seine Anwesenheit stören zu lassen. Die Zeichen der Hölle hatten sich ihm gezeigt, die Vorstufen zum Verderben, und nun gab es für ihn nicht mehr viel zu tun außer abzuwarten und genau zu betrachten, wie sich die Dinge entwickeln würden.

In seiner Jugend als Pfarrer an Sankt Nikolai in der Nähe von Emsdetten war er berühmt gewesen für sein Gänseknochen-Orakel. Sie waren zu ihm gepilgert, um ihr

Schicksal zu erfragen und hatten ehrfürchtig zugesehen, wie er die Knochen locker aus dem Handgelenk warf. Keiner hatte seine Prophezeiungen je angezweifelt. Inzwischen wandten sich die Leute den neuen Propheten zu, die dem Volk das Herannahen des tausendjährigen Reiches versprachen. Das tausendjährige Reich. Caterina hatte das Fieber voll erfasst, sie war aufgeblüht wie eine Chrysantheme nach dem Sommerregen, sie hatte wieder ausgesehen wie in den ersten Wochen ihrer Novizinnenzeit. Ein hübsches Mädchen war sie gewesen, mehr als hübsch, obwohl ihr Kinn zu lang war, ihre Stirn ein bisschen zu hoch, keine klassische Schönheit, aber ein Leuchten hatte sie begleitet, und eine Wildheit, die Ida nur mit vielen Strafen zähmen konnte. Lange in Schach gehalten war diese Wildheit plötzlich ausgebrochen, kaum dass sie Rothmanns Predigten vernommen hatte.

Kaplan Martin hatte gewusst, dass es kein gutes Ende nehmen würde, weder mit Caterina noch mit Münster. Die apokalyptischen Reiter zeigten sich nicht ohne Grund. Und so erstaunte ihn die Wendung nicht, als das neue Jerusalem zum Ort des Schreckens wurde. Er war zu alt, um zu fliehen, und als Ida mit den beiden letzten treuen Stiftsdamen aus dem Kloster floh, hatte er sich oben im Turm verschanzt. Später kamen sie mit dem Schwert, und er ließ sich zum Marktplatz bringen, wo sie ihn tauften und dabei hoffte er, Gott würde die Notlage anerkennen und ihm verzeihen.

Caterina mit den schmalen Fußgelenken, wie besessen er von diesen Gelenken war, bis in den Schlaf hatten sie ihn verfolgt, damals hatte er noch schlafen können, und seine Träume waren unterirdische Schluchten gewesen, Nacht für Nacht drang er tiefer in die Schichten seiner Selbst, bis er eines Morgens die Wahrheit nicht mehr länger vor sich geheim halten konnte – er war besessen von diesem Mädchen. Wie eine Hexe schien sie Zauberkräuter über sein Essen gestreut zu haben, bis er vor Liebeskraut bald platzte, er an nichts anderes mehr denken konnte als an dieses Mädchen. Es kam überraschend für ihn, auch wenn man ihm die Haarsträhne vorhalten könnte, noch nie hatte er eine Strähne an sich genommen und in der Schublade versteckt wie eine verbotene Schrift, und später breitete er die Haare sorgsam auf dem Tisch aus, so feines helles Haar. Engelshaar. Als ihr Beichtvater konnte er in sie hinein sehen wie in einen Spiegel, auf der Suche nach seinem eigenen Bild, und stieß dabei auf Claes, dem sie wie unter Zwang Briefe schrieb, die er wiederum wie unter Zwang abfangen musste. Dabei tat sie ihm Leid, wie begierig sie auf Antwort wartete und nie ein einziger Brief, treuloser Claes, dein Bruder hat dich vergessen, es lag ihm auf der Zunge, nein, das durfte er nicht sagen.

Wenn nur nicht Rothmann aufgekreuzt wäre. Wenn er in Gescher oder Stadtlohn geblieben wäre, vielleicht Schmied oder Küfner geworden wäre. Seine Worte hatten Türen aufgestoßen für die Teufeleien, die sich in die Herzen der Menschen fraßen, man erkannte sie kaum wieder, Dorothea von der Recke, Elisabeth Bridaghes, Caterina. Sie waren wie verwandelt, plötzlich vom Fieber erfasst, so heimtückisch wie der Englische Schweiß oder die Pest hatte sich die Krankheit ihrer bemächtigt, war in ihren Verstand geschlüpft und machte Furien aus ihnen. Und als alles bröckelte, war Caterina auf einmal weg. Wie die Kinder, die auszogen, die Insel der Glückseligen zu finden, kam sie nicht mehr zurück, und das erstaunte ihn am meisten, nicht dass sie gegangen war, das Schlimme war, dass sie nicht zurück kam. Stattdessen war ihr Bruder da wie eine männliche Ausgabe von Caterina, gekommen um ihn zu verhöhnen, und um es auf die Spitze zu treiben, sprach Claes von Dondina. Sie war als Mann zurückgekommen, er konnte ihre Züge in seinem Gesicht ausmachen, um ihn in den Wahnsinn zu treiben, vielleicht als späte Rache für das Kind?

Als Jan Mathys seine Apostel in die Welt aussandte, war das Schicksal der Stadt längst besiegelt. Und dann ging alles sehr schnell. Wie eine Armee, die unter der Erde schlummert, plötzlich losbricht und die Bürger im Schlaf überwältigt.

Was er nur nicht verstand: Woher war der Drang gekommen, sich Claes auszuliefern? Der Drang, ihn zum Richter zu bestimmen, wenn nicht über Leben und Tod, so doch über Licht und Dunkelheit, was keinen großen Unterschied macht. Wieso hatte er sich in diese Hände begeben wollen? Er zweifelte nicht an Claes' medizinischen Kenntnissen, auch wenn er natürlich kein Arzt war, hatten ihn seine Forschungen doch einiges über den menschlichen Körper gelehrt, und Kaplan Martin hatte davon bereits gewusst, noch bevor Claes in Münster aufgetaucht war. Ein Brief an die richtige Adresse hatte dafür gesorgt, dass Claes beim Kölner Bischof in Ungnade gefallen war.

Caterina, ich wollte nicht, dass du einsam bist, weil Einsamkeit die schrecklichste Strafe ist, die man auf Erden erhalten kann, weißt du, wie es ist, wenn du nachts in der Dunkelheit auf deinen Herzschlag lauschst, weil du nichts anderes hast und nur um dich zu vergewissern, dass du noch am Leben bist, wo du dich doch längst wie unter einem Haufen Erde begraben fühlst, und du wartest auf Schritte, auf Zeichen, aus den verrücktesten Dingen versuchst du zu lesen, bückst dich, um die Spuren der Enten zu entschlüsseln, die Botschaften in der Geheimschrift ihrer Schritte im Matsch, und du sammelst die verlorenen Dinge vom Boden auf, alles spricht zu dir, du versuchst, sie in Ordnung zu bringen, die Steine, Federn, Zettel, weil doch ein Sinn hinter all dem stecken muss, denn wenn du ihm keinen Sinn abringen kannst, diesem Leben, musst du doch verrückt werden in deiner Einsamkeit und das ist, wovor ich dich bewahren wollte, dich und mich, uns.

Das hätte er ihr schreiben wollen, wenn es noch einen Sinn gemacht hätte, wenn er eine Adresse von ihr gehabt hätte, wenn er noch würde schreiben können. Irgendwann hatte er sich an die Dunkelheit gewöhnt. Vielleicht war sie sogar tröstlich, und zumindest besser als vor jedem Schatten zu erschrecken, weil man darin Teufel sieht, und auf der Treppe zu stolpern, weil die Stufen zu einer Schlucht verwischen, ein steiler Abhang ohne Trennlinien, und jedes Gesicht bleibt ein Rätsel, ist es womöglich Caterina? Was soll's. Er hatte Claes überredet, die Operation vorzunehmen, und schließlich hatte er gewusst, wie gering seine Chance war. Erst hatte sich Claes gesträubt, Kaplan Martin musste ihm lange zureden, ziemlich lange, und wenn er jetzt auch nicht mehr sehen konnte, so war sein Verstand schärfer als je zuvor und konnte er die Ereignisse ziemlich genau rekonstruieren.

Bartelemeus Boekbinder und Willem de Kuiper erschienen am 5. Januar 1534 vor den Toren Münsters, predigten, tauften und setzten schon am 7. Januar ihren Stab weiter. Sie brachten die Verheißung ihres Propheten, dass das tausendjährige Reich nahe sei. Schon nach acht Tagen zählte man in Münster 1400 Wiedergetaufte, unter denen Frauen, Rothmanns treueste Anhänger, die Mehrzahl bildeten.

Am 13. Januar 1534 erschienen neue Abgesandte Mathys, unter ihnen Gerd tom Kloster und Jan Bockelson. Sie übernahmen die Leitung, bis Anfang Februar der Prophet selbst seine Stadt besuchte.

Als Jan Mathys seinen Fuß auf münsterischen Boden setzte, war die Stadt schon längst von Fremden angefüllt, nicht nur von Niederländern und Friesen, sondern auch von Münsterländern aus Coesfeld, Schöppingen, Warendorf und anderen kleinen Städten, in denen die Lehre der Taufgesinnten zahlreiche Anhänger besaß.

Aus der politischen und sozialen Unreife der Münsteraner, die unter dem adligen Regiment nur gehorchen, aber nicht befehlen gelernt hatten, ist es zu erklären, dass der energische Fremde allmählich die Zügel der Herrschaft ergriff. Die Taufgesinnten mit ihren Versprechungen vom tausendjährigen Reich Gottes auf Erden erschienen dem Münsterländer, der durch Leibeigenschaft und Not der Verzweiflung nahe war, als Retter aus dem sozialen Elend und wurden mit Jubel und vertrauensvollem Glauben begrüßt. Verwirrend wirkte der Bußruf der Täufer auf den einfachen Mann aus dem Volk, der sich bessere Zeiten herbeisehnte und sich dem überwältigenden Eindruck der Propheten ganz hingab. Diese Verbrüderung der Münsteraner mit den eingewanderten Holländern fand in der Szene vom 8. Februar 1534, wo sich van Leiden und Knipperdollinck auf dem Markt umarmten und küssten, ihre äußere Bestätigung. Der Schneider Georg thom Berge sah die Herrlichkeit Gottes in den Wolken und Jesus Christus mit der Siegesfahne in der Rechten. Die Schwärmerei der Täufer, neben der klugberechneten Versuche hergingen, die öffentliche Herrschaft in der Stadt für sich zu gewinnen (am 28. Januar und 9. Februar), nahm mit ihrem Machtbewusstsein immer mehr zu und gelangte schließlich durch die zweideutige Handlungsweise des Bürgermeisters Tilbeck und die falsche Nachgiebigkeit des Bischofs zur Macht. Der Syndikus von der Wieck, der zweite Bürgermeister Jodefeld und viele alt eingesessene Familien verließen die Stadt, der erste Bürgermeister Tilbeck warf sich ganz den Täufern in die Arme, Knipperdollinck und Kibbenbroik wurden am 23. Februar zu Bürgermeistern gewählt. Die Herrschaft der Täufer war gesichert, Kirchen und Klöster wurden verwüstet, die Uhr im Dom zerstört, und am Abend des 26. Februars kamen die Anführer der Bewegung zusammen, um das neue Jerusalem zu errichten.

Aufgeregt durch die Zerstörungsszenen der letzten Tage und besonders durch die Verwüstung des Mauritzstiftes vor den Toren der Stadt, die aus taktischen und religiösen Gründen am Nachmittag begonnen hatte, verlangten die Täufer, dass alle, die der reinen Lehre nicht nachgeben wollten, dem Tod geweiht würden. Dem rachsüchtigen Propheten von Haarlem, der an der Spitze der blutdürstigen Partei stand, trat der mildere Knipperdollinck mit der ganzen Macht seines damals noch bedeutenden Einflusses entgegen und erreichte nach heftigen Wortkämpfen, dass die Todesstrafe in die Strafe der Verbannung umgewandelt wurde. Die Nacht zum Freitag (27. Februar) brachte heftige Kälte und Schnee. Als der Morgen graute, rotteten sich die Täufer auf dem Marktplatz zusammen und bewaffneten sich. Mit Geschrei rannte der Prophet durch die Straßen der Stadt, müde und atemlos sank er beim Rathaus zusammen und verkündete den Willen Gottes, dass alle Ungläubigen, die sich nicht taufen lassen wollten, aus der Stadt vertrieben werden sollten. Der Sturm pfiff durch die Straßen und um die Häuserecken und wirbelte den Schnee hoch auf, als man die Türen der Häuser einschlug und Alte und Kranke, Frauen und Kinder aus den Wohnungen riss und zu den Toren schleppte. Auf dem Markt standen drei oder vier Prediger, je einen Eimer Wasser vor sich, und tauften drei Tage lang alle, die von der Wucht der Verhältnisse übermannt, sich bei den Bürgermeistern zur Taufe hatten aufschreiben lassen.

Am 15. März ließ Mathys auf dem Domplatz alle Bücher aus der Stadt mit Ausnahme der Bibel verbrennen, alles Gold, Kostbarkeiten, überflüssige Kleidung, Hausrat und Lebensmittel mussten abgegeben werden, die nach biblischen Vorbild von sieben Diakonen verwaltet wurden. Unter der Führung von Büren und Hermann von Mengersen rückten die bischöflichen Truppen über Telgte vor die aufrührerische Stadt. Die Münsteraner richteten sich, vom Bürgermeister Knipperdollinck angefeuert, zur Verteidigung ein und organisierten einen ausgedehnten Wachtdienst auf den Wällen und an den Toren. Jan Mathys, der bibelfeste Mann, hoffte mit Zuversicht auf Hilfe von Gott und setzte, dem Beispiel Simsons folgend, am Ostersonntag (5. April) eine biblische Komödie in Szene, die aber bald in eine Tragödie umschlug. Am Karsamstag war er mit seiner Frau Differe bei Landsleuten zur Hochzeit gewesen und hatte dort unter Tränen die Hände zusammengeschlagen mit den Worten »O live vader, nicht wie ick will, mehr wo du wilt.« Am Ostermorgen trat er vor die Menge mit dem Entschluss, einen Ausfall zu machen und die Belagerer zu vernichten. Unter dem Jubel des vertrauensvollen Volkes zog er zum Ludgeritor hinaus, wurde aber in dem bald entstandenen Handgemenge von einem Landsknecht mit dem Spieß durchbohrt und in Stücke gehauen. Den Kopf steckten die Soldaten auf einen Zaunpfahl und zeigten ihn den Täufern.

Mathys Tod machte unter dem Volke, das seinen Propheten verloren hatte, einen lähmenden Eindruck. Knipperdollinck war der ernsten Situation nicht gewachsen, statt seiner trat der 25jährige van Leiden auf, der sich neben dem Haarlemer Propheten schon einige Male als gottbegeisterter Seher gezeigt hatte, im übrigen aber wenig hervorgetreten war. Bei den grauen Mönchen auf dem Kirchhof predigte er der versammelten Menge und wusste den niedergedrückten Mut des Volkes wieder zu heben, indem er ihm vorredete, Mathys habe auf seine eigene Kraft, nicht auf Gott vertraut, und sei deshalb vernichtet worden. Schon vor acht Tagen habe ihm, dem Redner, der himmlische Vater den bevorstehenden Tod des Propheten geoffenbart und zugleich befohlen, die Witwe Differe zu heiraten. Der überraschte Knipperdollinck, den Jan van Leiden als Zeugen aufrief, bestätigte halb betäubt die Worte des Redners, und das selbstvertrauende Auftreten des jungen, gutaussehenden Mannes mit den blitzenden Augen und den wohlgesetzten Worten, der überzeugenden Kraft seiner Rede und dem organisatorischen Talente rettete die Sache der Taufgesinnten und machte ihn zum Führer des Volkes. Knipperdollinck hatte den günstigen Moment verpasst und trat ebenso wie Rothmann in den Hintergrund.

Das erste, was van Leiden als Führer der Täufer oblag, war die Sorge für die Befestigung der Stadt. Er ließ die Kirchturmspitzen umwerfen, um die neuen Plattformen als Geschützstände und Wachtposten zu nutzen; das Abtragen von Kirchen und der Bildersturm im Dom diente zur Aufschüttung und Befestigung der Wälle. Die Festungswerke wurden mit solcher Kunst und Festigkeit gebaut, dass sie über ein Jahr der Belagerung der bischöflichen Truppen widerstanden und wohl noch länger widerstanden hätten.

Die Erfolge, die van Leiden in der Befestigung der Stadt erzielte, verliehen ihm soviel Ansehen, dass er im Mai 1534 daran denken konnte, durch einen Staatsstreich die Herr-

schaft zu sichern. Durch Bußrufe, dreitägige Stummheit und göttliche Offenbarungen wurde die neue Verfassung eingeleitet, nach der an Stelle der beiden Bürgermeister Knipperdollinck und Kibbenbroik zwölf Älteste traten, die das Volk Israel regieren sollten. Dass Knipperdollinck sich nicht unter ihnen befand, beweist, dass van Leiden seinem alten Freund nicht mehr traute; immerhin suchte er ihn dadurch zu begütigen, dass er ihm unter dem Namen des Schwertführers die ausübende Richtgewalt übertrug. Der missglückte Sturm der Belagerungstruppen vom 25. Mai erhöhte nur noch die Macht des heimlichen Königs, obgleich man draußen noch Knipperdollinck für den eigentlichen Herrscher der Stadt hielt. Die rücksichtslose Energie van Leidens zeigte sich in voller Blüte bei der Einführung der Vielweiberei (Ende Juli), die der pathologisch veranlagte junge Mann hauptsächlich aus persönlichen Gründen betrieb (unter seinen 17 Ehefrauen waren Elisabeth Wandscherer und die Töchter Knipperdollincks und Kibbenbroiks).

Heinrich Mollenhecks Aufruhr, der besonders von den wenigen noch anwesenden altmünsterischen Bürgern eingeleitet und unterstützt wurde, erstickte van Leiden im Blute; ein zweiter Sturm, der von den durch kölnische und klevische Hilfstruppen verstärkten Belagerern am 31. August ins Werk gesetzt wurde, fand in den Täufern kraftvolle Gegner, die mit dem Mut der Verzweiflung die Anstürmenden zurückschlugen. Unter den größten Verlusten (48 Hauptleute sollen gefallen sein) traten die Stürmenden den Rückzug an.

Inzwischen hatte sich in Münster ein neuer Prophet aufgetan, Johann Dusentschur, ein Goldschmied aus Warendorf. Van Leiden war durch die Einführung der Vielweiberei, die seinen sonst so konsequenten Verfahren widersprach, in seiner religiösen wie politischen Stellung innerlich erschüttert worden, so dass er die eigene Initiative aufgab und dem neuerstrahlenden Stern begierig nachging. Dusentschur verkündete am 7. September dem erstaunten Volk, Gott habe ihm offenbart, dass van Leiden ein König sein solle über den ganzen Erdkreis, einnehmen solle das Reich und besitzen den Stuhl Davids, seines Vaters. Dann verlangte er von den zwölf Ältesten das Schwert zurück und übergab es dem neuen König.

Die Erteilung der Königswürde an van Leiden, die unter dem Eindruck der letzten glücklichen Kämpfe stand, bezeichnete äußerlich für ihn den Gipfelpunkt der Macht, aber im Innern war sein Einfluss sehr gering, während die Machtfülle des Propheten Dusentschur immer mehr anwuchs. Von diesem ging auch der Plan aus, 27 Apostel in alle Welt zu schicken, um die Lehre vom Reich Gottes zu verbreiten. Neben der religiösen Absicht war doch wohl die politische die Hauptsache, bei den gleichgesinnten Brüdern in Westfalen und Holland Hilfe zu suchen, da die Belagerer den Kreis ihrer Schanzarbeiten immer enger zogen. Am selben Tag, als van Leiden zum König gekrönt wurde, begannen draußen die Bauern Blockhäuser für den Winter in geringen Abständen zu errichten, tiefe Gräben zu ziehen und die Wälle mit Dornenhecken zu bepflanzen. Die Verproviantierung wurde dadurch fast ganz unmöglich gemacht, ebenso die Verbindung mit den Taufgesinnten in Holland, auf deren Unterstützung die Münsterischen Täufer in ihren Welteroberungsplänen rechneten.

Am 13. Oktober zogen die Apostel nach der Feier des Abendmahls in alle vier Weltgegenden. In Warendorf hatten sie bald alle Bürger für sich gewonnen, aber ehe sie zu einem Widerstand rüsten konnten, eroberte der Bischof die Stadt und ließ die Rädelsführer hinrichten. Der Rat zu Soest ließ Dusentschur und Hermann Kerkerinck, die dort predigten, verhaften und am 23. Oktober enthaupten. Ähnlich ging es den Propheten in Coesfeld und Osnabrück. In der letzteren Stadt hatte auch Heinrich Graes, ein Magister aus Borken, die Taufe gepredigt; er rettete aber sein Leben, indem er sich zum Spion des Bischofs hergab.

Die Vernichtung der hochgespannten Hoffnungen, die van Leiden auf die Erfolge der Apostel und die Hilfe der auswärtigen Brüder gesetzt hatte, rief zusammen mit dem Verrat des Heinrich Graes und der Vollendung des Circumvallationsringes im Februar 1535 eine tiefe Verzweiflung in der Stadt hervor. Nur mit Mühe konnte der König durch vorgebliche Visionen und göttliche Offenbarungen, eindringliche Reden an das Volk und grausamen Terrorismus sein Reich zusammenhalten; die Herrschaft war schon längst an eine Oligarchie von Holländern und Münsterländern übergegangen, während der sonst so tatkräftige König, von den Ausschweifungen in seinem Harem geschwächt, nur mehr seinen Freuden und Lüsten lebte. Die Ernennung der zwölf Herzöge am 3. Mai 1535 bestätigte nur die tatsächlichen Verhältnisse, die Zuweisung Deutschlands an die Zwölf war schon mehr Galgenhumor. Unter den Herzogen fehlte (trotz der anderslautenden Inschrift auf Aldegrevers Zeichnung) auch diesmal Knipperdollinck, der ebenso wenig wie Rothmann in der letzten Zeit der Belagerung Handelns auftrat.

Die lückenlose Einkreisung der Stadt durch die Belagerungstruppen, die durch Hilfskräfte aus dem niederrheinisch-westfälischen Kreise verstärkt wurden, rief allmählich einen immer mehr fühlbaren Mangel an Lebensmitteln hervor, der schließlich zu einer grässlichen Hungersnot anwuchs. Trotz zahlreicher Fluchtverbote verließen seit Mitte April 1535 Greise, Frauen und Kinder die Stadt, die meist von den Landsknechten getötet und doch wenigstens nicht durchgelassen wurden und verhungerten. Auch zwei Fähnriche, Johann van Gülik und Christoffel van Schönhoff, flüchteten am 24. April aus dem Kerker, wo sie wegen Widerstandes gegen die Täuferei gefangen gesessen hatten. Gülik wurde wieder gefangen und hingerichtet, während Schönhoff glücklich entkam. Einen Monat später flohen Meister Heinrich Gresbeck, der Tischler, und Hensel Eck van der Langenstraten, ein Landsknecht, die als Wachposten am Kreuztor gestanden hatten; auf ihr Anerbieten, dem Belagerungsheer durch Beschreibung der Festungswerke und persönliche Führung zur Eroberung der Stadt zu verhelfen, wurde ihr Leben geschont und alle Vorbereitungen zur Überrumpelung der Stadt getroffen.

Indessen spielten sich innerhalb der Mauern traurige Szenen ab. Durch die Hungersnot des Volkes geängstigt und erschüttert, wagte es eine von van Leidens Frauen, dem Tyrannen ein wahres Wort zu sagen, worauf er sie mit dem Schwert tötete. Der Name der kühnen Frau ist uns erhalten, Elisabeth Wandscherer. Das war am 12. Juni 1535. Vierzehn Tage später folgte der Fall der Festung.

Wie am 25. Juni 1535 in tiefer Nacht bei Sturm und Gewitter eine kleine Schar Landsknechte unter Führung von Gresbeck und Langenstraten den Wall erkletterte, die Wachen niederhieb und das Kreuztor öffnete, und wie dann 400 Mann unter Wilken Steding über den Überwasserkirchhof und den Domplatz bis zur Michaeliskapelle vorrückten und dort auf die rasch alarmierten Täufer stießen – wie Wilken Steding in die enge Gasse bei St. Margarethen gedrängt, fast der Übermacht der Täufer erlegen wäre, hätte er nicht durch ein Tor der Domherrnkurie sich einen Ausgang auf die Rotenburg verschafft – wie dann die Hauptmasse der Belagerer unter dem Oberanführer Grafen Wirich von Dhaun durch das Jüdefeldertor in die Stadt einrückte und durch ihre Übermacht die Schar der Täufer erdrückte – das alles ist dem Münsteraner wohl bekannt. 10 Tage lang morden sie in der Stadt, bis 700 Leichen in den Straßen liegen.

So genau kannte er die Ereignisse, noch viel genauer als jene, die sich später als Chronisten oder Augenzeugen hervortun sollten. Er wusste, dass sich Jan van Leiden durch den nordwestlichen Geheimgang aus dem Staub gemacht hatte, und als die Söldner ihn, Kaplan Martin, mit den Hellebarden bedrohten, rettete ihm dieses Tagebuch das Leben, gesegnetes Tagebuch, welch ein Glück, dass er zugegriffen hatte, als man es ihm in jenem Februar anbot, in den Tagen, bevor die Täufer die Macht übernahmen. Er wurde zum Bischof vorgelassen, ein alter blinder Priester, ein Opfer der Umstände, der nun den Beweis der Schuld brachte, wenn der Schuldige auch ein anderer war, als ursprünglich angenommen. Claes Herlin, genannt Hilgensnyder, hatte sich nachweislich mit verbotenen Dingen beschäftigt, auf Leichenschändung stand sowieso der Tod, und eine gewisse Ähnlichkeit ließ sich mit gutem Willen ausmachen, und wer sollte schon was sagen, die meisten waren tot, die anderen zumindest mundtot, und wenn man dem Kaplan auch nicht das Augenlicht zurückgeben konnte, so hatte er sich doch für die missglückte Operation revanchiert, und das war besser als nichts.

Doch, später tat es ihm manchmal leid, wie die Dinge ihren Lauf genommen hatten. Einmal den Stein ins Rollen gebracht, ließ er sich eben nicht mehr aufhalten, und immer wieder drängte sich Caterina in seine Gedanken, sie hatte ihn verlassen und er hatte sie verraten, inzwischen war er sich sicher, dass es so gewesen sein musste, dass Claes im Grunde nie existiert hatte, dass er eine andere Gestalt Caterinas war, eine ihrer anderen möglichen Gestalten.

Die Stadt hatte sich erneut mit Menschen gefüllt, die alten Münsteraner waren zurückgekommen, gottesfürchtige Katholiken, die den Schrecken in den Knochen sitzen hatten und darum besonders eifrig den Gottesdienst besuchten. Kaplan Martin war in seinem Turmzimmer geblieben, für ihn war die Aussicht noch dieselbe, er konnte nicht sehen, wie verstümmelt die Stadt mit den abgebrochenen Kirchtürmen war, obwohl er die Raben davon sprechen hörte, jawohl, die drei Raben, mit den Schnäbeln pochten sie an sein Fenster, baten um Einlass, deutlich hörte er ihre Stimmen, ihr Flüstern und Krächzen und Schmeicheln, und niemals würde er ihnen öffnen, zu sehr fürchtete er sich vor ihnen, vor den Raben, die nach und nach das Fleisch der Täuferanführer fraßen und die Wahrheit kannten.

17

Zwischenspiel auf dem Markt

22. Januar 1536

Schneewolken drückten auf die Dächer der Stadt und die Ratten trugen das graublaue Winterfell, in dem sie noch fetter aussahen. Die Raben in den Stufengiebeln plusterten sich auf und spreizten ihre Flügel, bevor sie zu ihren Runden über dem Prinzipalmarkt aufbrachen. Im Morgenlicht schimmerten die drei Eisenkäfige. Allmählich füllte sich der Platz mit Menschen. Alle waren gekommen, die Münster knapp zwei Jahre zuvor verlassen hatten. Ida von Merveldt war in Holthausen gestorben, auf ihrem Grab stand ein behauener Stein von Heinrich Brabender, sie hätte sonst Sophia und Ludgera begleitet. Die beiden drückten sich dicht aneinander, sie bibberten vor Kälte.

Bald rollte die Kutsche des Bischofs an. Franz von Waldeck hielt den Kopf unter der Bischofsmütze gerade und winkte den Schaulustigen, bevor er auf dem Thron Platz nahm.

»Schade, dass Ida das nicht mehr sehen kann«, flüsterte Ludgera und ihr Atem quoll weiß aus ihrem Mund.

Sophia nickte und zog dabei ihre Hände in die Ärmel. Sie hatten einen guten Platz erwischt, ziemlich weit vorne, sodass sie die einzelnen Rippen sehen konnten, die aus dem Fleisch staken, als Krechting auf das Podest geschoben wurde. Die Feuer flackerten in den Tonschalen und die Henker hielten ihre Zangen in die Flammen und stießen sie in Krechtings Leib. Die Schaulustigen johlten jedes Mal, wenn die Zangen größere Fleischbrocken herauszwackten und das Blut strömte. Es dauerte, bis Krechting tot zusammenbrach. Seine Leiche wurde in einem der drei Eisenkäfige festgebunden. Als nächstes führten sie Knipperdollinck auf die Bühne. Auch er nahm die Qualen hin, ohne auch nur einmal zu schreien. Nachdem seine Leiche gut im zweiten Käfig festgeschnürt war, hievte man den dritten Mann nach oben.

Nach der Befreiung Münsters im letzten Sommer hatte man lange nach drei Männern gesucht: dem Prediger Bernhard Rothmann, dem Kanzler Heinrich Krechting und dem selbsternannten König von Münster, Jan van Leiden. Die Männer des Bischofs hatten jede einzelne der rund siebenhundert Leichen noch einmal umgedreht, bevor sie sie in die Gruben geworfen hatten. Die drei blieben verschwunden. Wie aber hätte man da gestanden, ohne den Mann, der das Chaos verschuldet hatte? Und so wählten sie einen anderen, der ohnehin zum Tode verurteilt war. Der verbotene Forschungen betrieben und Leichen geschändet hatte, wie es in den Akten zu lesen war, bevor man sie dem Feuer übergab. Er sah Jan van Leiden nicht allzu sehr ähnlich, aber nach sieben Monaten Kerker fiel das niemandem mehr auf. Außerdem waren die Einwohner Münsters fast alle tot, und die, die es geschafft hatten, verschont zu bleiben, hätten sich lieber die Zunge abgebissen als die Wahrheit zu sagen und damit ihr eigenes Leben aufs Spiel zu setzen. Nur dieses Mädchen, die Wirtstochter aus den Bergen, hatte nicht locker lassen wollen, bis man sie mit dem Schwert erlöste. Und so haben sie erst Krechting, dann Knipperdollinck und zuletzt diesen Hilgensnyder hingerichtet. Claes Herlin, der als dritter Mann im Eisenkäfig festgebunden wurde und dessen Leiche von weit her sichtbar war.

Sophia und Ludgera wohnten dem Schauspiel bis zum Ende bei, die beiden treuen Stiftsdamen von Überwasser, die nach Münster zurückgekehrt waren und in der Dechanei, das Kloster war noch zu sehr verwüstet, bald ihre neue Äbtissin wählten. Dorothea von der Recke wurde vom Bischof begnadigt und schloss sich dem Orden wieder an. Ihre Spuren verlieren sich an dieser Stelle. Ach ja, Tilman. Er war unter den siebenhundert Toten. Und Caterina?

18

Stranden

Ihre aufgeplatzten Lippen schmerzten im Wind und ihre Augen tränten, sodass sie nach vorn übergebeugt ging, um ihr Gesicht zu schützen. Die Schreie der Möwen klangen wie Kinderweinen, manchmal stob einer der zerrupften Vögel vor ihren Füßen auf, kreiste schimpfend über ihr. Das Meer war dunkelgrau und vermischte sich am Horizont mit dem dunkelgrauen Himmel, über den die fast schwarzen Wolken wie Herden massiger Wildtiere dahinjagten. Wellen türmten sich in der Ferne, nahmen Anlauf in Richtung Strand, wo das Meer sie gurgelnd auskotzte, eine schäumende, giftig grünliche Brühe, die jedes Mal den Dünen ein Stück näher kam, den gelbgrauen Strand mit seinen Muschelscherben und Fischkadavern unter sich verschlang. Caterina wickelte den Mantel enger und schlug den Kragen hoch. Durch die Flugblätter hatte sie vom Ende der Geschichte erfahren. Überall prangten die Stiche der drei Täuferanführer, dazu ein Bild des Bischofs, der sich der Rettung Münsters brüstete. Siebenhundert Tote und drei Eisenkäfige, in denen sie die Leichen der Anführer ausstellten, hoch oben am Kirchturm als weithin sichtbares Zeichen, dass die Ordnung wiederhergestellt sei. Der Wind pfiff ihr um die Ohren und sie zog die Hände unter den Umhang. Das Meer toste, Holzbretter trieben auf den Wellen und wurden an den Strand geworfen, Caterina wich ihnen aus, ohne sie zu beachten. Jeden Morgen machte sie ihren Spaziergang am Strand, auch wenn das Unwetter noch so wütete. Ein bisschen bedauerte sie, in jenem Sommer die Stadt verlassen zu haben, ein halbes Jahr, bevor die Herrschaft der Täufer begann. Sie hätte gern gewusst, ob die folgenden Monate wirklich so wunderbar gewesen waren, wie es sich Rothmann und Jan ausgemalt hatten, ob es wirklich so etwas wie Freiheit für alle gab. An jenem Tag, als ihr Elisabeth von der Vergiftung ihres Mannes erzählt hatte, war Caterina durch die Stadt geirrt und fand sich schließlich am Hause Knipperdollincks wieder. Auf ihr zaghaftes Klopfen öffnete Jan van Leiden, und wie sie gehofft hatte, nahm man sie auf, gab ihr zu essen und ließ sie den Predigten lauschen, und als Jan nach wenigen Wochen in die Niederlande zurückkehrte, ergriff sie die Gelegenheit und schloss sich ihm und seinen Freunden an. Die Reise war beschwerlich und wurde immer beschwerlicher, je weiter sie nach Westen vordrangen, Sümpfe und Moorgebiete schienen undurchdringlich, und der dunkle Wald rührte an ihren Erinnerungen. In einem Wirtshaus mitten im Wald waren sie eingekehrt, ein trostloser Bau, der dicht an den Felsen klebte, so dass es ganz sicher dort Gänge gab, die zu Höhlen und geheimen Ausstiegen führten, ein Schmugglernest also, dem ein jähzorniger Wirt vorstand. Caterina hatte Mitleid mit der Wirtstochter empfunden, ein blasses Mädchen, das mit Flohbissen übersät war und dem die Gier nach Freiheit ins Gesicht geschrieben stand. In diesem Wirtshaus hatte Caterina die Bekanntschaft mit einer alten Frau und ihrem schwachsinnigen Jungen gemacht. Nathanael, so hieß er, hatte sie an ihren eigenen Jungen denken lassen, an die Schuld, die an ihr haftete. Sie hatte es nicht verdient, frei zu sein, und so war sie dankbar, dass das Meer nicht blau und glitzernd wie in ihrer Vorstellung war, sondern sich gleich am Tag ihrer Ankunft düster und aufgewühlt zeigte, und sie suchte sich Arbeit in einer Nähstube, einem funzeligen Kellerloch, und widersprach nicht, wenn man sie der Faulheit bezichtigte. Zuerst ging sie noch zu den Versammlungen der Täufer, aber bald war sie zu müde und die Worte hatten ihre Wirkung verloren, sie wühlten sich nicht mehr in sie, und als Jan erneut nach Münster aufbrach, um dort ein Reich der Freiheit zu gründen, lehnte sie es ab, sich ihnen anzuschließen, und das lag nicht nur an der beschwerlichen Reise. Sie vermisste Münster nicht.

Der Himmel hatte sich zu einer schwarzen Wolkendecke geschlossen und der Wind schlug ihr nun eiskalten Regen ins Gesicht. Bei diesem Wetter zündeten die Frauen im Dorf Kerzen für die Männer an, die mit den Schiffen unterwegs waren. Friederike Langenstroth, die noch kurz vor Herrschaft der Täufer Münster verlassen hatte, hatte ihr von Claes erzählt. Dass sie ihn gesehen hatte. Aber die Langenstroth, oder hieß sie Lichtenstroth?, quatschte mal dies, mal das, überhaupt stand die Schnute bei ihr nie still. Aber wenn es stimmte? Sie wollte daran nicht denken, aber ... Claes, weißt du noch? Ich trug deine Kniestrümpfe, zog sie über meine eigenen Strümpfe, weil meine Füße so kalt waren, deine waren es auch, die langen schmalen Füße, deine dünnen Knöchel, dass du damit überhaupt laufen konntest, so ein großer Junge und solche zarten Knöchel. Weißt du noch, in dem Erker? Wie wir auf der Bank knieten und unsere Köpfe durch das Fenster steckten, uns beinah die Hälse verrenkten, um auf das Wasser der Gräfte zu schauen? Dunkel war es, fast schwarz, die Fische waren nur zu sehen, wenn sie ganz dicht unter der Oberfläche schwammen, wenn sie für einen kurzen Moment auftauchten. Angespannt und ohne ein Wort zu sagen kauerten wir auf der harten Holzbank, und wenn sich einer zeigte, schnappten wir nach Luft, sie waren manchmal so groß, dass wir erschraken, schwere dunkle Fische, und manchmal hörten wir ein Platschen und sahen eine Flosse wie einen spanischen Fächer durch das Wasser ragen und nachher waren wir völlig durchgefroren und vom langen Knien taten uns die Beine weh.

Caterina bückte sich nach einem Stein, fühlte die feuchte Kälte unter den Fingern und warf ihn in die Wellen. Sie wollte nicht daran denken, dass sie sich womöglich verpasst hatten. Der Tag, als der Schnee kam. Als alles unter dem Weiß verschwand, die Welt funkelte und schimmerte und vor ihr lag wie ein frisches, unberührtes Geheimnis. Die Luft hatte vor Erwartung geflimmert, wie sie gespürt hatte, dass sich alles ändern würde, und später dieses Lied von den gesprengten Ketten. Das waren die Momente, an denen sie lebendig gewesen war, noch gefangen in diesem Schwebezustand zwischen Jungsein und Nichtwissen und dem, was ihr Leben sein sollte, Freiheit und Selbstbestimmtheit, und noch bevor sie die Hand ausstrecken und es erwischen konnte, war es vorbeigezogen und sie wusste, jetzt würde nichts mehr kommen außer dem Auf und Ab des Meeres, Ebbe und Flut, die Unterströmung hinaus in die kalte Nordsee, die Wolken und Wellen und die Schiffe am Horizont, die Möwen und der Sand, der ihr das Gehen erschwerte.

19

Zuletzt

Sie hatten Schneefall angekündigt, das schon. Was da aber jetzt vom Himmel fiel, hatte mit Schnee nichts mehr zu tun. Innerhalb von Minuten waren die Straßen nicht mehr zu erkennen. Es hatte angefangen, als ich aus dem Bahnhof kam, und bereits in der Salzstraße türmte sich die weiße Masse vor den Schaufenstern. Die Leute drückten sich unter die Vordächer. Sie zogen die Hälse in die Mäntel, schlugen die Krägen hoch, rückten sich die Mützen zurecht. Ich konnte kaum noch sehen, so dicht kam die weiße Wand auf mich zu. Schneeflocken wirbelten vor meinem Gesicht, drangen in meine Augen, Nase, in den Mund.

Er wohnt da nicht mehr, hatte mein Vater gesagt. Es ist eine alte Adresse. Aber vielleicht nützt sie dir was.

Ich starrte darauf. »Er wohnt in Münster?«, fragte ich. »Warum hast du mir das nicht gesagt?«

»Er wohnt ja eben nicht mehr da. Er ist weggezogen. Wohin weiß ich nicht.«

Die Autos fuhren nur noch Schritttempo, die Scheibenwischer kamen kaum klar mit dem Schnee, der sich innerhalb von kürzester Zeit auf die Dächer schichtete. Alles war auf einmal weiß.

In meiner Manteltasche fühlte ich den Zettel. Immer wieder tastete ich danach, wie ein idiotischer Bahnreisender, der sich ständig vergewissern muss, sein Ticket nicht verloren zu haben. Dabei kannte ich die Adresse auswendig. Prinzipalmarkt Nummer 41. Das Haus von Knipperdollinck.

Es war still, als ich an Lamberti vorbei kam. Die Autos sahen inzwischen aus wie Hünengräber. Sie rollten kaum merklich über die Straßen, einige der Fahrer waren ausgestiegen und stapften missmutig um ihre Wagen herum, blickten zum Himmel und verzogen sich unter die Arkaden, wo sich die Leute drängten. Ich quetschte mich dazu, bahnte mir meinen Weg zur Haustür von Nummer 41. Wo sollte ich klingeln? Alles fremde Namen auf den Schildern. Was hatte ich auch gedacht? Aber Moment, ein Schild war ohne Namen. Vielleicht hatte ich ja Glück. Ein leises Summen und die Tür flutschte auf. Ich stampfte mir den Schnee von den Schuhen, so gut es ging, klopfte mir über den Mantel, schüttelte meine Haare. Und stiefelte die Treppe hoch.

Rundgetretene Holzstufen, Zitrusduft und ein mickriges Gummibäumchen auf halber Etage. Ich hatte mir das anders vorgestellt. Im Halbdunkel stieg ich die Stufen hoch, ließ meine Hand über das Holzgeländer gleiten und versuchte an nichts zu denken. Ich hatte mir nichts überlegt. Keinen Plan A, keinen Plan B, kein Sprüchlein zur Begrüßung, gar nichts.

Die Stufen wurden zum Dachgeschoss hin schmaler. Auch schmutziger. Mir war schlecht. Was sollte ich bloß sagen? Nur noch wenige Stufen. Die Wohnungstür war halb geöffnet, dahinter gelbe Wände, ein blau-weiß-gestreifter Teppich, eine Kommode aus Kiefernholz. Im nächsten Moment verdunkelte sich das Bild und ein Mann tauchte im Türrahmen auf. Groß und breitschultrig, im grobkarierten Flanellhemd. Er strich sich die Haare aus der Stirn, bevor er mir die Hand schüttelte.

»Haben Sie es doch geschafft bei dem Wetter?«

Er verwechselt mich, schoss es mir durch den Kopf, und vor Erleichterung hätte ich am liebsten losgelacht.

»Dann kommen Sie mal rein. Wärmen Sie sich auf. Sie sind ja ganz nass.«

Er nahm mir den Mantel ab und hängte ihn an die Garderobe, und dann lief er um mich herum, strich sich durchs Haar, lachte und führte mich in die Küche.

»Ich hab schon angerufen im Museum. Ich dachte, Sie kommen nicht mehr.«

»Im Museum?«

»Ja, da wusste man nicht genau. Herr Weinberger meinte, Sie hätten noch einen Termin in Bochum, und bei dem Wetter. Aber setzen Sie sich. Sie trinken doch Tee, oder?«

Es gab schwarz-weiße Fliesen an der Wand, im Schachbrettmuster. Auf der Fensterbank lagen geschrumpelte Zierkürbisse, ein schwarzgesprenkelter Fliegenfänger baumelte über dem Zuckerschälchen. Ich schob ein paar Erdnussschalen über den Tisch.

Der Mann nahm die Kanne vom Stövchen und goss Tee in einen der braunen Keramikbecher.

»Trinken Sie erst mal. Sie sehen ganz verfroren aus.«

Vorsichtig nahm ich einen Schluck, wärmte meine Finger am Becher.

»Wie das schneit«, sagte ich und blickte zum Fenster. Dicke Flocken klebten an der Scheibe, schlidderten langsam über das Glas. Dahinter war alles weiß. Mal sehen, wie lange ich das Spiel hier spielen konnte.

»Ja, da werden wir uns wohl noch an ganz andere Sachen gewöhnen müssen. In Zukunft. Stürme und so.«

Unter seinen Augen kräuselten sich die Adern, besonders wenn er lächelte. Sein Flanellhemd war an den Ärmeln geflickt. »Ich wollte immer am Meer wohnen, aber jetzt, wo sich das Klima ändert, da sind wir vielleicht demnächst hier am Meer«, sagte er und grinste.

Ich angelte einen Spekulatius aus der Holzschale.

»Aber Sie möchten bestimmt jetzt wissen, wie weit ich bin. Sie möchten sicher was sehen!« Er schob seinen Stuhl zurück. »Na ja, es ist noch nichts Konkretes. Noch nicht hundertprozentig. Ich habe erst mal Ideen gesammelt. Mich mit der Geschichte beschäftigt. Hat man Ihnen bestimmt gesagt, dass ich noch Unterlagen angefordert habe?«

Ich nickte vorsichtig. Lange würde das nicht mehr so weiter gehen. Aber solange es lief. Ich wäre ja blöd sonst.

Er stand auf und verließ die Küche. Mit einem Schwung Papieren auf dem Arm kam er zurück.

»Wie gesagt, es sind nur erst mal Ideensammlungen. Das ist ja so ein komplexes Thema, diese Täufer.«

»Die Täufer?«

Er zog überrascht die Augenbrauen hoch. »Na ja, Sie sind wahrscheinlich aus Münster. Und Sie kennen sich sowieso aus. Aber für mich, das war ja alles neu.«

Er schob die Keksschale zur Seite und breitete die Papiere auf dem Tisch aus. Ein alter Stadtplan von Münster lugte hervor. Den kannte ich. Ich war auf einmal ganz aufgeregt, mein Herz pochte irgendwo im Hals herum.

»Was haben Sie herausgefunden?«, fragte ich ins Blaue hinein.

»Herausgefunden? Das ist ja komisch, wie Sie fragen. Ich habe nämlich wirklich was herausgefunden.«

Er strich sich noch einmal die Haare aus der Stirn, räusperte sich und hustete. »Entschuldigen Sie. Aber ja, es ist schon komisch. Auf der Hinfahrt hierher, da ist mir schon was Verrücktes passiert.« Sein Blick ging zum Fenster.

»Mhm, ja?«, erinnerte ich ihn.

»Ich habe drei Männer getroffen, auf der Fahrt hierher, vor ein paar Wochen. Nun, ich muss etwas weiter ausholen. Da war dieser Sturm, es pustete schon ganz gut, als ich den Wagen bepackte, aber ich hab mir noch nichts dabei gedacht. Kaum war ich unterwegs, ging es richtig rund. Ich musste dann umdrehen, überall krachten Bäume auf die Straße, im Radio die Unwetterwarnungen, na ja, Sie erinnern sich sicher auch, und es war zu riskant, wieder nach Hause zu fahren, und so hielt ich an einem dieser Landgasthäuser. »Zum Nobiskrug«. Normalerweise ist das nicht mein Geschmack, aber das war eben keine normale Situation mehr, und am nächsten Morgen hat man ja auch erst mal gesehen, was das für ein Sturm war, ich meine, es liegen ja jetzt noch die Baumstämme im Wald. Nun, ich aß etwas und trank ein paar Bier und kam mit den Männern vom Nebentisch ins Gespräch. Es war gar nicht möglich, mit ihnen nicht ins Gespräch zu kommen.«

Er rührte sich Zucker in den Tee. »Die Männer kamen gerade aus Münster, und das war ja schon lustig, immerhin war ich gerade auf dem Weg dorthin. Und wie es so kam, erzählte ich, was ich mache, bildhauen, da können die Leute wenig mit anfangen, und von dem Täuferprojekt wollte ich erst gar nicht reden, aber die drei Männer kannten sich aus, ja, wie wandelnde Lexika kamen sie mir vor, wie sie ausholten und von den Anfängen sprachen. Luther, Zwingli, Rothmann. Das war die Gelegenheit für mich. Ich hatte zwar die Bücher von Herrn Weinberger, aber das war unterhaltsamer, und wie sie mir das erklärten, ging mir auf einmal auf, was da passiert war in Münster, und warum. Wir sind in dieser Nacht praktisch die ganze Geschichte durchgegangen. Ich hatte immer gedacht, das größte Rätsel wäre, wohin Rothmann verschwunden ist. Von der Verwechslung wusste ich gar nichts. Nein, ich meine nicht die beiden Krechtings. Dass der eine Bruder für den anderen getötet wurde, weil sich der erste aus dem Staub gemacht hatte und sie dann eben den anderen nahmen. Nein, ich meine die Sache mit van Leiden. Wussten Sie, dass man sich da heute gar nicht mehr so sicher ist, ob sie ihn wirklich an der Angel hatten oder ob da nicht stattdessen jemand anders hingerichtet wurde?«

»Na ja, ich habe schon lange aufgehört, an Augenzeugen zu glauben«, sagte ich.

»So wie dieser angebliche Augenzeuge Dorpius, der eine Schrift über die Hinrichtung verfasst hat. Später hat sich herausgestellt, dass ein Mann namens Dorpius sich nie in Münster aufgehalten hat, dass hinter dem Pseudonym wohl die lutherischen Prediger Fabricius und Corvinius stecken. Und sonst haben wir noch den »Augenzeugenbericht« von Heinrich Gresbeck. Der Gute hatte seinen Wachdienst zum Überlaufen genutzt und erkaufte sich sein Leben dadurch, dass er eine Vorhut von Söldnern in die Stadt führte. Sein Bericht wimmelt nur so vor Fehlern und warum sollte er dann ausgerechnet die Hinrichtung glaubhaft wiedergeben? Aber zurück zu den drei Männern. Am nächsten Morgen waren sie schon abgereist, als ich zum Frühstück kam, schade, ich hätte gern mit ihnen Visitenkarten getauscht, wie das so ist, hinterher hat man doch immer noch Fragen.«

Er beugte sich über den Tisch und begann, die Papiere herum zu schieben. Ein Plan vom Überwasserkloster. Ein paar Zeichnungen von den drei Eisenkäfigen. Die Stadtmauern, Lamberti, das Rathaus. Vor dem Fenster tanzten die Schneeflocken. Unten stiefelten die Menschen durch die jetzt kniehoch zugeschneiten Straßen, die Autos rührten sich nicht mehr vom Fleck. Ob überhaupt noch Züge fuhren? Ich trank etwas Tee und betrachtete die Skizzen. Und plötzlich wusste ich, wie die Geschichte ausgegangen war.

»Und ich hab übrigens noch was!« Der Mann in dem karierten Flanellhemd sprang auf, kramte in einem der Schränke und legte einen kleinen Holzkasten auf den Tisch.

»Ja, öffnen Sie ihn ruhig«, ermutigte er mich.

Es war ein Knochen, der in dem mit dunkelroten Samt ausgekleideten Kästchen lag. Mit einem Faden war daran ein Zettel befestigt. Ich konnte die verschnörkelte Schrift nicht lesen.

»Da staunen Sie, nicht wahr?«

»Das ist doch nicht ...?«, begann ich zögernd, und er lachte.

»Nein, ist es nicht. Aber es sieht doch ziemlich echt aus, oder?«, und er erklärte mir, dass ihn die Geschichten von den Täuferknochen nicht losgelassen hätten.

»Angeblich hat jede alteingesessene Münstersche Familie so ein Schätzchen in der Vitrine, zumindest jede Familie, die was auf sich hält und mit dem nötigen Kleingeld ausgestattet ist. Die Dinger werden von Generation zu Generation weitervererbt, aber keiner gibt zu, dass er so einen Knochen im Haus hat. Vielleicht haben sie auch Angst vor Dieben. Das hier ist ein Knochen vom Schwein, wie man ihn bei jedem Metzger bekommen kann. Nur wer will das so genau wissen? Auf dem Zettelchen steht es: Handknochen von Jan van Leiden. Und was geschrieben steht, das gilt.«

Er grinste mich an und in dem Moment klingelte das Telefon, er entschuldigte sich und ging aus der Küche. Ich hörte, wie er im Flur den Hörer abnahm, sich mit »Per Grün« meldete. Der Schneefall hatte noch nicht nachgelassen. Die Laternen trugen weiße Turbane und die wenigen Menschen da draußen waren über und über voll Schnee. Ein paar Jungs warfen Schneebälle gegen die Schaufenster.

Ich hörte, wie er sich am Telefon bedankte und auflegte. Er kam zurück in die Küche.

»Mhm, ich bin jetzt etwas ratlos«, sagte er. »Juli Hauptmann vom Museum hat gerade abgesagt. Sie steckt in Bochum im Schnee fest.«

Ich nickte ihm zu.

»Ich dachte, Sie wären das«, sagte er langsam.

»Oh je. Dann geh ich jetzt wohl besser.«

»Jetzt hab ich Ihnen hier meine Arbeit gezeigt ... Das alles. Und Sie? Wo kommen Sie überhaupt her?«

Ich zuckte mit den Schultern. »Mein Bruder«, sagte ich. »Er hat mal hier gewohnt, Sie kennen ihn nicht?«

»Ihr Bruder?«

»Na ja, macht nichts. Ich kenne ihn ja auch nicht. Die drei Männer, in diesem Gasthaus, wissen Sie, ob die was von einem Bildschnitzer gesagt haben, von Claes Herlin?«

Am Tag, als ich bei Per Grün war, sah es aus, als würde es nie mehr aufhören zu schneien. Die Stadt versank im Schnee. Die Hochspannungsmasten hielten den Schneemassen nicht stand, sie knickten um, ganz Münster war mehrere Tage ohne Strom. Natürlich fuhr auch kein Zug mehr, kein Bus, kein Taxi, nichts. Zum Glück hat Per einen Ofen. Und einen Vorrat an Kerzen. Nein, ich kam ja nicht mehr nach Hause, an diesem Tag.

Das Suchen ist dringlicher als das Finden, hat Claes gesagt, und so spielt es am Ende keine Rolle, dass alles anders gekommen ist als erwartet. Joachim habe ich aus den Augen verloren, ich weiß nicht, ob meine Geschichte je veröffentlicht wird, meinen Bruder habe ich auch nicht gefunden und Per Grüns Installationen wurden nie im Museum gezeigt. Und am Ende ist es so, dass ich nicht mehr aufhören möchte zu schreiben, dass Geschichten niemals abgeschlossen sind, weil sie niemals enden und man immer wieder einzelne Teile hinzufügen könnte, unendlich.

Ich habe ihn erfunden, das habe ich gedacht, und dann brachte ich ihn dazu, den Knochen des Heiligen Wolfgangs von Regensburg wegzuwerfen. Wer weiß, vielleicht wäre sonst alles anders gekommen. Vielleicht wäre er niemals beschuldigt worden. Oder jemand hätte ihn aus dem Kerker befreit. Ob ich es noch mal umschreibe? Blödsinn, es ist zu spät, ich habe gesehen, wie sie Claes gefoltert und seine Leiche in den Eisenkäfig gebunden haben, egal, was alle behaupten und was in den Geschichtsbüchern steht. Das wahre Charakterbild des Täuferkönigs und seiner Anhänger schimmert nur in Umrissen durch den Nebel von Sagen, Verunglimpfungen und Übertreibungen hindurch, den fanatischer Religionshass und geschwätziger Übereifer um die Akteure gewoben haben. Die gleichzeitigen oder wenig späteren Quellen, die von der Geschichte in Münster berichten, können wir nur mit Vorsicht benutzen, entweder sind sie lückenhaft oder tendenziös, außerdem stammen sämtliche Augenzeugenberichte von Feinden der Täufer. Wir finden hier einen Brief und dort eine Münze, eine Urkunde, ein Amulett; wie Teile eines verstreuten Puzzles versuchen wir die Dinge zu ordnen, rekonstruieren mühsam den Verlauf der Geschichte und dringen ständig zu neuen Wahrheiten vor. Zudem bedient sich jede Generation der Täufer ganz so, wie es gerade dem Zeitgeist entspricht, glorifiziert oder verteufelt sie, projiziert eigene Wünsche und Ängste auf die damalige Zeit. Natürlich gibt es viele Parallelen: Religiöse Fanatiker verrennen sich in Ideologien, Propheten sagen uns den Weltuntergang voraus, so wie damals ändert sich das Klima rasant (nach heutigem Wissenstand gab es um 1530 eine kleine Eiszeit), neue Technologien und Entdeckungen verunsichern die Menschen (damals der Buchdruck, die Entdeckung Amerikas ... heute Gentechnik, Internet), bisher unbekannte Krankheiten breiten sich aus, die Angst vor der Not, vor Gewalt und dem Fremden bestimmen noch immer unser Leben.

In Münster hängen noch heute die drei Käfige am Lambertikirchturm, schaudernd blicken die Touristen zu ihnen auf, und drei weitere Käfige sind im Stadtmuseum zu sehen, Kopien, die der Magistrat nach dem Neubau des Kirchturms Ende des 19. Jahrhunderts gegen die Originalkäfige tauschen wollte. Das allerdings verbot die preußische Regierung und so zog sich Hermann Landois, Münsters käfigbesessener Zoodirektor, die Nachbildungen an Land und behauptete fortan, es wären die echten (was manche Leute bis heute glauben). Die Käfige erinnern uns daran, dass die gute alte Zeit ein Mythos ist, und so hatte ich nicht vor, mich in pittoresken Beschreibungen von Gewändern, Einrichtungen, Gassen und so weiter zu verlieren, auch wenn das üblicherweise von einem historischen Roman erwartet wird. Auch auf die üblicherweise gern verwendete Sprache habe ich verzichtet, sie hat mit der tatsächlich im frühen sechzehnten Jahrhundert gesprochenen Sprache sowieso nichts gemein, wie der eingefügte Text aus Rothmanns Schriften zeigt.

In meiner Geschichte agieren fiktive Figuren zusammen mit historisch belegten Personen. So sind Claes, Tilman, Caterina und Agnes frei erfunden, während Ida von Merveldt und die Stiftsdamen Dorothea von der Recke, Elisabeth Bridaghes, Sophia von Langern und Ludgera von Linteloe verbürgt sind, genauso wie Elisabeth Wandscherer, die Wassenberger und natürlich das Täuferpersonal. An die zeitlichen Abläufe habe ich mich gehalten, die Geschichte selbst ist natürlich frei erfunden.

Die meisten Details zum Alltag und Ablauf im Überwasserkloster sind der Klosterchronik entnommen, die bis Oktober 1533 geführt wurde. Im Kapitel »Die apokalyptischen Reiter« verwende ich einen Text von Hermann Schönhoff aus seinem 1912 erschienenen Buch »Die Wiedertäufer zu Münster«, ich kann ihn nicht mehr um Erlaubnis fragen, hoffe aber, das nimmt er mir nicht übel.

Ende

Literatur zum Thema

Sabine Alfing / Christine Schedensack, Frauenalltag im frühneuzeitlichen Münster, Bielefeld 1994.

Arbeitskreis Frauengeschichte, Frauenleben in Münster, Münster 1991.

Heinrich Detmer, Zwei Schriften des Münsterschen Wiedertäufers Bernhard Rothmann, Dortmund 1904.

Georges Duby / Michelle Perrot, Geschichte der Frauen, Bd 3: Frühe Neuzeit, Frankfurt am Main 1997.

Georges Duby, Unseren Ängsten auf der Spur, Köln 2000.

Franz Darpe, Die Heberegister des Klosters Überwasser und des Stifts Mauritz, 1988, Reprint von 1964.

Richard van Dülmen, Kultur und Alltag in der Frühen Neuzeit, München 1992.

Bernhard Frehe, Vielweiberei im täuferischen Münster, Münster 2001.

Carlo Ginzburg, Der Käse und die Würmer – Die Welt eines Müllers um 1600, Berlin 1990.

Carlo Ginzburg, Die Benandanti – Feldkulte und Hexenwesen im 16. und 17. Jahrhundert, Frankfurt am Main 1980.

Carlo Ginzburg, Holzaugen, Berlin 1999.

Olwen Hufton, Frauenleben – eine europäische Geschichte, 1500 bis 1800, Frankfurt am Main 1998.

Horst Karasek, Die Kommune der Wiedertäufer, Berlin 1977

Reinhard Karrenbrock, Die Holzskulpturen des Mittelalters II, 1400 bis 1540, Museum Schnütgen, Köln 2001.

Margaret King, Frauen in der Renaissance, München 1993.

Johann von Mandeville, Von seltsamen Ländern und wunderlichen Völkern, Leipzig 1986.

Paul Münch, Lebensformen in der Frühen Neuzeit, Berlin 1998.

Hermann Schönhoff, Die Wiedertäufer zu Münster, Münster 1912.

R. Schulze, Das adelige Frauenstift der Heiligen Maria und die Pfarre Liebfrauen-Überwasser zu Münster Westfalen, 1952.

Thomas Seifert, Die Täufer zu Münster, Münster 1993.

Stadtmuseum Münster, Das Königreich der Täufer. Reformation und Herrschaft der Täufer, Münster 2000.

Giorgio Vasari, Künstler der Renaissance, Wiesbaden o. J.

Leonardo da Vinci, Tagebücher und Aufzeichnungen, Leipzig 1952.

Helmut Werner, Paracelsus – Okkulte Schriften, Köln 2004.

Dank

Zunächst möchte ich meinem Verleger Michael Billmann für seine treue Unterstützung und seinen Optimismus danken; Dr. Barbara Rommé vom münsterschen Stadtmuseum für das anregende Gespräch in ihrem Büro; Dr. Ralf Klötzer für die bildhafte Schilderung der Täuferzeit während eines Spaziergangs durch Münster; Dr. Andrea Brockmann für ihre Informationen über Klostergärten; Prof. Dr. Karl Heinrich Hucke für seine Ausführungen über das Spiegeln von Geschichte in der Literatur und für das Lesen des Manuskripts; Maria Zocchetti für das engagierte Ersteigern von Schönhoffs vergriffenem Buch »Die Wiedertäufer zu Münster«; Fritz Aperdannier für das Zusenden von Artikeln zum Thema; Gordon für die vielen Gespräche; und nicht zuletzt der Sparkasse Hamm für ihre finanzielle Förderung.

Inhalt